张同武

著

话吃画吃
HuaChi HuaChi
陕食记

时代出版传媒股份有限公司
安徽文艺出版社

张同武

男，汉族，1967年4月出生，陕西蒲城人。1988年毕业于西北大学中文系汉语言文学专业，获文学学士学位。

长期从事机关公文写作及审改工作，兼职从事干部教育培训授课工作，曾编撰机关公文写作教程、干部培训教材等。业余从事文学创作，著有散文集《未央桥畔》（2014年陕西旅游出版社出版）。另有散文、评论、剧作、诗歌等逾百万字见于国家级及省、市报刊、网络。曾获全国性征文特等奖、陕西省哲学社会科学成果二等奖及其他文学、戏剧、新闻类奖项数十次。曾参与有关国家级及省级课题研究。受聘担任中国西部传媒与社会发展研究院研究员、陕西省地方志编纂委员会委员、陕西省知识产权讲师团讲师等。

近年侧重饮食文化散文写作，注重挖掘饮食文化历史积淀、梳理饮食文化延展脉络、展示饮食文化民情民俗、弘扬饮食文化传统精粹等，作品被国内多家媒体刊载。在《美文》杂志开设专栏"长安食典"，在《陕菜网》开设专栏"陕菜食话"。

话吃画吃

HuaChi HuaChi

陕食记

张同武 著

时代出版传媒股份有限公司
安徽文艺出版社

图书在版编目（CIP）数据

话吃画吃：陕食记 / 张同武著. -- 合肥：安徽文艺出版社，2025.7
ISBN 978-7-5396-7959-4

Ⅰ．①话… Ⅱ．①张… Ⅲ．①散文集－中国－当代 Ⅳ．①I267

中国国家版本馆 CIP 数据核字（2024）第 025874 号

出 版 人：姚　巍
责任编辑：张妍妍　　姚爱云　　　　装帧设计：王明自

出版发行：安徽文艺出版社　　　www.awpub.com
地　　址：合肥市翡翠路 1118 号　　邮政编码：230071
营 销 部：(0551)63533889
印　　制：安徽联众印刷有限公司　　(0551)65661327

开本：710×1010　1/16　印张：25.25　字数：270 千字
版次：2025 年 7 月第 1 版
印次：2025 年 7 月第 1 次印刷
定价：98.00 元

（如发现印装质量问题，影响阅读，请与出版社联系调换）

版权所有，侵权必究

目　录

序：陕西小吃大文化 / 001

吃陕西泡馍的路线图 / 001

陕西肉夹馍的正确打开方式 / 008

陕西搅团的草根记忆 / 017

西安早餐的老古董——麻花油茶 / 020

陕西羊杂碎 / 026

"老陕"把饺子吃出了花！/ 031

给陕西饸饹梳理个脉络 / 036

热腾腾的油糕迎新年 / 045

烙面、趫面，世界上最早的方便面？/ 048

拿粉蒸肉当饭吃，只有西安人这么豪迈 / 054

冬日里，那一碗黏稠鲜香的米儿面 / 058

蒲城面辣子 / 063

蒲城的蒸馍拿秤称 / 068

啥是老碗？/ 073

为西安的几种"黑暗料理"正名 / 079

替耀州咸汤面吆喝几声 / 085

水盆羊肉何以成为"网红"？ / 090

您吃过馎饦吗？ / 096

陕西油泼面小传 / 100

撑起中国"饭"半边天的陕西麦饭 / 104

西安葫芦头食用说明书 / 109

能当盔甲用的陕西锅盔 / 113

淡妆浓抹总相宜的陕西凉粉 / 119

陕西凉皮花枝招展 / 123

化腐朽为神奇的西安梆梆肉 / 128

陕北铁锅炖羊肉 / 132

陕菜葫芦鸡为什么是吃鸡的经典？ / 136

陕西黄桂柿子饼 / 141

西安的粉汤羊血 / 144

陕西臊子面"族谱" / 150

陕西大刀面——张飞做出的绣花活 / 156

驴蹄子、削筋、削削，三碗急就章的豪气面 / 161

户县摆汤面与杨凌蘸水面的异曲同工 / 165

关中的两碗旗花面 / 170

天赐白玉裹琼浆　蜂蜜凉粽长安香 / 175

土豆在陕西人舌尖上的舞蹈 / 180

陕北人"打平伙"吃羊肉 / 186

热闹红火的汉中热面皮 / 190

汉中美味菜豆腐及菜豆腐稀饭 / 195

热烈沸腾、香气弥漫的石泉石锅鱼 / 201

也说紫阳蒸盆子 / 206

亦茶亦汤亦饭的略阳罐罐茶 / 212

南北融合的汉中浆水面 / 217

韩城臊子馄饨的情与意 / 220

陕菜里的雍容华贵——奶汤锅子鱼 / 226

户县摆汤面 / 230

世界上唯一论根卖的面条——杨陵蘸水面 / 235

豪迈通透的辣子蒜羊血 / 240

陕北的黄馍馍 / 245

传承两千年的合阳踅面 / 249

渭南时辰包子是有大智慧的 / 254

大荔炉齿面 / 258

西安人骨子里的腊牛肉情结 / 263

两股齐开燕尾张,玉指镂出新花样——剪刀面 / 267

枣沫糊 / 272

蛋菜夹馍里的用心与智慧 / 276

吴起风干羊肉剁荞面 / 281

陕北的摊黄 / 286

陕西的大肉泡馍 / 291

西安稠酒与陕北米酒 / 297

当年邂逅米脂驴板肠 / 301

饮食文化融合的结晶——陕北羊肉面 / 306

荤素和谐的陕北麻辣肝碗坨 / 310

香黁柔嫩的陕北抿节 / 314

黄土高坡的精致美味——子长煎饼 / 318

油香本真的陕北麻汤饭 / 322

榆林干炉——北国塞上的久远美味 / 326

丰盈香黁的汉中核桃馍 / 330

"莫衷一是"的泾阳瓢合 / 334

"豪迈雄壮"的带把肘子 / 338

"精神抖擞"的金线油塔 / 342

"指鹿为马"的鸭片汤 / 346

糊饽 / 350

腊汁肉揪面片 / 354

充溢着大爱的富平太后饼 / 359

"石烹"之法在陕菜中的传承与坚持 / 364

关中东府的刺荆面 / 370

陕西"老鸹颡"简单扛硬 / 376

甑糕、镜糕、凉糕 / 380

序：陕西小吃大文化

民以食为天。

食不厌精，脍不厌细。

中国饮食文化博大精深，闻名世界。

陕西饮食是中国饮食重要的一分子，尤以"小吃"享誉全国。

窃以为所谓"小吃"，是相对于"大菜"而言，但其实小吃不小，不可忽视。理由有三点：一是小吃的数量多。所谓"大菜"，无非就那几个菜系，那些经典菜品，即便打着"创新"的旗号也折腾不出太多新花样。小吃则不然，地域上分东南西北，原料有肉、菜、米、面乃至野菜、杂豆，搭配时荤素兼具，质感冷热皆有，口味多样，不一而足。二是小吃在饮食中占主流。虽然称作小吃，但大部分时间里，小吃是人们常态下的饭食，几乎成为主食。而纯粹的"大菜"，无论从经济、营养还是时间等方面讲，都不可能天天甚至顿顿吃，平日里果腹的，其实主要是小吃。三是小吃有大文化。每一样小吃，从创制、定型到流传，都有一个漫长的过程，凝结着人们的智慧，彰显着人们对生活品位的追求和对生活乐趣的探究。之所以各地会有洋洋大观的小吃，都是源于或缘于不同的地理、物产、气候、人文等等。小吃中有历史、传统、民俗、科学、性情，因此，其中的文化也就丰富多彩了。

陕西小吃种类多、制作精、口味美。渊源有三：一是农耕文明历史悠久，物产丰富；二是周秦汉唐历史灿烂，帝王将相粉墨留香；三是灾害战乱相对较少，社会安宁，生活稳定。如此几千载，怎能不积淀下许许多多的食物精华？

但陕西小吃到底有哪些？背后有哪些故事？它们是怎么来的？它们是怎么制作的？滋味怎样？应该怎么吃？至为重要的是，这些小吃里蕴含了多少文化？这些都值得整理、总结、归纳。

陕西小吃经历了几千年的发展，由于政治、经济、文化的有利条件，博采各地之精华，兼收民族饮食之风味，挖掘、继承历代宫廷小吃之技艺，因而以品种繁多、风味独特著称，是中国烹饪文化宝库中一颗光彩夺目的明珠。传统的风味小吃，是陕西烹饪文化的重要组成部分，在漫长的历史中得到了发展和充实，制作工艺也更加完善。它以浓郁的乡土韵味、丰富的内容，赢得了国内外食客的普遍赞赏和高度评价。

陕西风味小吃名目繁多，各具特色。从用料上说，有小麦、大米、玉米、小米、荞麦、红薯、糜子、豆类，牛、羊、猪肉及其衍生品；

从烹调方法上说,有蒸、烙、烤、炒、烩、煮、炸、煎、炖、熬等;其成型工艺又有叠、卷、盘、揉、押、切、接、摊、擀、包、捏、模印等。大体上说来,关中小吃以面食为上乘,陕北小吃以羊肉及杂粮豆类为美,陕南则以鱼、肉及米制品为佳。大体算来,仅西安市的饮食店铺及摊点就达数万家,经营的品种不下六百种,每个品种都拥有众多嗜好者。各个地方又都有别具特色的风味小吃,若把各个市、县及乡镇饮食摊点经营的食品种类加起来,那就更是不胜枚举了。

陕西的面食种类更是让人叹为观止,除了"地球人都知道"的牛羊肉泡馍,光面条就有很多种。如按制作方法,手工现场制作的可分为擀面、扯面、拉面、搓面、揪面、拨面、剪刀面等,非手工现场制作的可分为挂面、压面,还有介乎两者之间的很具特色的饸饹面。按调制方法分,根据是否浇臊子,可分为臊子面与非臊子面。臊子面又分肉臊子面、素臊子面,带汤臊子面、干拌臊子面。非臊子面指一应不浇臊子的面,如油泼面、烩面、炒面、卤面、凉面、米儿面、糁子面等。按所用食材分,除以小麦面为主流外,还有荞麦面、玉米面、红薯面、杂面(豌豆与小麦混合)等。按较有代表性的地域特色分,有岐山臊子面、扶风一口香面、彬县御面、武功旗花面、乾县浇汤面、户县(今西安鄠邑区)摆汤面、户县软面、大荔炉齿面、澄城手撕面、合阳踅面、耀州咸汤面、耀州窝窝面、陕北剁荞面、陕北羊肉面、陕南炝锅面、陕南浆水面等。另外还有许多比较小众的特色面条,如彬县血条面、洛川鸡血面、渭北红薯削削面等。有些面条制作方法仅限于特定地域,偏于一隅,所以这里难以概括,必有遗漏。

当然,还有众说纷纭、莫衷一是的biángbiáng面,它是陕西面条中宽而长的面条的概称,结合了面条制作时摔打的声音,并生造了一个一般字库里没有的字,其实都是陕西面食文化的悠久、厚重与丰富的反映,并不特指哪一种面条。

再如各种馍,按制作方法分,有蒸馍、烙馍、烤馍、炒馍、煎馍等;按形状分,有圆馍、罐罐馍、橡头馍、杠子馍等;按发酵方法分,有发面馍、烫面馍、死面馍等。至于把馍这种食物做出各种花样的,俗称"花馍",用于喜庆节日、祭祀仪式等,它更有特色,这里先不赘述。

其实,陕西馍的外延还很宽泛,外地人称为"火烧"或"烧饼"的东西,在陕西也被归为馍类,如声头最响的锅盔馍、牛羊肉泡馍所用的饦饦馍、肉夹馍所用的白吉馍等等。还有几种用古老的方法加工出的馍,如在铁锅中烧热鹅卵石烙制的石子馍,在铁锅中烧热一种"白土"炒熟面丁的面豆豆馍,等等,几乎穷尽了一切可能。

至于馍的吃法,则有直接吃、泡汤吃、夹菜吃等,花样繁多,不一而足,令人眼花缭乱。

面条、馍以及花样丰富的吃法,构成了陕西小吃的基本框架。但陕西小吃绝不止于此,还有如牛羊肉系列的腊牛羊肉、粉蒸牛羊肉、小酥肉,凉皮系列的小麦面凉皮、大米凉皮、擀面皮、烙面皮,凉粉系列的卤汁凉粉、炒凉粉、凉拌凉粉,甜食系列的甑糕、镜糕、蜂蜜凉粽子、泡泡油糕,汤羹系列的胡辣汤、枣沫糊、油茶,包子系列的肉馅包子、素馅饺子、面油(面粉拌油)馅包子,豆腐系列的豆腐脑、豆花泡馍、豆腐泡馍,动物血脂系列的辣子蒜羊血、粉汤羊血,等等。还有陕北的杂粮系列小吃,如摊黄儿、油旋、干烙、荞面煎饼、荞面碗坨、绿豆凉粉、洋芋擦擦、羊杂碎等,还有陕南的洋芋糊汤、核桃馍、蒸面、菜豆腐等等,真是难以尽述。林林总总,洋洋洒洒,即便生于斯长于斯的"土著",也难以尽数,难以尽食。

从一定意义上讲,品味陕西名小吃,就是品味陕西悠久、古老、丰富、灿烂的文化。陕西文化源远流长、博大精深,饮食文化就像是这沧海中绚丽的朵朵浪花,如此说来,品尝陕西小吃,也是在文化的大海里徜徉呢。

吃陕西泡馍的路线图

牛羊肉泡馍是陕西小吃里的"老大",历史悠久、品类丰盛。近年来,随着社会的飞速发展和人员流动的陡然加剧,这个原本陕西人养在深闺的珍品,渐渐成为更多地域的人们喜欢的美食。但是关于牛羊肉泡馍的历史、类型、做法、吃法等等,却无定则,也是有趣味的话题。

除了牛羊肉泡馍,陕西泡馍还有哪些种类?它们有什么特点?怎么个好吃法?……笔者不揣浅陋,为大家梳理一下脉络,说说陕西泡馍的那些事。

陕西泡馍家族考

在陕西泡馍的家族里,牛羊肉泡馍是不容置疑的老大。而在牛羊肉泡馍里,牛羊肉煮馍又居首位。所谓牛羊肉煮馍,是指由食客自己动手,将七成熟的面饼"掐"成玉米粒大小的馍块,然后交由煮馍师傅加肉浇汤烹煮而成的泡馍。20世纪80年代开始,出现了机器搅馍的加工方式,一些性急的食客不愿自己掐馍,买了面饼请店家搅成馍块烹煮,于是一些店家提前搅好馍块,直接配送

给食客。这种便捷的方式出现之初,许多食客趋之若鹜,觉得大大提高了吃饭效率。但很快人们发现,这种机器搅碎的馍块口感较之手掐逊色太多,于是渐渐为食客,特别是资深且讲究的食客所抛弃。现在仍然有很多店家提供这样的服务,也有一些性急的或外地的食客使用,但一些老字号已经彻底放弃这一尝试。

"手掐"——掰馍的技巧

作为资深吃货,笔者建议还是手掐馍块,盖因手掐馍块的过程本身就很"文艺":几个朋友,在餐馆内从容坐定,气定神闲,聊叙天地,谈笑间一碗大小均匀、卖相极佳的馍块掐好,再交由大师傅精细加工,魔术般的一碗美味就会在期待中呈现于眼前。细细嚼食或风卷残云,刺激味蕾并滋润肺腑,饱嗝打起之时,幸福感满满,其喜洋洋者矣!而机器搅碎的馍难以入味,口感差了很多,也欠缺了自己动手制作的乐趣,把吃泡馍变成了吃快餐,实不足取。

牛羊肉泡馍的品类

烹煮好的牛羊肉泡馍一般分为水围城(或汤宽)、口汤、干刨三个类型。(至于"单走",即不泡馍,只把肉与汤加工好,再配以烙熟的烧饼同食,笔者认为其应该归为水盆羊肉序列。)加工方式,要么是根据食客的要求,要么是大师傅根据掐出的馍块的大小匀称程度判断食客的喜好,进而分门别类地烹煮。所谓水围城,就是汤要多一些,适合肠胃功能不好者或老年人;而口汤实际上就是碗中似乎只有一口可以喝完的汤汁,适合大多数人,先喝口汤润润肠胃,再吃泡馍;至于干刨,则是泡馍的铁杆粉丝且喜欢筋韧口味食者的最爱,大师傅会运用精湛的技术,把锅里的汤汁完全收进馍块之中,滋味在馍中,且馍块更加筋道、有嚼劲。

吃牛羊肉泡馍不能搅拌

　　吃牛羊肉泡馍一定要讲究方法,最重要的是不要搅拌、不要搅拌、不要搅拌!因为在烹煮的过程中,大师傅是将一碗泡馍放在大炒勺中加工的,各种作料放入之后,已经进行了充分的搅拌,完全不用食者再搅拌了。更重要的是,加工好的一碗泡馍,肉、汤、馍、粉丝等科学搭配、充分融合、有序盛放,品相美观喜人,是食者与大师傅共同完成的一件精美的艺术品。你看那一碗泡馍端上桌,品相端庄,香气内敛,怎么能胡搅乱拌,破坏美感?再说一通乱搅也"泄了汤",破坏了口感,还会散了暖热之气,使泡馍不能保持持久的热乎劲。所以,面对一碗泡馍,要心生欢喜与尊重,用筷子细细地溜着碗边,一点点地拨而食之,逐个"蚕食",由浅及深,细细品味,才能领会这美食的美妙滋味。食不厌精,脍不厌细,吃相优雅,细嚼慢咽,也是餐桌礼仪,更有利于健康。

　　与牛羊肉泡馍一起上桌的一般会有三样小配菜:一是糖蒜,用以解腻爽口;二是辣酱,用以增咸提味(辣味很淡,咸味较重,要一点一点地用筷子夹在泡馍上,涂抹均匀);三是香菜,借以去腥增香。

　　在饭桌上单看吃相,就可以分辨出是资深吃家还是偶一为之乃至初次尝试的。列位不要笑话笔者煞有介事,更勿怨吃个泡馍还有这么多讲究,实在是为了大家把好东西吃好。老一辈饭桌上的讲究很多,都是很有道理的,它关乎修养、教养,也是一种优良传统。西方的饭菜简单,不是也有许多的讲究吗?其实我们的传统饮食文化更是丰富,对优良传统的坚守,也是一种文化自信的彰显。

再悄悄说一句,不要用勺子吃泡馍,这样做一定意义上类似于用筷子吃西餐,毕竟各有各的讲究、各有各的道理。正确使用餐具、遵守礼仪,也是对食物的尊重、对饮食文化的重视。

牛羊肉煮馍近年来有一个重要的创新品种,即牛羊肉小炒泡馍。所谓创新,就是在烹煮的方法上,改传统的"煮"为"炒",即将牛羊肉切成小块先炒制,然后加汤加馍块再烹煮,并创制了酸辣口,加入了鸡蛋花等,更加适合陕西本地人尤其是年轻人的口味,追随者日众,大有在泡馍界后来居上的架势。

综上所述,一般传统意义上的牛羊肉泡馍就是牛羊肉煮馍,也可以说,牛羊肉煮馍就是牛羊肉泡馍的主体。外地人眼中的陕西泡馍,绝大多数指的是牛羊肉煮馍。

啥是"水盆"?

说到这里,当然不能忽略了牛羊肉泡馍的一个重要的分支,即水盆羊肉泡馍,一般简称为"水盆羊肉"。为什么叫作"水盆羊肉"?从字面意思来理解,就是盛放在水盆之中,以连汤带肉形式出售的羊肉吧。当然,这"水盆"实际上是形状类似于水盆的铁锅,是要架在炉火上烧煮的。关于这一点,可能还会有更加精确的解释,但笔者遍询资深店主或食客,还真没有得到其他解释的,更没有史料记载这一称谓由何人所创、始于何时，于是，我斗胆给出这样的解释，不揣浅陋，求教于方家。其实，这一说法的由来或含义并不重要，重要的是这种泡馍的内容和风味能够说清楚就可以了。

水盆羊肉不同于牛羊肉煮馍的地方在于：肉，只限于羊肉。馍，一定是全部烙熟的面饼。加工的方法是将煮熟的羊肉用刀切成片或用手撕成条、块，放入碗中之后，浇以"水盆"之中的热汤并调味即成。馍和肉、汤是分开的，吃时可将馍掰成小块泡入同食，也可单食馍，再喝汤吃肉，还可将碗中的肉捞起夹入馍中食之，随心随意，各择其好。

近来央视热播的《舌尖上的中国（第三

季）》专门有西安水盆羊肉的介绍。之所以说是西安水盆羊肉而不是陕西水盆羊肉，是因为陕西水盆羊肉有两大流派，各有特色，互相不能涵盖、代表。这两大流派指西安的水盆羊肉和渭南一带的水盆羊肉。其中西安水盆羊肉是将煮好凉凉的羊肉切片，浇以热汤，并加入煮好的粉丝，再佐以蒜苗、香菜等调味，其用的馍是实心的烧饼。而渭南一带（包括蒲城、澄城、大荔几个县）的水盆羊肉，除了将煮好的肉切成片，也有用手撕成条或小块的，同样浇以热汤，不加粉丝，用的馍是空心的月牙饼或牛舌饼。这大概是两者表面上的主要区别。至于调味，那肯定也是有一定区别的，毕竟是不同地域的饮食，都会有各自的地方特色。西安的饮食口味更中和一些，毕竟千年古都人流聚集，要调和众口。而渭南一带的水盆羊肉体现了这个地方饮食重香、重麻的习惯，香味或花椒味出头。

说到这里，要多说一句，关于饮食，众口难调，对于同一种食物，不同的人都会意见云泥，更何况不同地方成长起来的人，对不同的饮食的评价肯定会相差更远。家乡的那一口总是占上风——家门口那家馆子不错、妈妈做的最好吃，所以，大可不必为各种食物孰优孰劣争执，兼容并包、并行不悖是最好的。

牛羊肉泡馍即便在陕西境内，也有一些小众的形态，比如秦岭以南的安康，所谓"羊肉泡馍"，是提前将面饼切成小块，和着肉、汤煮成一锅，吃时直接从锅里盛放到碗中。或者是将馍掰成较大的块，加肉之后用热汤"沏"几遍，加入葱花、香菜等佐料之后食用，这种吃法在本地为食者所喜爱。十里不同俗，同一种食物在不同地方有所变异，这很正常。

陕西肉夹馍的正确打开方式

陕西肉夹馍必须先从名字说起,明明是馍夹肉,为什么叫肉夹馍?

一来,馍夹肉也即馍夹着肉,这是视觉效果、外在形态,也是操作过程,看起来更像是动词范畴而非名词,所以"馍夹肉"不能够作为这种美食的称谓。

二来,即便把"馍夹肉"理解为"馍夹着的肉",勉强作为名词来理解,也不合适,因为这里强调的主体是肉而非馍。虽然肉夹馍是馍、肉通吃,但归根结底吃的是一种馍而非一种肉。

三来,既然不能叫"馍夹肉",为什么不叫"夹肉馍"?这就有的说了,长久以来,在陕西人的食谱中,馍是当仁不让的主角,馍就是饭、吃馍当吃饭已经是根深蒂固的饮食习惯。那么,怎么吃馍?怎么让馍吃起来更香?这些就成了陕西人费心琢磨之处。聪明的陕西人不但赋予了馍本身无数的形态,也创造了馍众多的吃法,其中,夹馍就是重要的一种。

所谓夹馍,就是把馍纵向一分为二,中间夹入菜肴。馍有很多种,夹入的菜肴也有很多种,于是,夹馍也有很多种,比如夹了炒菜的馍、夹了鸡蛋的馍、夹了肉的馍等等。这样一来,"夹馍"就不仅仅是一种加工方式,而且成了一种食物的统称,也就是说,在陕西小吃中,有一种食物就叫夹馍。

有了"夹馍"这个称谓后,为了区分其中不同的品种,于是又有了不同的称谓:菜夹馍、蛋夹馍、肉夹馍。

所以,"肉夹馍"的名称是这样来的。

在不同的场合和不同的叙述中,有人对肉夹馍的称谓给出了其他的解释,或说"肉夹馍"是"馍夹肉"的倒装用法,或说肉夹馍是"把肉夹在其中的馍"的简称,或说肉夹馍是古汉语宾语前

置的修辞手法,等等。这些都体现了人们对这种美食的喜爱,虽有些望文生义、牵强附会,但都无伤大雅。说白了,不就是一种食物的叫法吗?约定俗成而已,能说清楚就可以了。笔者费些笔墨铺陈这些,是想为肉夹馍这一传统食物正名,也是对一种饮食文化的尊重与敬畏。

好了,有了名字,该说说内容了。

陕西肉夹馍,主打的是烧饼夹大肉。其中的烧饼,在西安一带被称为"白吉馍"。为什么叫白吉馍?没有权威的说法,一定程度上处于众说纷纭的状况,姑且都略去,直接从这种馍的形态上来分析。这种馍是圆形的、手掌大小的发面饼,采用先烙后烤的工艺,在炭火上烙烤而成。薄厚在两公分左右,外焦里软。这种陕西人饮食中常见的面饼,对成品的要求,一般有"虎背、菊花心、铁圈、鼓鼓腔"的讲究。所谓虎背,是指饼的一面烙烤得金黄,形似虎皮状;菊花心是指另一面黄白相间,形似菊花状;铁圈是指饼的一周也要烤得暗红,状若锈铁;至于鼓鼓腔,则是指烧饼的内里要相对留有空隙,也是要求面饼的内里松软一些。需要说明的是,用作肉夹馍的烧饼要稍微厚一些,里面的面瓤要多些,才能让肉里面的油汁有地可循、渗透入内,让肉和馍充分地融为一体、相得益彰。

这种烧饼的制作方法俗称"打烧饼",烙烤结合,先烙后烤,饼坯做好后,先在铁质的平底锅上烙得两面干结上色,再移到圆桶状的烤炉里,在烤炉的内壁上直立烘烤,待表面金黄即成。这实在是一个伟大的发明,烙烤结合的方法,反映了陕西人制作面饼的智慧。先烙后烤而不是一烙到底或单纯烤制,是把食物的受热、铁锅的导热以及烤炉的辐射传热等,完美科学地结合运用,并充分地考虑了制作的效率。先在铁锅上烙制,是利用了铁锅导热快的特点,让面饼快速成型。在面饼成型干结,可以直立时,放入炉壁烘烤,既能让表皮部分焦黄,又能让面饼的瓤慢慢受热而熟,这是长时间实践摸索总结的成果。单那烙烤结合、浑然一体的制作烧饼的锅灶炉膛,就是一件艺术品般的发明:炉子外观是汽油桶般的形状,炉膛内壁用耐火的泥土贴衬,下半截是火膛,上半截四分之一处周边有台沿,用来放置饼坯。顶端无盖,那用来烙制烧饼的平底锅就是炉盖。说是平底锅,实际采用无沿的铁板,边沿处有三个小孔,连缀三根铁栓,上端扭结在一起,钩挂在一根木棒上,再将顶端系坠在屋顶的房梁或其他固定物上,形成一个灵活的杠杆。操作时,将铁锅放置在炉膛顶端,需要挪动时,撬动木棒,铁锅则随之移动,厨师可以把饼坯放置在炉膛的内壁上,中间的翻动和最后的取出,也都重复这一动作。有了这样的炉灶,打烧饼的厨师一人就能循环往复地熟练操作:在案板上做好饼坯,平放在平底锅上,待稍干结,再撬动杠杆,挪开平底锅,把饼坯侧放在炉壁上,中间翻动一次,之后取出,焦黄酥软的烧饼即成。这是一个很辛苦的活,需要不停歇地劳作,须臾不可马虎。要随时掌握火候,不然烙焦烤煳了,就是暴殄天物。

曾经某一个历史阶段,"打烧饼"这个行当成为陕西关中某大县的主要劳务产业,据说高峰时有十几万人在外"打烧饼"。那时候在西安城内,一般在街角边、小巷里,总会看见一个个烧饼炉,一个小伙子或者是夫妻档,在认真辛苦地劳作。经年累月,这一个个烧饼炉给大家送去了口福,也养活甚至富裕了多少个家庭!现在这种烧饼炉少了,或是进店经营,或是改行了,毕竟"打烧饼"很辛苦,单纯"打烧饼"利润也薄。也许都去卖肉夹馍了,夹了肉或菜的馍才会有更多的附加值。人们生活水平提高了,这一产业升级换代也很正常。我曾经有一次想在家吃烧饼喝羊汤,但楼下的肉夹馍店坚决不单卖烧饼,只能夹肉。这也能理解,辛苦劳作都是为了赚取最大附加值的利润。在西安一家非常火爆的肉夹馍店里,单打制烧饼的炉灶就有五六个,夏天屋内极热,打馍的师傅很辛苦,于是"任性"而仁义的老板每到最热时,便关门歇业半月。

馍好了,肉呢?

肉夹馍的肉为"腊汁肉",可不是腊肉哦!腊汁肉是用腊汁煮出来的肉,而腊肉是腌渍后烟熏而成的,一字之差,云泥之别呢。

腊汁肉的制作历史悠久,据考证,《周礼》一书提到的"周代八珍"中的"渍"就是腊汁肉,战国时代称"寒肉",当时位于秦、晋、豫三角地带的韩国已能制作。秦灭韩后,制作技艺传到西安,并世代流传下来。北魏贾思勰《齐民要术》记载的"腊肉"制法,实质与今天腊汁肉的制法基本相同。

腊汁肉制作时不加葱姜、料酒,也不用炒糖色,它是用几味中草药及香料与肉同煮。所用中草药及香料大体为:甘松、山柰、荜拨、良姜、砂仁、白蔻、细辛、白芷、肉桂、丁香,另加大茴香、小茴香、草果等。这些药料混杂在一起,制成药料包,即可用来熬制腊汁。这些药料除了能提供特殊香味外,还有健胃消食、润肺理气、散寒祛风、镇痛化滞、通窍开胃等功效。煮熟后的腊汁肉,黑里透红,香味扑鼻,观其色,闻其味,不食也会满口生津。

腊汁肉的做法简单,原料易得,但各家制作的腊汁肉味道可就差远了。就如西安的肉夹馍店,多得数不清,但味道好的就那么几家。生意好的店主要靠做肉的技巧,所谓"一窍不得,少挣几百",中餐的神秘与魅力,可能就在各家的秘方里,世代亲传,视若珍宝。

守一锅煮好的腊汁肉,旁边的炉子里随时烙烤烧饼,摆一方菜墩,手持一把锃亮的菜刀,就俨然是肉夹馍店老板了!但有食客来,伙计会手脚麻利地从炉子里取出烫手的烧饼,平放在菜墩上,左手按住,右手用菜刀从烧饼侧面划开(不能划到底,留一点为肉兜底),然后根据食客的要求,将或肥瘦或纯瘦或皮瘦的肉,从大块的肉上划下一块,再简单地用刀剁开,就势用菜刀兜起,左手握住烧饼的两侧,撑开口子,菜刀上的肉正好送入,再左手轻按烧饼,菜刀抽出,肉就被夹在馍中,肉夹馍即成。

接过老板递过来的肉夹馍,早已被勾起食欲的食客,没了斯文,大大地咬上一口,即刻脆生的烧饼皮在咔嚓声中带给唇齿快感与享受,浸润了肉油的烧饼瓤把麦香、油香以及杂陈的五味一并卷入,口腔中立刻有盛宴的序曲,到第三层的肉入口,盛宴高潮即到,腊汁肉的香味便透彻口腔,贯穿肺腑,复无所求!

看似简单的肉夹馍,如同其他的小吃一样,要做好可不那么容易。先说那腊汁肉,要在选料、用料、火候等诸多环节拿捏得恰到好处,方能肥不腻、瘦不柴,肉色自然适中。而烧饼的烙烤也大有讲究，必得上好面粉、恰当火候，方能表面焦黄脆生，内里软和筋道，既耐嚼可口，又包容渗油。

陕西"肉夹馍"传说起源于初唐，太宗李世民征战途中闻香下马，品尝后大加赞赏。有文字记载的当在晚清、民国左右，最有名的是西安一家老字号，后来历经所有制的变迁，如今已不复当初。倒是有几家后起之秀，潜心钻研，生意大好。其中有一家知名的，已经红红火火了30多年。生意好到什么程度呢？笔者已经坚持在他家吃了足足30年，这30年间，他家早上六点半左右开门，食客即刻排起长队，一直到中午十二点左右，排队的人几乎不断。有在店里吃的，有打包带走的，食客云集，络绎不绝。到午饭时分，当天准备的肉卖完即打烊。难得的是这样的景象天天如此，几十年如一日。光是店里打烧饼的炉子就有五六个，伙计们几乎一刻也不停歇。为了保证品质，他家坚持只营业半天，保持肉的新鲜度。另外，坚决不开分店，更别说加盟、连锁之类。其实，小吃的精彩之处就在独家秘方，一旦换人必不能保证质量。看看有些小吃店，一旦有了声名便急忙扩大规模，质量急剧下降，生意也难以为继。所以，中国饮食的特色就在于烹饪因人而异，百花齐放，各领风骚，应该保持传统的经营模式，不宜搞工业化的模式。洋快餐的经营模式当然有其优势，但不适合中国餐饮，我们还是应该坚持自己的特色，方能不断继承和发展中华饮食文化。这是题外几句。

陕西肉夹馍的基本形态如上所述。但在此之外，还有一个分支，即潼关肉夹馍。潼关是"关中四关"之一，也是陕西的一个县名。这里地理位置特殊，是秦、晋、豫三省交汇处，还是水陆码头，饮食业自然历史悠久、发达。这里的肉夹馍的特色是馍,是死面烙制的类似于千层饼的烧饼,面团加卤油、盐,揉匀、出条、卷筒、划条,然后烙烤。死面饼的口感较之发面饼更筋韧,但不大利于消化,也不太渗油,所以它用的腊汁肉会放得稍凉一些,所谓"热馍凉肉"。

陕西肉夹馍还有一种新兴的品种,那就是源于岐山臊子面的臊子肉夹馍。这里的肉就不是腊汁肉了,它是炒、煎、煮相结合的烹饪方法做出的肉。原本用于浇面条,后来有聪明的店主用烧饼夹了卖,迎合陕西人吃完面条喜欢再"压"口馍的饮食习惯,一碗臊子面配一个臊子肉夹馍,相得益彰,生意也会更好。

以上几类肉夹馍用的都是大肉。陕西肉夹馍还有一个大类,那就是烧饼夹腊牛羊肉。陕西腊牛羊肉主要是清真食品,历史悠久、工艺考究。用于肉夹馍是腊牛羊肉的一个小用途,其主要是用作菜肴。近年来,随着人们饮食需求的多元化,有经营者把腊牛羊肉(主要是牛肉)夹馍做成了主业,搭配肚丝汤或丸子汤,可以成就一顿主餐,生意也很不错。

陕西肉夹馍里还有一种青椒炒牛肉夹馍,主要调料为孜然粉,味道独特,也广受欢迎。

近年在一些上档次的餐桌上,竟然出现了辣子炒鲍鱼夹馍,价值不菲的鲍鱼被陕人改良成陕味食品,戏言是贵族原料平民化做法,让外省的朋友大跌眼镜,但倔强的老陕坚持实用至上,管他原本应该怎样做呢,我觉得好吃才是正理。

一个小小的肉夹馍,滋润着老陕的肠胃,三天不吃便舌淡唇寡。一些在外地的游子时时念着这一口，曾有一个著名的陕籍歌星打"飞的"由京回陕，就为吃一口肉夹馍外带油泼面！当然，肉夹馍也成为外省朋友的至爱，有一位著名女影视明星，每来西安必吃肉夹馍，而且很内行地去店里买。难为这位漂亮的明星，为饱口福又怕引人围观，干脆躲在车里，助理帮助她买回后在车上开吃，大快朵颐！

顺带说几句，陕西人以馍为堂食的主食或外带的干粮，须臾不可或缺，长期吃馍，就把馍吃出了万千花样。单是夹馍，在主流的肉夹馍之外，还有炒制各种蔬菜夹馍的菜夹馍、卤鸡蛋夹馍的蛋夹馍、卤豆腐干（花刀切成，又称为花干）夹馍的花干夹馍，甚至还有外地朋友觉得匪夷所思的擀面皮夹馍。近年来还盛行一种把土豆片烫熟后加酱汁夹馍的土豆片夹馍。至于央视报道过的西安回民发明的蛋菜夹馍，则是在烧饼中夹入煎鸡蛋、鸭蛋黄、玫瑰咸菜、花生米以及秘制酱料的一个复合食品，十分受欢迎。真不知道还会有多少夹馍形态出现，真不知道陕西人还会把什么夹入馍中，真是会吃啊！

陕西人爱吃馍、会吃馍，并在生产生活实践中，创造了夹馍的丰富种类，这让三明治和热狗情何以堪？食不厌精，脍不厌细，爱吃、会吃都是优点，勤劳智慧的人民创造着历史，丰富着饮食文化。让大众大饱口福，何尝不是好事、乐事一件呢？

只要我们勤劳地创造，就有理由幸福地享受。

陕西搅团的草根记忆

"搅团"似乎是陕西独有的一种小吃,因为原料的粗简和制作的烦琐,多见于农家饭桌。近年来它被当作忆苦思甜的道具一样引进城中餐馆,曾经的农家大众食物慢慢有了小众的推广。

搅团的原料是玉米粉。玉米的原产地是美洲,在16世纪传入中国,到了明朝末年,玉米的种植已达包括陕西在内的十余省,现在已是全世界总产量最高的粮食作物。陕西广种玉米,尤其是20世纪最初的四十年左右,"以粮为纲",收了麦子种玉米,收了玉米种小麦,遍地的青纱帐。后来随着果树等经济作物的增加,玉米的种植面积有所减少,但规模仍然不小,且产量较高。

既以玉米为主要农作物,那就必然要以玉米为主要食物。在过去生产力水平不高,经济发展缓慢的时候,粮食产量不高,加之其他的因素,能够留下来作为种粮人主要口粮的就是一些秋粮作物,比如玉米、红薯和一些豆类。其中就数玉米能做一些面食,加之产量相对较高,所以,农人们在一年的大多数光景里以玉米为主食。一日三餐都吃同一种食物,谁都会想变点花样出来,所以玉米就被变着法儿地做成饭食,比如玉米面馒头(窝窝头)、发糕、饸饹、玉米糁粥等,再就是做搅团。

做搅团是个苦差事，先烧一大锅开水，并保持持续沸腾，然后把玉米面一把一把地撒进锅里，一边撒一边用擀面杖搅拌，直到稀稠得当，再不撒面，但仍然要继续搅拌，直到搅得充分黏合，没有面疙瘩并煮熟为止。这就需要主妇一定得是利索的还有点力气的，否则越搅越黏稠，越黏稠越费劲，但凡气力不足的早就得累趴下。另外要掌握撒面的量、匀称程度和速度，这样才能保证不起疙瘩。当然，还得掌握好火候，火小了黏不住，火大了会发煳变焦，弄不好还会溅起热面团烫人呢。农村过去都是用风箱烧火，这拉风箱的人就得掌握好轻重缓急，也很辛苦，只有两人配合好了，才能做出一锅清香、黏稠、绵软的搅团来。

搅团的吃法分三种：一是"漏鱼"，拿一个漏勺，下接一盆清水，把锅里的熟面团盛入漏勺，挤压，从下面的小孔漏出小面节，状似菱形，谓之面鱼。趁热持续漏一大盆，然后将水中的"鱼"盛入碗中，加入各种作料，食之爽滑可口。这种吃法需要现做现吃，不能存放。二是将热搅团直接盛入碗中，然后浇上提前准备好的辣子醋水，再缀以炒好的葱、韭等，此刻，黄澄澄的搅团冒尖，鲜红的辣椒水流淌周边，活脱脱一个"水围城"的架势。再有碧绿鲜嫩的葱、韭点缀提味,一碗之中,热闹异常,乾坤尽显,足慰口腹。这是正宗的吃搅团方法。三是把锅中的搅团盛出凉在案板上,待冷却后划成小片,存放起来,可以在下顿饭或是翌日煎了吃,谓"煎搅团"。

现在搅团是筵席的一个点缀,多数人喜欢吃一小碗,那是尝鲜,是点心。而搅团在昔日却是另一番景象——缺粮,尤缺细粮的岁月里,为了果腹,也为了苦中作乐般地享受,农人们经常会做搅团,全家老小都馋涎欲滴地等着这碗难得的"调和饭"解解馋。但必须要说明的是,玉米这种食物,不能连续吃,不能多吃,不然胃会泛酸。搅团所提供的能量和热量也是很有限的。一大碗搅团下肚,由于体积较大,感觉上是饱了,但毕竟不瓷实,用不了多久又饿了。所以谐谑的农人把它称作"哄上坡",即吃完一顿搅团,感觉腹中满满,赶快去劳作,可等到把车拉上坡,顿觉内急,"放水"之后,腹中空空,力气全无。常年吃搅团的时候,总想着什么时候能不吃搅团了。现在吃不上搅团的时候,又老想着那一口。这是好事,唯愿所有的食物想吃就吃,想吃再吃。

现在随着陕西旅游业的发达,出现了各种以展示昔日农村场景为主题的景区、各种"农家乐"等,其中主打的餐饮必有搅团。游客中的城市人多半出身于农村,看见搅团想起过去,味蕾思旧,必趋之若鹜,吃到了过去的味道,大呼过瘾。即便是没在农村生活过的人,也出于健康养生的考虑,去尝尝这口杂粮。当然,除了酸辣鲜香的口味,新鲜玉米面的清香也勾引着人们的馋虫。

偶尔去吃一次搅团,换换口味,发发感慨,体味一下生活的沧桑,会感恩、满足,挺好。

西安早餐的老古董——麻花油茶

西安的小吃里有一个历史悠久的传统食物，那就是麻花油茶。其中的油茶是牛骨髓炒面做成的，售卖的时候泡入炸好的麻花。这个小吃很有年头了，说不准什么时候有的，总之很早了，而且一直是西安早餐市场上的重要成员。

近年来，这个深受欢迎的早餐品种发展势头一般，较之遍地开花的肉丸胡辣汤、水盆羊肉、豆腐脑乃至羊杂碎等，它似乎只是零零星星的存在，只有一些老店面还在坚守着，但很少见有新开的店铺。其中的原因，可能有这么几点：一是利薄，一碗油茶、两根麻花卖五六块钱到头了，似乎赚头不大；二是制作工艺的考究和程序的繁杂，别看当店售卖的只是一锅汤，但之前要炒面、炸麻花，很是麻烦；三是人们生活压力增大、生活节奏加快，早餐需要吃得量更大一些、营养更全面一些，而麻花油茶对于青壮年而言似乎只是点心，一碗下肚感觉不瓷实；四是它没肉没菜，看起来似乎营养单调一些；五是它不会放辣子加胡椒，味觉上的刺激也略逊一筹。大概是上述的原因，使得它总是不温不火，慢腾腾地坚守着，更多为老人和孩子所接受，当然也不至于断了血脉。

从以上的情形看，麻花油茶这种好东西似乎是被曲解了，被

不恰当地冷落了。之所以没有被更多的人追逐，也没有更多的人来经营，可能是因为人们存在一个误区，也可能是对这个好东西缺乏足够的了解。那么，笔者不妨相对详细地说一说它。

这个油茶的重点在于炒面，上等的小麦面、上好的牛骨髓、上好的牛油，以及精选的黑芝麻、核桃仁、杏仁、花生等，是它的基本食材。基本的制作程序是先干锅炒面，然后加入牛骨髓、牛油炒制，再加入一应捣碎的干果，佐以花椒粉、五香粉之类的作料，最后加盐即成。

说起来简单干起来难。先说炒面,正宗的应是干锅炒面,这时主要的任务是极其严格地掌握火候,不能炒煳也不能夹生,经验和手法是这个环节的关键。待面炒至微黄即起锅,稍凉后还要用细密的箩筛筛过,去掉粗粝的部分,留下细密的精华,再一次优化面粉的结构与组成。之后,锅里放牛骨髓、牛油,油温适当时放入

筛过的炒面,再进行进一步的炒制。再放入干果、加入作料直至起锅放盐。每一步都要拿捏得恰到好处,只有经过多年的历练和不厌其烦的耐心,方可成就一锅上好的炒面。

一锅干炒面,仅仅是油茶的半成品,要成就油香四溢的油茶,加水熬制也是个技术活。虽然只要有炒面,用开水冲一下就可以食用,但那是急就章或无奈,真正要吃好面食,还得下锅熬煮,就像方便面一样,煮着吃就比泡着吃好吃多了。有经验的店家,会恰当地把握好一锅油茶的稀稠,拿捏好熬制的时间和火候,让水和面和谐地融合。那些深受欢迎的老店家,都是个中高手。

当然,为了让一碗油茶更香,店家还会专门备芝麻盐、煮好的黄豆乃至红豆,在从锅里把油茶盛到碗里后,贴心地为你撒在油茶里,让你的味觉更丰富。

之所以叫麻花油茶,那是因为在油茶锅里提前泡入了麻花,售卖时,应食客的要求,或一根或两根,或新泡的稍硬耐嚼的或泡久的软糯易嚼的,用勺子挑了放在油茶碗中。有了这样的搭配,你尽可以边喝边嚼,既滋润了肺腑,也慰藉了口腔,更满足了肠胃。

说到这里,有一个小窍门不得不提。有经验的食客,肯定不会一次加两根麻花,他会先要一根,吃完再加。这样做不怕麻烦吗?不怕。那是因为机智的食客发现,如果一次要的麻花多了,碗中的油茶分量肯定会变少,就那么一个碗,都让麻花占了地方,那油茶汤就少喽。呵呵,干什么都要有技巧和智慧。当然,慷慨的店主不会计较这样的食客,反而在食客要求再加麻花时,大方地再加上半勺油茶,让你吃得舒服。和气生财,这样的店主生意想不好都难。

麻花、油茶都是油香四溢的好东西,足以果腹,足以提供满满的卡路里。特别是那牛骨髓,是黄牛或水牛的骨髓,营养学研究发现,每100克牛骨髓含蛋白质36.8克、钙304毫克,是高蛋白、低脂肪及含优质有机钙的富营养原料,很多壮骨粉、补钙产品所用原料就来自牛骨髓。《神农本草经》记载,牛髓油"补中填骨髓,久服增年"。《名医别录》称其能"安五脏,平三焦,续绝伤,益气力,止溢利,去消渴"。《本草纲目》说它能"润肺补肾,泽肌悦面,理折伤擦损痛甚妙"。

西安的麻花油茶绝大多数是回民在售卖,他们守在"坊上",一般都是前店后厂式的经营模式,很少有专门租赁门脸售卖的。原因前面说过,油茶主要的制作功夫在炒面,那是要提前在作坊加工的,真正的售卖只需要一口类似于盛放水盆羊肉的大锅即可。而且麻花油茶一般意义上就是单纯的早点,从经营成本计,专门开一个铺子很不合算。但市场的作用巨大,近年来一些店铺被几家合并起来使用,早上你卖早点,正餐我卖别的,到了晚上可能就是另外一家卖夜宵的店铺了呢,真是一种精明的算计,也是对店铺的充分利用,生意人的智慧是无穷的。

当然,在早些时候(现在也还有),销售麻花油茶的方式是用一个硕大的油茶壶推车沿街摆摊售卖。那油茶壶腹大嘴尖,足以装下上百碗,为了保温,会用厚厚的棉套包裹着。但凡有食客来,摊主会十分灵巧地从壶中倒出油茶,那力气那巧劲都是多年练就的,非经专门训练和多年磨炼是玩不转的。当然,这种形式的油茶就不方便把麻花提前泡进去,摊主会另外用袋子装着麻花,食客要加,须得自己掰碎放入碗中。这是一种方便的售卖方法,形式简单一些,但手艺好的话,质量也是上乘的。

西安本土有几家颇有年头和规模的企业把油茶制成一种方便食品,消费者买回家去,用开水冲或加水熬煮即可食用,味道也不错。

但要真正品尝到精致的麻花油茶,还是推荐到西安回坊的老店去,那滋味才地道。那一碗氤氲着热气、油香四溢、温润可口的油茶,一口喝下去,唇齿留香、喉舌滋润、肺腑通透,一股暖流瞬间充溢全身,那因早起倦怠的心田,也会因为这一口被激发,变得舒悦蓬勃。

秋深冬临、萧瑟满目、冷气侵袭,晨起倦意仍浓、口腔寡淡无味的你,何不去觅一处这样的所在?来碗油茶,加根麻花,好吃不贵,暖心暖胃!

陕西羊杂碎

羊杂碎，就是羊的下水。之所以称为"杂碎"，大概是因为人们觉得这些东西品类繁杂、七零八碎。

食物意义上的羊杂碎，是将羊的下水蒸煮后，或烩或拌或炒，然后大快朵颐。

吃羊杂碎的地方很多，大约有吃羊肉习惯的地方都吃，且吃法各异。陕西是吃羊肉的主要地域之一，吃羊杂碎也很盛行，做法很多，味道很鲜美。

陕西羊杂碎主要分为西安羊杂碎和陕北羊杂碎两类。

西安羊杂碎的做法是将羊杂碎清理干净之后蒸煮，再切片加汤烩制。由于西安有回民聚居，加之绝大多数从事餐饮，所以内部已经形成了明确的分工，比如卖胡辣汤和羊肉泡馍的店家并不打烧饼，而是由专门的作坊现打现送。而卖羊杂碎的店家也不从事清洗和蒸煮的活路，有专门的集中加工场所做这些，他们只需要到这些地方去趸回半成品，自己架火烧好骨头汤，再备好各味调料，比如葱花、香菜、食盐、味精、胡椒、油泼辣椒之类，便静等食客上门。

一般是清晨时分，戴着白帽的店家守着热气腾腾的汤锅，大

声吆喝:"羊杂碎,热乎的!""来了,几位?请坐!"之后,食客们会根据喜好告诉店家多要什么、不要什么等,店家便会大声招呼:"一位!免肝、免肺,辣子多!"请您注意这吆喝声,店家绝不会说"不要心、肝、肺"之类的话,而是非常婉转地用了一个"免"字。另外,说食客的人数一定会用敬语"位"表示,而不会用生硬的"个"字。回民深谙生意经,和气生财在此可见一斑。

店家吆喝过后,便会手脚麻利地为食客加工,先是从事先切好的杂碎中逐个或有挑选地抓取适量,放入一个大碗之中,再一手执碗,一手捏了汤勺,舀取热汤,浇入碗中,再滗出,再舀再浇再滗,如是三四次,杂碎已被浸热浸透,再加汤放调料,一碗热气蒸腾、香气四溢、内容丰富的羊杂碎就成了。食客早已急不可待、馋涎欲滴,接过来先吹口热气,喝口鲜汤,顿觉通体滋润,温暖舒适,遂慢慢边吃边喝,细细咀嚼,品味那肠肚的筋韧、心肝的绵软,吮吸骨汤的鲜香,体味那咸辣浓烈的味蕾刺激,五脏六腑为之浸润,郁气化解,热汗渗出,酣畅淋漓!食量大者,再要一个热的烧饼,或泡入汤中,或直接吃,实在是平民草根简单实惠的莫大享受。

陕北的羊杂碎和西安的做法有别。不似西安现做现吃,陕北那边是提前熬煮好一大锅。先将羊杂碎仔细冲洗后,入开水锅煮熟捞出,切成丝、片、条等。再以原汤下入切好的杂碎,加炸好的土豆条、粉条,佐以葱花、香菜以及红辣油等,即成烩羊杂碎。吃时盛入碗中,看那碗中三色,艳红、碧绿、乳白,红色的是辣椒油,绿色的是青葱、香菜末,乳白色的是鲜汤。喝一口鲜汤,吃一口杂碎,不膻不腻,味道香醇浓郁。在气候偏冷的陕北,羊杂碎尤其受欢迎,既可充饥,还可御冷逐寒。过去陕北贫穷,人们吃一碗廉价的羊杂碎,既是果腹,也是一种享受。现在陕北富裕了,人们还是没有忘了这一口,羊杂碎仍然是一道美味的地方小吃。

陕西人做羊杂碎,除了上面两个常态的品类,还有将其凉拌或爆炒的。比如凉拌羊杂碎,把蒸煮好的羊杂碎切成丝或片,佐以各色调料——油泼辣子、蒜泥、陈醋、食盐、味精等,一道酸辣鲜香的拌羊杂碎即成,这是一道上好的下酒菜肴。比如炒羊杂碎,也是一道美味。急火爆炒,佐以大葱、蒜苗、干红辣椒等重料,味道浓烈刺激,佐酒下饭,都是上品。

羊杂碎看似简单易做,实际做起来很不简单。单是原料处理起来就非常讲究,费工费时。单说羊肚这一项,如果没有经验,连泡带洗,干上一天也不见得能完全处理干净。所以自家做的很少,一般都是集中加工，开店经营。另外，羊杂碎一定要用新鲜的羊下水来做，用冷冻的就差多了。市面上有名的羊杂碎经营店都是用当天屠宰的羊的内脏来做，这样味道才会正宗。

羊杂碎，如同别的动物的下水一样，本来都是不入富人法眼的，一般会被抛弃。但总有穷苦的人们捡来当食物，不经意间，竟创造出许多美味来。如巴蜀之地的火锅，原是纤夫船工们加工"下水"的无奈之举，不想竟异常味美并推广于世。再如南粤的肠粉、鄂地的鸭脖，乃至京城的卤煮火烧，无不是"下水"，但都成了美味。所以，在这里引用这样一句"人民创造历史"，当不是附会。陕

西的羊杂碎,大抵同于此,原本弃之不用的原料,被精心炮制,为人类饮食文化又添了一笔。

毋庸置疑,羊杂碎早期是街巷的粗鄙食物,是穷人的专属。许多人看到奇奇怪怪的下水,又担心羊内脏的腥膻,或是不屑,或是惊惧。后来,随着口口相传,羊杂碎才慢慢为大众接受,但也仅限于重口味者。即使在西安,经常吃羊杂碎的也以男人居多,大抵是男人更喜刺激浓烈的口味且勇于挑战吧。一般鲜有淑女时尚者光顾,大概是惧怕其中的腥膻,或是矜持,以至很长时间笔者都认为这是西北汉子的专利。但一次上海朋友来,几位操吴侬软语的上海男子女子,竟主动要吃羊杂碎。我惊愕之余忐忑领去,心中惶惶,窃以为他们会浅尝辄止,不想几位大快朵颐,兴高采烈。原来羊杂碎也可以是阳春白雪,于是,笔者才不以羊杂碎为小众食物,才有兴致写出这篇文章来。

耳听为虚,眼见为实。许多食物需要勇气去尝试,就如臭豆腐。看到"新鲜"的食物,"斗胆"去尝一尝,也许会有一份惊喜,也许会为你在品尝食物方面提供多一种选择。

想想这样的场景,冬日的清晨,萧瑟阴冷、寒气凛冽,你走上街头,寻觅到这样的所在——那红红的炉火蒸腾着香醇的羊杂碎,香雾氤氲、滋味四散。你赶快趋步上前,瞬间那热乎、那香味勾人心魄。坐下来吃一碗吧,那味蕾的惊喜、通体的滋润,一定会给你意想不到的享受,会让你在寒冬里体味到浓浓的暖意和满满的幸福。

"老陕"把饺子吃出了花!

饺子是中餐的标志性食物之一,在中国北方,饺子是节日、平日都不可或缺的。这个经典的大众食物,各地有各自的风格,虽然万变不离其宗,但也是各有千秋。

陕西人把吃饺子的智慧发挥得淋漓尽致,几乎是"吃出了花"!

首先要推出的是"饺子宴",把饺子独立做成宴席的,全世界可是第一个、独一份!

大概是20世纪80年代初,西安一家久负盛名的饺子馆研制开发出了"饺子宴",之后不断改进翻新,到现在已经是西安美食的一个代表作了。

饺子宴,顾名思义,就是以饺子为唯一主角的宴席。能够把一种面食做成一桌筵席,实在是智慧与热情的结合,也凸显出陕西饮食文化尊古不泥古,既继承历史传统,又不断推陈出新,不断探索发展,更显现出博大精深来。

既然是"宴",就必须有相应的规模,有一定数量的品种,才能组成宴席。西安的饺子宴做到了,前前后后有三十几道饺子,最后收尾的依然是饺子火锅,够神奇的吧!

其实，这三十几道饺子，是西安饮食实力的体现。我们经常吃饺子，也会变换不同的馅，但变来变去只是内容变而形式不变，从外观上看都是一个模样，而西安饺子宴的饺子则一种一馅一形，这就不容易了。

先说饺子馅，有几乎你能想象得到的各种各样的组合，什么猪、牛、羊、鸡、火腿、莲菜、芹菜、韭菜、茴香、萝卜、核桃、木耳、香菇，等等，都能变换着花样和组合包在其中，让你以吃饺子的名义尝尽天下菜肴，不觉单调。而饺子的外形，则有扁形、圆形、三角形、菱形、花瓣状等等，极尽能工巧匠之能事。还有饺子皮，用了小麦面、荞麦面、米粉、栗子面等原料。味道则以咸为主，以甜辅之。看着那么多造型艺术韵味十足的饺子，你先是欣赏，后是迷恋，再是不忍动箸，一直到忍不住的时候把它们吞下去，也算是给自己一个艺术享受，也算是把这尤物保存在暖暖的胃肠之中。

每一道饺子上桌的时候，服务员一定会进行详尽的介绍，让你吃个明白。你先是增长了见识，学习了知识，懂得了营养的搭配，明白了许多养生的道理，之后你细嚼慢咽，直感叹"此物只应天上有"，直呼过瘾，大快朵颐！

饺子宴会根据食客的多少以及主客观的因素，挑选其中一些品种搭配，很少所有品种上全的，不然你真会眼大肚小，看了吃不了。在欣赏了饺子王国的众多佳丽之后，最后压阵的"太后"一定会出场——一道据说是慈禧享用过的饺子火锅。服务员一定会告诉你一个故事：当年慈禧西逃西安路途中，有一次不到饭点肚子饿了，命令厨师快做点心。慑于慈禧威权，谁敢怠慢？但又限于条件与时间，怎么办？一位聪明的厨师命帮手点燃火锅，炖好鲜汤，自己根据慈禧素日喜食饺子的习性，快速包好了极小的类似珍珠状的鸡肉馅的饺子，下锅稍煮即熟，赶快连汤带饺子盛于碗中呈给慈禧，凤颜大悦，大家平安。之后，这道饺子火锅便被命名为"太后火锅"。

西安饺子宴把当年太后吃的火锅奉献给百姓，还特别设计了一个非常温馨的细节——服务员点燃火锅之前先灭掉灯盏，类似于过生日吃蛋糕前点蜡烛一般营造气氛，但见黄铜的复古火锅，下有火焰熊熊，上有蒸气氤氲，实在是热闹温馨。揭开锅盖下进一小盘珍珠饺子，服务员会告诉你，接下来会随机盛给各位数量不等的饺子，如果你吃到一个，表明一帆风顺，两个双喜临门，三个三阳开泰，四个四季发财，五个五谷丰登，六个六六大顺，七个七星高照，八个恭喜发财，九个天长地久，十个十全十美！假如一个也没有，那就是无忧无虑啊！

于是,大家都复习一年级算术,看自己应了哪句吉言,一片欢声笑语,皆大欢喜!

还有一个比较特别的是,在几乎全国乃至全球华人中秋吃月饼时,陕西有地方拿蒸饺作中秋节的正餐。陕西关中一带的风俗,由于历史悠久的"天府之国"的元素,加之一千多年京畿之地的交融与积淀,更加丰富和独特一些。具体到饮食习俗上,就有一些比较特别的地方,比如大年初一吃饺子而不是年三十吃,比如中秋节不一定吃月饼,但一定要包顿蒸饺作节日正餐,等等,很有趣味。过中秋节时,陕西关中东府一带的人,一定要在这天做一顿蒸饺,作为阖家团圆的正餐。一家人团团圆圆,围坐一起,一盘盘蒸饺象征着团结、聚拢、向心与和谐。吃了这一顿蒸饺,那血浓于水的亲情,会更加浓得化不开。那之后的日子,也会更加温情、舒坦、愉悦、幸福。

在关中东府,至今仍然保留了用蒸饺招待贵客的习俗。如果你到东府人家做客,他们会立马招呼儿媳妇,今天给客人"捏"哦!那你一定要高兴自豪,因为你受到了热烈的、发自内心的欢迎。那一声"捏"不是别的意思,一定是要给你包蒸饺。

另一种特别的地方是对饺子的称谓,在陕西可是五花八门、丰富多彩!陕西,尤其是关中,饺子品种更多一些,特点似乎也更加鲜明。比如水饺,在关中一带又被称作"扁食""疙瘩""装装",甚至还有"煮馍"这样的称谓,只是这个"煮馍"的读音在方言中是"zhù mo",严格区别于牛羊肉泡馍的"煮馍(zhǔ mó)"。而现在的叫法随着社会发展已经发生了一些变化,但在过去以及现在的老年人口中,水饺就被叫作"扁食""疙瘩"(也有说素馅的是"扁食",肉馅的是"疙瘩")。至于"装装",则是水饺中的一种懒做法,即把饺子皮切成四方片,包成长方形的样子,形似装东西的口袋。而蒸饺,直至现在一些地方仍直接称为"饺子",到东府一些地方,主人如果说给你做"饺子",那端上来的一定是蒸饺。如果你想吃饺子,那不妨多说一句,要吃"扁食"或"疙瘩",否则端上来的肯定是蒸饺。说起来像绕口令,但确实是有趣的存在。

最后一点特别的是一种点心意味的饺子——酥饺。此"饺子"非彼"饺子",不是水饺,不是蒸饺,而是一种外形酷似饺子、内里裹着糖馅的、外面的面皮用油炸过的糕点。制作原料有面粉、糖、猪油、芝麻、青红丝等。制作方法颇为讲究,和面时要加猪油制成的干油酥、面粉和猪油加温水制成的水油酥,之后将干油酥与水油酥混合,制成稍厚的饺子皮,再包入白糖混合青红丝之类的配料做成的馅料,饺子的边缘要捏上花边。最后下油锅炸制,油温六成热即可,待饺子在油锅中泛黄浮起,即可捞出。这道点心有荤油有白糖,滋味馥香甜蜜,是饥馑年月里打牙祭的贵物,只有在红白事的宴席上偶尔可以吃到。现今已成一种日常加工的糕点,虽然油大糖多,但偶尔吃吃,还是有滋有味的。

林林总总的饺子,在这里成了百花园了,陕西人真真把饺子"吃出了花"!

给陕西饸饹梳理个脉络

饸饹是北方的一种重要面食,陕、甘、宁、青乃至蒙、晋、冀、豫等地都吃,而且都认为自己那口更好吃。

在陕西的陕北、关中地界,饸饹是极其常见的,食材主要以荞麦面为主。当然,小众的还有玉米面、红苕面等,小麦面也可以。

之所以会有饸饹这种吃法,窃以为是为了把杂粮变着花样吃。比如荞麦,说起来营养价值高,种起来也不挑地,耐寒耐旱耐贫瘠,在自然条件不是很好的地方广为种植,借以养活子民。但被称为"杂粮",应该是指小麦、水稻之外的种类,虽是粮食,但"筋度"较弱、质感粗粝、结构松散,不可能像小麦、水稻那样的做法和吃法。为了果腹且容易下咽,杂粮们就有了手法独特、千变万化的做法,初衷应该是让其容易下肚。比如荞麦面难以擀制面条,也难以做馒头,琢磨来琢磨去,试验来试验去,好像只有做成饸饹比较现实、比较好吃,也接近小麦的做法与吃法,所以饸饹便大行其道。在这样的启示之下,其他的杂粮,比如玉米、红苕乃至高粱等,也被做成饸饹,以解小麦匮乏之苦,聊解馋羡面条之情。

没承想这种无奈之举,倒成就了面食的另一种经典做法。饸饹以其独特的口感、丰富的调制手法,跻身于面食的主要序列,以至于后来还有人用小麦面压制饸饹,换个花样,比较起面条来也是另一种风味。

陕西南北狭长,跨越了三个气候带。陕南可以视作南方,不用考虑灌溉用水。而陕北乃至关中长期缺水,以至于有"治秦先治水"的说法,解决干旱始终是农业重任,而广为种植荞麦等杂粮也是应景之选。种得多了,吃得自然多,从陕北到关中,荞麦的品种也因土壤、气候等有所不同,饮食习惯、文化背景乃至经济发展状况也大有差别,于是,这饸饹也就有了不同的吃法。时间久了,都认为自己那一碗最好吃,这是自然。

前面说过,陕西地界上,从陕北到关中都吃饸饹,但风格各异,各有特色,主要体现在调制饸饹的方式方法不同,大概可以分为以下几类:

陕北的饸饹突出了羊肉。作为农耕文明与游牧文明交融的地区,陕北的羊很好,陕北人擅长做羊肉,更极喜吃羊肉,所以当地的几样面制品在调制时,一如既往地把"羊腥汤"发扬光大。一碗饸饹,浇上炖得香气四溢的羊肉汤,撒点葱花、香菜、辣椒面,那滋味就是神仙也抵挡不了,难怪要说"荞面圪坨羊腥汤,生生死死相跟上"。圪坨,是另外一种块状的荞面制品。羊肉饸饹,是陕北饸饹的不二特色,当地吃地椒草长大的羊,在生长过程中似乎就把自己拌和好了,加上当地红葱等配料炖得软烂的羊肉,配上品种独特、颜色较白的荞面,一碗之中,脂肪与碳水和谐地融合、科学地搭配,真是绝佳伴侣。在陕北,羊肉荞面饸饹随处可见,几乎每个地方都做,风格也基本统一。当然突出的是那拌和的炖羊肉,所以定边、靖边、横山、吴起等出产好羊肉的地方,饸饹更好吃。

在陕北,羊肉饸饹既是家常饭,更是待客的首选,如果有红白事,一定会拉开架势,大规模地压饸饹。起先的饸饹床子无甚奇特,就是一般支架在热锅之上的家用的。后来随着陕北经济的快速发展,人们日子好过了,就连饸饹床子也长大了。我曾经在一张图片上看到一个长与高各几米的巨大的饸饹床子,不但效率高了,就连压制饸饹的场景也有了艺术表演的成分,陕北人骨子里的豪迈与好客于此可见一斑。

关中的饸饹也几乎是到处都有,但做得比较好的、吃得比较多的相对集中在两个区域,一是荞麦的主产区,二是饮食文化丰富与人员流动较大的地方。

关中的荞麦主产区集中在北部,也就是关中平原与黄土高原接壤或过渡的地段,这些地方耕作条件稍差,更适宜种植荞麦。颠扑不破的道理,出产什么吃什么,多吃什么就会做好什么,荞面吃得多了,自然就做出特色了。

其中首推淳化、旬邑两县。这两个县隶属咸阳,属咸阳"北五县"范畴,荞麦种植面积大,荞面饸饹做得很好吃。这两个县的饸饹,特色在于那一锅臊子汤。做这个臊子汤,核心在于煎辣子油,它不同于一般的油泼辣子把热油浇泼在辣子面上,而是要先在锅里烧油,待油温热,再放辣子面。这里的关键有两点:一是掌握好油温;二是撒入辣椒面后要快速搅拌,之后慢慢煎熬这油辣子或辣子油,这是一锅臊子汤的灵魂,好吃与否的关键在此。煎熬好辣子油,再依次加入肉蔬配料、调料、水或肉汤。最后,一锅红艳艳、配料丰富、香气四溢的臊子汤即成，只管往压制好的饸饹上浇盖。看见那红得发艳的颜色和似乎遮盖在上面的一层油脂，初食者往往会畏惧，但尝试了就丢不下筷子了。这一锅臊子汤，油而不腻、辣而不燥、滋味醇厚，吃一口饸饹喝一口汤，那感觉就像快要起飞了。

与陕北饸饹相同的是，这两县的饸饹也是荞面所制，臊子也用羊肉，不同的是，还有鸡肉、大肉、豆腐、红萝卜、黄花等物，更丰盛，农耕文化的痕迹更重一些。之所以把淳化、

旬邑两县的饸饹拿到一起说，是因为它们风格大体差不多。但都认为自己的饸饹最好吃。这太正常了，谁不认为自己家乡的那一口更好呢？有趣的是，这两县的人吃饸饹可能吃得时间长、数量多，吃得也好像更专业，只管吸溜，似乎都不用咀嚼，时间久了，干脆就把吃饸饹叫作"吸饸饹"。"伙计，吸饸饹去！"当是一句热络亲近的话，如果到这两个地方有人请你"吸饸饹"，那可是把你当自己人了。当然，这里的红白事也是主打吃饸饹，在路上遇到熟人打招呼，问干啥去，回答："到娃他姨家吸饸饹去呀！"那是亲戚家有喜事呢。

另一个与陕北接壤的地界——铜川，也有好吃的饸饹。当地人都知道"北关饸饹"，那是因为铜川北关一带的几家饸饹做得很有特色。这里的饸饹一般不是现压现吃，而是分工明确，有专门负责压饸饹的作坊，卖饸饹的摊主批发了饸饹之后，自己准备臊子汤，食客吃的时候再现场"㴘"。这个做法与铜川的另一种名吃"耀州咸汤面"类似。这里的饸饹口感更筋道一些，那一锅臊子汤滋味更丰富一些，可能也是沾了当地药王孙思邈的福泽，熬制的臊子汤里药食同源的调味料更丰足、更养生。

铜川是座煤城，矿工多，过去的矿工劳动强度大，饭量大、口味重，所以当地的饭菜一般都具有口感筋韧、滋味浓厚的特色，北关饸饹的特色与成因亦当与此有关。时间久了，大家也就习惯了，口味也就定型了。但这里是药王孙思邈的故里，所以在属于中药范畴的中餐调料的运用上很是科学，动辄几十种调料（中药材）熬制的那一锅汤，可是在淡淡的药香里透着养生的科学呢。外地朋友可能一时难以适应，但完全可以大胆尝试，吃几次说不定就离不了了呢。

另一个与陕北接壤的地方——历史名城韩城，出于地域的、历史的、人文的原因，吃羊肉的传统也很悠久，这里的羊肉臊子饸饹也很有特色。只是这里的羊肉臊子不是直接炖煮，而是要"爦"。"爦"是烹饪技法的一种，几乎专用于制作臊子。韩城的羊肉臊子要先爦羊肉，再加入压饸饹的汤，据说这样做的臊子汤颜色好。然后放入米醋，加入用羊油炮制的油泼辣子的红油，一锅酸辣的臊子汤即成。吃的时候再加点腌制的咸韭菜、炒制的葱花，那滋味就是酸辣咸爨了。

韩城文脉深厚、饮食精细，主打的还有一种羊肉糊饽，也是农耕文明与游牧文明融合的食物精粹，有机会再详解。

说完陕北和关中北部，该说说西安周边的饸饹了。

渭南的南七饸饹。"南七"是渭南的一个村名，以一个村名成就一个美食称谓的鲜见，足见它的特色。这个村子有制作饸饹的悠久历史，一传十，十传百，在示范作用引领下，许多人在西安、渭南一带开店卖饸饹，足见功底深厚。渭南南七饸饹调制的臊子有荤有素，但基本与羊肉无缘，荤臊子主打猪肉，素臊子也以咸口为主，卖得时间长了，一般的店家调制臊子的功夫都不错。结合关中人吃汤面就馍的需要，这里的饸饹店一般都兼卖烧饼或是肉夹馍。吃口饸饹，喝口香汤，再"压"一口馍，干稀结合、死面与发面结合，口感更丰富、更利于消化。

蓝田、灞桥一带的饸饹。蓝田是厨师之乡，烹饪大师迭出，"勺勺客"们用劳力和智慧给人们送上美味。蓝田的饸饹历史也久，制作的工艺更讲究，滋味中和，尽显专业风范。这个地方早已把饸饹做成了"方便面"，真空包装，配以脱水蔬菜和各色调料包，买回家去很方便地就可以吃上一碗汤饸饹。灞桥是西安的东部郊区，此地的饸饹主打"凉调"饸饹，特色是那一碗自家做的土芥末，炝

好的芥末往饸饹里加一点,那股冲鼻的香辣滋味无比独特,但万不可贪多,不然会呛得你喷嚏连天。

周边的基本说完了,咱再回到美食之都西安。西安的饸饹比较有特色的就是羊血饸饹了。西安的名小吃里,羊血是一个吃法丰富的品类,有羊血泡馍、辣子蒜羊血等,乍听起来血糊糊的,没见过没吃过的话听着都恐怖。但中餐里面对几种动物血的烹制是很得法的,也成就了许多美味,完全不是臆想的那样。比如吃羊血,就是把新鲜的羊血凝结成块后蒸熟,然后切条切块而食,其他的血类吃法也大抵如此。具体到羊血饸饹,做法是用猪大骨、老母鸡等精心熬制的热汤"泖"几遍饸饹,再配上羊血条、老豆腐、粉丝之类。羊血性平、入脾经,有活血、补血、化瘀之功用,古代早已有医用、食疗历史,调制得法,很是美味。

陕西饸饹的基本版图大致是这样,但上面只是按地域描述,并且以荞麦饸饹为主做了一个总括性的介绍,其实,陕西饸饹还有更丰富的内容。

首先,不独汤饸饹,凉拌的饸饹也很有特色。所谓凉拌,就是把压好煮熟的饸饹放凉后,佐以各色调料拌匀。凉饸饹可以当饭吃,特别是油腻的食物吃多了以后,一碗凉拌饸饹可以清清肠胃、败败火,十分清爽宜人;也可以是一盘凉菜,简单夹取几筷,也是不错的味蕾享受。前面说过,陕西凉拌饸饹的特色是那一口芥末,提醒列位吃的时候一定要小口慢吃,不然会有东北小品中吃辣根的喜感。另一种特色是炒饸饹,做法类似于炒面,成品口感更筋韧,爨香扑鼻,也是广受欢迎的。

其次，前面说过，陕西饸饹的食材还有玉米、红薯等，但现在已经比较少见了，那都是粮食短缺，特别是细粮匮乏的年月里的一种吃法。比如玉米面饸饹，如果不是现压现吃，放置一阵后再吃就变得干硬，必须上锅蒸透之后才能重新变软，但还是会现出刚硬来，于是吃过的人就苦笑，称之"钢丝饸饹"。红苕面饸饹也是因为曾经拿红薯当主粮，所以一度占据过饭桌。这种东西初吃起来有薯香，淡甜，但连着吃就让人受不了了，毕竟是薯类，做面食实在是勉为其难，久吃，胃会泛酸水。这两种饸饹基本已经退出餐桌了，时间长了也有人想念这一口，好不容易找寻到了也会当作美味，但只能是偶一为之。

以上，把陕西饸饹念叨了一通。其实说白了，饸饹毕竟是杂粮做的，不适合当作顿顿吃的主食。但凭借对杂粮的精细加工，让饸饹这个下里巴人意味浓厚的食物，也成了人们追逐的美味。

多姿多彩的陕西饸饹，是你到陕西来一定要尝试的一种美味。

热腾腾的油糕迎新年

"热腾腾儿的油糕,哎咳哎咳哟,摆上桌,哎咳哎咳哟,滚滚的米酒捧给亲人喝,咿儿呀儿来吧哟……"曾经耳熟能详的一曲《山丹丹开花红艳艳》,道出了陕西人民的热情好客,随着这民歌飘香的,还有那热腾腾的油糕。

这里说的是陕北的油糕,它选用陕北特有的黄软糜子,经过去壳、清洗、泡闷、碾磨、发酵、蒸制、油炸等多种复杂工序,低温、中温、高温工艺制作而成。其工艺传统,选优质黄糜子经过石磨碾压、去壳,用清水泡淘数小时,晾干,用石碾子磨成粉,再经过50多个小时的发酵,再蒸制,加工成糕条后再经过10个小时以上的冷却,之后切片,油炸食用。这是典型的原生态无公害绿色保健食品,富含维生素、氨基酸等营养物质,不含任何添加剂,口感绵软香糯,滋味甘甜怡人。

陕北油糕在清朝康熙年间曾作为贡品,被列入宫廷御膳的菜。毛泽东、周恩来等老一辈革命家在延安战斗生活十三个春秋,更为这一传统美食增添了浓郁的革命文化韵味。

在曾经贫穷的陕北,油糕是逢年过节或是家中有大事的时候才能制作的食品,也是陕北人民探望亲人时极为看重的礼物。去陕北或到陕北人家做客,好客的陕北人一定会为你端上刚出锅的热腾腾的油糕——金黄的油糕上撒上白白的绵糖,看着就是一道风景,入口更是一份甜蜜。

陕北油糕有纯粹的糜子糕,也有包了枣泥豆沙馅的,一般是集中加工成半成品,在食用时现炸现吃。近年来,陕北人民把这一传统食物发扬光大,把传统工艺与现代真空包装技术相结合,延长了油糕存放期,可以保质、保鲜,油糕生产已经走上商品化道路。

陕西关中一带的油糕则完全不同于陕北油糕,关中油糕是用面粉包了馅料油炸的。面粉选用八百里秦川的上等小麦粉,馅料以白糖、红糖为主,也可以加入捣碎的核桃仁、花生仁等。制作时要提早烫好面备用,包时将面团搓成擀面杖粗细的条,切成鸡蛋大小的剂子,擀成巴掌大小的片;面片包了馅料,团成小球状,下油锅炸至金黄,用笊篱捞出,盛放在小瓷盘里。有趣的是,吃时别着急,一定要慢慢咬开一个小口,释放一下滚烫的糖液的热气,再徐徐小口咬嚼,那脆脆的表皮,绵软的内瓤,热腾腾、甜蜜蜜的馅料,一定会带给你满足与惬意。

吃关中的油糕对性子也是种磨炼,有句谚语叫"心急吃不了热豆腐",吃油糕同样,如果是那性急的人,不等油糕稍凉,不是小口咀嚼,而是囫囵吞枣地一大口下去,必会被烫得哇哇叫。关中制作油糕的历史长了,渐渐地还有了本地特色的谚语,比如形容某人行动迟缓,会说:"你还等什么,吃完油糕等喝油糕汤吗?"哈哈,那油糕汤就是滚烫的热油啊!关中人的言语实在梆硬,于此又可见一斑。

为了好吃又好看,关中油糕还有一个稍复杂的变种——泡泡油糕,即油糕表面泛起一簇纱雾般的面泡,煞是好看。这实际上是在和面的水里加入了猪油。在水中加猪油谓"乳浊液",类似于肥皂泡的原理。经油炸,油糕表面凸起薄薄的白色的面泡,好似隆起白色的小纱巾一般,也像是给油糕戴上了白色小帽,卖相大好。其食用之法以及口感与上述油糕无异。想想真是"食不厌精,脍不厌细",这个也许是因不经意的发现而创制的美食,可以追溯上千年历史呢。秦地历史悠久,文明积淀深厚,饮食文化实在是博大精深。

随着历史车轮的前行,各地饮食大有汇集交融之势。西安是美食之都,汇集了南北东西的美食,并且各行其道,互相促进,足见这座城市的胸怀。就这油糕而言,现在在西安随处可见,都被精心制作,都能热腾腾地迎亲人!

不要一味顾忌油炸与甜糖,这种精致的美味,一定要尝一尝,感受生活的甘甜,才不留遗憾。

烙面、醃面，世界上最早的方便面？

方便食品是应急之物，是闲时储备忙时即食的食物，它在战时、灾时以及在旅途中能为人们便捷地解决吃饭问题。如今，方便食品仍在发挥重要的作用。应时应景，一起来看看秦人对方便食

品的历史贡献——

陕西面条家族里有两个独特的成员——烙面、饦面。说其独特，是因为它俩不像别的面条那样生擀熟下，现场加工，而是提前制作好，可贮存，在吃的时候用热汤浒、泡、浇，像极了现今的方便面。

其中的烙面，用的是小麦粉，做法类似于摊煎饼，当地人谓之"摊烙面"。但这个摊烙面可比一般的摊煎饼工程大得多。一是量大，即便家庭制作，也要一次做几十斤面粉的，所谓做一次，吃一向。二是要洗面。洗面是陕西面食制作的特色和精细之处，也即将面中的面筋洗出，另用，洗去面筋的面水没有了筋骨，质地细腻绵软，用其做面皮、熬面糊等，成品口感舒适。烙面也用洗去面筋的面水做面糊，之后上鏊子摊制。三是摊烙面的鏊子很大，大到尺把长宽，甚至一米宽、两米长的样子，虽然原理和手法都和街头摊煎饼的类似，但巨大的面积会大大增加劳作强度，当然也十分考验功力。

摊好这巨大的烙面，一定要用文火，陕西人认可的最好的文火就是麦秸火，火性温和是其一，其二是"煮豆燃豆萁"，麦秸火烤麦面，也算是原汁原味、相得益彰。这巨大的烙面要摊得不焦不煳、略带金黄，待两面皆有脆干的星星点点的焦黄色，便表明内外皆熟。此时要用长杆挑起，晾晒在绷好的绳索上。所谓晾烙面，一是冷却，二是进一步风干水分。晾晒一阵之后，将烙面折叠，用纱布包裹，用青石压瓷实，让面片的结构更紧致。后用刀切成丝，这烙面的前期制作工作就算完成了。这样的烙面可以贮存一阵，时间依季节气候而定，现如今有了冰箱，就可以大大延长贮存时间了。

摊烙面费时费力，好不容易做好了，吃的时候岂能马虎？必须要烹制好五香四溢的烙面汤。这汤一般是肉汤、骨头汤等,佐以五香大料以及油盐酱醋等调味料烹制,提味的是精心制作的油泼辣子,再放入炒好的大肉臊子,以及豆腐丁等素臊子,这一锅色泽艳红、香辣诱人的烙面红汤就准备就绪了。来吧,开吃了!往碗里放一小把烙面,浇一大勺臊子汤,再放入韭菜、香菜、蒜苗、葱,稍作翻搅,即可大快朵颐。这样的面条,既能吃出一般面条的面香,更能吃出一丝类似于烩饼的感觉,口感更筋韧,烙出的面条更筋道。要温馨提醒一句的是,这面条不能煮,不耐久泡,它毕竟是用摊煎饼的手法做出的面条,而不是揉好的面团擀制的,况且已经是洗去筋骨之后的面,所以,热汤浇上,稍微冷却,不烫嘴了,赶紧吃,吃的就是这个煎活和新鲜。

烙面流行于陕西咸阳一带,以礼泉县制作的最为有名,以至于说起烙面,人们一般会说礼泉烙面。礼泉置县已久,因县境内有醴泉,泉水如醴,而名"醴泉县",20世纪60年代,为简化易读,许多县名中有生僻字的都改为简化易读的,醴泉遂易名礼泉。唐太宗李世民长眠于此,他的陵园"昭陵"据说是世界上最大的皇家陵园,著名的"昭陵六骏"石刻即在此。这个地方的人制作烙面的历史悠久,技艺娴熟,近年来,这道家常美味已广为市肆所售,不惟当地人享用,其他地方的人们也可以品尝到了。渐渐地,烙面也被制作成包装商品对外销售,顾客买回家后,简单加工即可食用,既有方便面的便捷,又比一般的方便面营养、健康得多。

比较起烙面,跐面就得多费点口舌了。先说这个"跐"字,不独难读,更是难懂。按照词典释义,所谓"跐",本义是"一足行走""单腿转动";基本解释是折回、旋转,如趄来趄去、趄摸等。那么,这个字用在一种面食上,到底是什么意思?还是先来看看趄面的制作方法,也许能更好地理解。

趄面是用七成荞麦面与三成小麦面混合制作的一种面食。制作过程比较复杂,须选上等荞麦与上等小麦,磨成上等面粉。制作趄面的和面程序叫作"盘面",将面盘硬后加水,用木棒搅和,逐步搅成稀糊状,然后用鏊子烙烤。这两道工序既有单根木棒的搅和,又有摊煎饼用的刮子的旋转,其动作都接近于"趄"的本义。那么,趄面的名称是否来源于此?关于趄面名称的由来或含义,笔者查阅了许多资料并询问了行家,基本说法大致如此。笔者浅陋,也许有更靠谱的说法没有掌握,但大意应该如此吧!好在不是科学研究,基本说明情况,让人能有个大致了解就可以了,重要的是它的美味。

趄面的制作,与烙面异曲同工,都可以归为摊煎饼的总体范围。但趄面的食材主要是荞面,荞面是杂粮,面粉的筋度低,这就决定了它要烙得厚一些,质地也会软一些。摊成大煎饼之后,也要经历晾晒、切制的程序,之后就可以加工食用。趄面制作好后可以贮存,据说冬天可保存十天半月,夏天可保存三天左右。趄面的吃法不同于烙面,它不是浇汤,而是浸泡,这一点更接近于一般意义上的方便面。吃趄面时,取适量面放进开水锅浸泡两分钟左右,之后捞出盛碗装盘,加盐、醋、葱花、花椒面等,淋上清油泼制的辣椒以及熟猪油,再加上猪油泼制的辣椒。这里要画重点了,最提味的是那一勺猪油辣椒,这是点睛之笔,也是趄面的不二特色。

猪油油腻荤腥,现在的人谈之色变,但其实热热的猪油在菜肴饭食制作中相当提味,能大大增加饭食的肉荤特质。不但食之窜蹿香,而且能给稍微粗糙的食材增加油润,也能滋润肺腑,甚至利于代谢呢。在过去,这一勺猪油可是求之不得的美味,现在生活好了,猪油似乎被厌弃。其实不然,任何可以吃的东西都可以吃,只是要适可而止。就如猪油,完全不用畏惧,偶一为之,少量食之,既是美味,又能促进健康。

加了辣椒油和猪油的䴔面,面条绵润,滋味油辣,香气充盈,真是粗粮细做的一道美味。只是这离不开猪油辣子的䴔面,曾被认为是乡村坊间的平民打牙祭的食物。许多人要么觉得其颜色褐黄青黑,要么畏惧那猪油的腻味,轻易不想、不敢尝试。但只要你端起碗来,估计就放不下来,谁吃谁知道,一吃忘不掉。许多食物就是这样,因其出身偏僻,因其外观怪异,起先总会被一般人所抗拒,但只要尝试过,许多人便成了忠实拥趸,甚至会狂热不已,比如油炸臭豆腐,看看现在有多少光鲜亮丽的小姐姐会围在摊子边呢!从这一点来看,䴔面也是一定程度上被误解了的"黑暗料理",实则是健康营养的一道美味,单那荞面,现在

不是很被推崇吗？

踅面流行于渭北一带，比较起烙面来，它的流行地域似乎更狭窄，准确点讲，基本集中在合阳县。合阳，原名郃阳，与上述礼泉县同样的原因改为合阳。境内的洽川湿地极为悠久著名，《诗经》中著名的"关关雎鸠，在河之洲。窈窕淑女，君子好逑"便出自此地。另外，合阳还有一种独特的艺术形式，即提线木偶戏，也称合阳线腔。当地谚语"不吃踅面不看线，不算到过合阳县"中的"线"即指"合阳线腔"。

烙面、踅面都是历史悠久的面食，也都有许多美好的历史传说。烙面据说起源于商末周初，因其存贮期长、方便携带、热汤冲泡即成面食的独特优点，被周武王选定为伐纣途中的军用伙食。久居关中平原的数万军士，背负着烙面开进河南，打败了商纣王，开辟了周朝的天下。据说汉高祖时，韩信在合阳地界黄河边的夏阳渡，用木罂渡军活捉河东魏王豹，为解决十万军士吃饭问题而发明了踅面。有了这样的传说，两地人都称自己的面是"世界上最早的方便面"，这完全可以理解，能借此推广宣传原本小众的踅面，是大好事。

只是这两种比方便面好吃一万倍的面条，反而要借助于问世不过几十年的现代方便面之名宣传，实在是可待思索。几千年历史的传统食物，能流传至今理应可以说明一切。如果缺乏知名度，没有广为人知，一定是我们的推广宣传有所欠缺。当然，也可能还是那句话：陕西的面条太丰富了，这两个独特的品类被陕面的汪洋大海淹没了。那笔者就为这两种面条说几句，郑重地推荐你们尝试。也应一句题，记住这两个"世界上最早的方便面"。

拿粉蒸肉当饭吃，只有西安人这么豪迈

一般来说，粉蒸肉是个大众菜肴，以主料带皮五花肉加米粉和其他调味料制作而成，成品有肥有瘦，红白相间，油香四溢，软糯滋润。通常意义上，这是一道下饭菜，也可以用荷叶饼夹了吃。在酒席饭桌上，这道菜曾经很受欢迎，一片片滋味醇厚的五花肉，甫一上桌便被抢而食之，特别是在油水短缺的年代。后来，吃肉容易了，疾病缠身了，大多数人对这道肉肥油大的菜开始敬而远之，想吃又不敢吃。实在经不住诱惑或好友的撺掇，斗胆吃上一口就放不下筷子了，但想吃第二口又忌惮"三高"，真是幸福的烦恼。

可是西安人拿粉蒸肉当饭吃！信不信？其实，这里卖了个关子，说西安人拿粉蒸肉当饭吃是真，但此粉蒸肉非彼粉蒸肉。

西安人拿来当饭吃的粉蒸肉，指的是粉蒸牛肉，西安人所说的粉蒸肉，一般指的就是这个。这个粉蒸肉的主料是牛肉和面粉。重要的事情再说一遍，请注意：用的是面粉而不是米粉。做法大致是：选用稍肥一些的牛肋条肉切成麻将大小的块，之后加葱段、姜片、酱油、料酒、盐，以及提前碾碎炒好的花椒、白芷、五香粉等，用手抓匀腌制一夜（稍长些到24小时更好），这样，肉就被腌得入了味。再挑出里面的葱、姜，拌入面粉，让每块肉都均匀地沾上面粉,并且盆中无多余面粉即可,所谓面裹好了肉、肉沾完了面。接下来就是蒸制了,先大火后小火,几个小时下来,这粉蒸肉就肉烂面香了。

看上面的叙述就可以知道,这个看起来简单的食物,背地里下的功夫可不简单,费时费力。售卖时,提前蒸好的肉被放在一口大铁锅里,上面盖着厚厚的干净的白棉被,下面还有小火在持续地烘着。一有食客上门,戴了白帽的店家便会手脚麻利地揭开棉被,嘴里面询问着"偏肥偏瘦",得到应答之后,便用小铲熟练而灵巧地从锅里盛肉,右手执铲、左手拿碗,左挑右拣,应你所求,包你满意。末了,看看是熟客,还会特意加一块肥嘟嘟、油囊囊的牛油,搁在盛好的肉上面递给你。

吃这个粉蒸肉的,早先就是一些老西安人,且以男性居多。盖因这个食物听起来油大肉多不说,卖相也是表面油乎乎的一锅油面团,如果不是亲自尝试,很难被表面所吸引。只有熟谙西安传统饮食精髓的老西安人,知道这一口吃食的奇妙,因而成为其坚实的拥趸。后来,随着社会的发展,饮食文化被急速地推广开来,粉蒸牛肉这个原本是老西安人钟爱的,但知名度不高的小吃,被口口相传、媒体推广,特别是经由网络的传播,很快被更多的人所熟知,也就有了更多的人去尝试。不想这一尝就丢不下筷子了,多好吃啊!以前怎么不知道呢?呵呵,要知道梨子的滋味还是要亲自尝一尝,人类要是没有那斗胆一尝西红柿,现在会少了多少好吃的东西?

其实,就西安粉蒸牛肉本身来讲,可以说是一道搭配比较科学和谐的食物。论起来,但凡肉类,总会有脂肪油荤腥膻,佐以各种调料、用各种烹饪办法加工之后,腥膻去除,但脂肪油荤依然,所以大多数的肉类是被当作菜肴的,进食时搭配主食,取长补短、互相成就,这似乎是正道。单纯吃肉,一般情况下很难作为独立的一餐饭,即便是过去的游牧民族也要搭配着米面的。而西安的粉蒸牛肉,是把牛肉和面粉混合着制作的,这就显现出科学来,牛肉的油脂被面粉充分地吸收从而不再油腻,寡淡的面粉吸收了肉油而更加醇香,两者珠联璧合,进而使肉不腻、面更香,可不就是一种和谐?

就如前面所言,这个听起来让人害怕、看起来不诱人的美味,终于被许多人所接受了,吃的人越来越多,做的人、卖的人也越来越多了。记忆之中,偌大的西安回坊,卖粉蒸肉的就那么三五家,可前一段时间去看,已经有几十家了,而且生意都不错。

看那卖粉蒸肉的店里,一个个食客守一碗肉,剥几头生蒜,一口肉一口蒜,吃得唇齿流油、舌尖跳跃。如果是纯粹的"吃家子",只专注吃肉,可能会吃得有点腻有点噎,这时喝一口店家免费提供的熬制好的老茶,打个饱嗝,好一个舒坦。如果是甫一尝试的,既想享受肉香又不大适应油腻,不要紧,店家一定还准备了荷叶饼或是小个儿的坨坨馍,拿来就着吃就是。特别是那些老吃客,一定还会要一块肥油,呼啦一口吸进去,直看得旁边的新客目瞪口呆,那么油腻吃得下?能好吃吗?呵呵,谁吃谁知道,谁吃谁香啊!顺便说一句,那肥油当然不能多吃,谁也不会多吃,但一块肥油吃下去,既慰藉了味蕾,也滋润了肺腑呢!一碗粉蒸肉下肚,吃了

肉又吃了面,可不就是一餐饭吗?这也就是咱西安人拿粉蒸肉当饭吃的题解。

现在,粉蒸肉在西安已经成气候了,大多数店家集中在回坊,其他地方也有售卖。随着网络的发达,其中的几家已然成了"网红",生意十分火爆,要吃的话就得做好排队的准备,而且得去早点,不然卖完了就得第二天了,这东西可不能现做哦!

可以当饭吃的粉蒸肉,又一种美食诱惑,又一个在西安逛吃的理由。那么来吧,古老的西安、网红的西安,一定会有更多的幸福让你品尝!

冬日里，那一碗黏稠鲜香的米儿面

记得小时候的冬天格外冷，房檐上垂挂着尺把长的冰凌子，屋外的墙角尚未消融的残雪堆积着，又一场雪降临了，或是鹅毛大雪在狂风中肆虐地飞舞，或是在空中被冻成硬芯的雪掺刺拉拉地打在脸上生疼。这样的天气里，麦秸火烧了一晚的热炕似乎粘连着人的肉身，让人实在不愿意也怯惧于起身走出门去。

但那样的冬天人类却无由"冬眠"，大人们继续田间的劳作，孩童们依旧要去学堂里读书。尽管脸上冷出了皱皮、手上冻出了疮患，人们依旧要吸溜一下鼻涕，窝着脖子、笼起双手、迈开冻僵的双脚去营生或者奔前程。

这个时候守在家里的，一般只能是年迈的老母，她要料理家中的一应事务，更要紧的是为出门的家人做一顿抵御严寒、温暖肺腑的饭食。

做什么呢？熬煮一锅黏稠的小米粥？那倒是可以温心暖胃呢。但对于出门劳作，出了大力气的"下苦人"，或者是正在长身体、用脑多的孩子们，单单一碗米粥，是不足以让他们填饱肚子的，顶多只能"哄"个半饱。那怎么能行？

要不擀顿面条？滋味倒是香蠂。但做成干面条吧，对于倦归而又寒冷饥渴的家人,似乎干巴了些,吃着不舒服;做成汤面条,稀汤寡水的,也就能对付一下,似乎不过瘾。再说,那时候的农村人是不吃早点的,早上起来到中午胃里面还空着呢,一下子酸辣齁咸的,肠胃也不舒服。

怎么办呢?做成什么样的饭食,既能汤汤水水、热热乎乎,又能滋味香釅、温润肠胃?

能不能把面条下在小米稀饭锅里?好啊!熬一锅小米粥,米少水宽为宜,在将熟之际,下入擀好的面条、备好的菜蔬,加炒好的臊子、调料,齐活!

看到这里,也许您会不屑,说了半天,不就是一碗米拌面嘛!可是,请您先别这样简单武断,其实食物的原料、做法没有太大不同,但为啥能滋味迥异?可不就是细节上的不同嘛!譬如饺子和包子,不都是面里包馅?可为什么要兴师动众地做半天?为什么不索性吃面吃菜?事实上您不会这么做,那是因为您有了吃饺子和包子的不同体验。

而这一碗所谓的"米粥拌面",绝不是一碗面条、一碗稀饭的简单混合,套用化学术语:是"化合"而非"混合"。

记得这一碗米儿面是这样做的:清晨时分,佝偻着身子的老娘,送家人出门之后,收拾利索屋子,便早早地"洗手做羹汤",先是拾掇各种菜蔬——红白萝卜、豆腐、粉条、黄豆之类,该洗的洗,该切的切,该泡的泡,齐备了才心安。之后便要擀面、淘米、熬粥。

熬好了粥,下入面条以及各色菜肴,便是一锅美味。只见硕大的铁锅里,黄澄澄的小米被熬出了花,洁白的面条在金黄色的米汁里舒展着腰身,红的萝卜丁艳红了脸,白的豆腐丁吸足了汤汁变得软嫩,黄的豆子被汤汁泡涨了肚腩,筋韧的粉条被煮得恰到好处,五彩斑斓,一副五谷丰登的好模样!

家人进门后,跺着双脚搓着手脸,周身冒着凛冽的寒气,肠胃里也咕嘟乱叫了,老娘会急急地把炒好的葱花下进锅里,从调料罐里取一大勺驱寒的花椒粉,再撒一把盐,这一锅米儿面就有滋有味了。

给大人们取大老碗盛得快要冒尖,给孩子也把蓝瓷花碗盛满。"快吃吧,油泼辣子在案板上,你们自己放。""慢点吃啊,锅里还有,别烫着心哦!"

早已饥肠辘辘又身躯冻僵的家人们,也许就站着,也许就蹲着,迫不及待地开动——吸溜一口滚烫的米粥,再捞一筷子面条,几乎不加咀嚼便下肚,喝一口吃一口,喝着吃着、吃着喝着,风卷残云,一下子头冒热汗,全身的关节松泛起来。啊呀——长舒一口气,疲累与饥饿一下子被荡涤殆尽,一腔的暖意又让精气神复归人身。

于是乎,这种美好的饭食便成了农家冬日里的美味,一代代地传承下来。这就是米儿面哦。

也许是仿制中的变异,也许是因地制宜,这一碗米儿面,在一些地方演变成了糁子面,也就是用玉米糁子替换了小米,但滋味大体相当,应该统一归为米儿面——有小米的米儿面,还有玉米的米儿面。

这碗米儿面在许多年前,作为农家传统食物被引入了饭馆酒

店,起初一些人不明就里,看到米粥和面条的混合,很是不悦地认为是不是把早上喝剩的粥用来烩面了。其实,别说是营利的酒楼了,就是农家自己做这道饭,也不会用剩饭的,如果有点做饭经验,你就会知道剩的饭熬粥是断不会有那番黏稠的口感的。

后来慢慢地这道饭变得广受欢迎了,在古城的一个小有名气的饭馆里,这道米儿面一度成为点单率很高的饭食。究其原因,肯定有怀古思旧的因素。年龄大点的或小时候有农村生活经历的人想再尝尝这一口,发一发思古之幽,念一念往日之情。

但另一方面,肯定还有味美的因素。米面混合,相得益彰,米粥中一旦加了调料,便会在原有的清香之上又多了一味,比如皮蛋瘦肉粥,比如有人用米粥做火锅底汤等,都是为了达到这样的效果。而面条经过米粥的包裹,滋味又多了一层温润与中和,变得更加诱人。

总之是粥更好喝了，面也更好吃了，吃了面又喝了粥，不惟数量叠加，更是衍生出第三种滋味。

真切地记得十几年前，我在古城招待一位京城的朋友，他可几乎是"衔着金汤匙"出生、锦衣玉食地成长的，他应该是吃遍了各路大菜，指明要吃点农家饭，于是在一家土味甚浓的饭馆，我带点忐忑地点了碗米儿面。记得那米儿面是论窝上的，也就是一小盆，我为他盛了一小碗，请他尝尝"下里巴人"的饭食。根本没有想到的是，这位朋友一经尝试，便一发不可收拾，那一窝米儿面被他干掉一多半，还直呼："太好吃了！"一桌本地朋友起初以为他是觉得新鲜，不想第二天送行时他一再要求，吃什么都可以，但一定不能少了那一盆米儿面！后来听说，他回去后每每念叨，陕西那碗米儿面真好吃啊！

看来这米儿面有市场。这一碗无比家常、土气十足的原生态饭食，看似上不了席面，却是那样的接地气、那样的受欢迎！

也是，一种风俗、一种食俗的来历，可能很复杂，也可能很简单，但能够延续下来的，一定是符合规律并有普遍性的，就如小众的米儿面。

哦，室外已然秋去冬来满目萧瑟了，急匆匆地迈着脚步的南来北往谋生求学的人们，一定会在寒风中向往温暖的家园，最好是一进门就能听见厨房里的咕嘟声，那氤氲着热气的锅里，可是那黏稠鲜香的米儿面？

蒲城面辣子

汉语真是博大精深,许多字面相近的词语,意思却大相径庭,体现在方言中尤甚。比如陕西话中面面辣子与面辣子两词,一字之差,但含义云泥。面面辣子是指碾碎的干红辣椒,是陕西人常吃的辣椒,油泼辣子、油泼面中用的辣椒就是面面辣子;而面辣子则是另外一种奇妙的存在,与面面辣子完全不是一回事,欲知详情,且听我娓娓道来——

面辣子是个啥?没吃过的人,单看这名称,无论如何也想象不出这究竟是一种什么食物。而吃过的人,则无不称过瘾解馋!

其实,这是陕西蒲城一带所独有的一种饭食,原料易得,做法简单,方便快捷。一般说来有蒸和煮两种做法。

蒸面辣子的基本工序是:将切成片的大蒜、切碎的葱花、辣椒面放入盆中,用烧热的食油浇泼之后,再放入食盐等调料,搅拌均匀。然后掺入干面粉,用筷子拌匀,因为有食油,面粉不易结成疙瘩。待面粉与蒜片、葱花、辣椒面充分结合后,再倒入适量清水,搅拌成稀稠得当的面糊。这个环节一定要掌握好稀稠,太稀寡淡,太稠的话成品就成搅团了。之后,将泡好的粉条、切成小丁的豆腐放入,拌匀,把盛放面糊的面盆直接上笼屉蒸熟即可。一般与馍同时蒸,馒头熟了,面辣子也就熟了,正好把热馒头泡进同食,亦饭亦菜,饭菜一体。

过去做面辣子都是蒸制的,那也是因为各种食材,尤其是食油短缺,只有蒸馍时,才舍得做一次,以至于人们对面辣子的印象就是蒸馍时的副产品,似乎也只有蒸制这种做法。

后来,生活越来越好了,人们却懒得蒸馍了,大部分时间是出去买馍吃。不蒸馍了,还想吃面辣子,怎么办?当然可以单独蒸,但图省事、图轻松的人们,索性采用煮的办法,把面辣子的制作工序简化了,于是,面辣子也就有了煮的。

煮面辣子的工序与蒸面辣子的前半部分基本一样,油泼辣子、蒜片、葱花,拌入干面粉,调成面糊。不同的是,后半部分则改

为烧锅添水,水沸腾后先下入耐煮的粉条、豆腐,之后倒入面糊熬煮,不大工夫一锅面辣子就可以出锅了。

这个做法比蒸制的简单一些,稀稠更容易掌握。但说实话,还是蒸制的味道更醇香一些,毕竟蒸制的时候各种滋味是被严严实实地捂盖着的,食材互相之间香味交织的程度更到位。

但无论是蒸还是煮,面辣子的灵魂都在,那就是简单食材组合之后的奇妙:主角是蒜片,经过蒸煮,蒜香四溢,氤氲在面糊之中;油泼辣子和面粉融合后经过再度加热,去除了较为刺激的辛辣,进而透出更为柔和可人的香辣;至于豆腐、粉条,在蒜辣爨香的面糊之中,被赋予了更高一层的滋味,不再寡淡,充分升华到"五香四味"的新层面。这几种简单的食材科学结合与充分交融,便产生了出人意料的效果。

这道饭食看似简单——用料随手可及,做法简便易学,但要做出正宗的口味来,并非易事。一般的厨师似乎对此不屑一顾,但动起手来,又不一定能烹出好味。手巧的主妇如果是初学,也难以掌握诀窍。只有蒲城的厨师、巧妇深谙个中三昧,不经意间手到味出。

制作这道饭食的关键在于调制面糊、选放配料。面糊稀稠必须恰到好处,蒸煮后的成品方能稀稠得当。配料之中,大蒜必不可少,且必须切成大薄片,蒜不切则不出味,碎则不成形。至于其他配料,少则太寡,多则喧宾夺主。这一点必须拿捏得当,不能因为现在日子好过了,东西多了,咱就往里面多放点食材。还真有人往里面放了木耳、黄花之类的东西,看似丰盛,实则画蛇添足,没有了原本的味道。

还要啰唆一句的是,传统食物一经定型,就不要再折腾了,祖辈上千年的做法是非常科学合理的,那是经过了充分的筛选淘汰、去劣存精才积淀下来的,咱们要做的只有继承。那些打着创新旗号折腾传统食物的,要不了多久还会回归传统,这方面的例子多的是,姑且不提。

其实,面辣子是昔日产粮多而蔬菜少的日子里蒲城民间的一道下饭菜。蒲城直至今日都盛产优质小麦,良田基本都种了麦子,甚少种菜。此地面食优良丰富,为调剂生活,更好地吃面食,人们便想办法造出菜来,而且是用面造菜。你看这道饭食,主料仍然是面粉,配料也无非大蒜、粉条、豆腐等,难得的是经过乡人的巧手烹制,竟成了一道传统好"菜"。这样也一举两得:既采用了盛产的小麦,又制出一道好菜,饭菜一体、美味可口。原料简单又营养丰富,故此美食经久而不衰。

面辣子在蒲城又被称为熟辣子。外地人观其外形,有人称其为辣子沫糊,近年还有人将其归入胡辣汤之列。其实与胡辣汤相比,两者虽然外形有点相似,但实际上有本质区别,胡辣汤(不论是河南风味的还是西安风味的)都是煮制,而面辣子则是蒸、煮并举,尤以蒸制为佳。另外,面辣子的主要成分是面粉,而不是胡辣汤的菜蔬,这可能是根本区别。

这个原本是家常饭的美味,近年来被引入蒲城的饭馆之中,不独家乡人喜爱,外地大多数朋友也十分喜欢。二三十年前就有蒲城人把饭馆开到西安,各种小吃之中就有这个面辣子,十分受欢迎，点单率很高，以至于有人到饭馆就奔着它去。后来饭馆老板把面辣子的价格一再调高，别人笑问其原因："一碗面糊糊你咋卖这么贵？"不想老板苦笑言道："哥你是不知道，咱开这个饭馆成本高，就想多卖点贵菜呢！可人家来了就点一碗面辣子，顶多再加俩蒸馍，你说咱卖不卖？没办法，只有把价格调高一些，不然我这后厨就几乎专门做面辣子了！"呵呵，足见这面辣子的受欢迎程度了。

家乡的面辣子配橡头馍，造就了一方人的豪爽刚硬，也哺育出代代英才。远方的游子，每忆至此，顿觉口中生津、思乡情切。那一股家乡味道，那一丝念旧情怀，魂牵梦绕，永难割舍。乡党们到外地不管干得多好多大，那味蕾还是想念家乡的饭食，尤其是面辣子和橡头蒸馍——这两个蒲城美食的搭档式的名片。其中的橡头蒸馍可以携带可以邮寄，但那一碗面辣子，可是无法走路。怎么办呢？我经常跟外地的同乡开玩笑说，给你邮寄一碗面辣子吧！气得人家直笑骂。末了逗他一句：想吃不？回来吧，回来管够。当然，这玩笑不能多开，说多了把人家说得想家了又回不来，那就得伤感了。

怎么办呢？也许最好的办法是自己学会制作，想吃了、想家了，或蒸或煮，来一碗就是。但就如前面所言，这么简单的饭食，并不是简单学学就能会的。就如本人，每每想吃，也得等到周末，家人团聚，过去是老娘，现在是老姐姐们，一定会精心烹制出来，直让人觉得美味在眼前、幸福在身边，一顿家常饭，足以让亲情浓浓地萦绕心间。

蒲城的蒸馍拿秤称

蒲城是陕西的大县,人多、耕地多,小麦种植面积大,而且优质高产,这就为它独树一帜的特产——椽头蒸馍奠定了坚实的基础。

蒸馍,在北方稀松平常,家家离不了,过去家家也都会蒸,很少有人上街买回家吃。但蒲城的蒸馍很早就成了商品,早早地就有人开店卖、挑担卖。大概是手工制作的缘故吧,蒸馍很难大小分量统一,为了公平买卖,蒲城蒸馍的售卖不是论个儿,而是论分量,现场用秤称着卖,于是,民间就有了"蒲城蒸馍拿秤称"的说法。蒲城原来土厚水硬,一些乡的口音咬字狠、发音粗硬,蒲城念作"蒲坑",蒸馍念作"耕馍","秤"念作"铿","称"念作"坑",外地人打趣,笑言"蒲坑的耕馍拿铿坑",此话一度流传很广。后来随着蒲城改水工程的实施,蒲城的高氟水得以彻底改良,人们的口音似乎也轻巧了许多,但深层的原因是文化水平的提高乃至普通话的推广,让现在的蒲城人已经很少有那样的发音了。当然,蒲城的蒸馍也早已不称着卖了,都是论个儿、论箱。

蒲城的蒸馍一直是一种重要的地方特产,蒲城人会把蒸馍当礼品送给朋友、带给亲人,外地的朋友到蒲城,吃蒸馍、买蒸馍,几乎是行程表中必备的内容。近年来,随着商品经济发展,人们生活水平提高,蒲城蒸馍的产销量越来越高,衍生的各色各样的干馍类产品也越来越多,生意持续红火,光是县城就有几十家专营店,为这些专营店提供产品的生产厂家或作坊就更多了。尤其逢年过节,蒲城的蒸馍生意更加红火,除固定的门店,还会有临时搭建的摊位销售,到蒲城买蒸馍的人络绎不绝,几乎所有从蒲城驶出的车辆,都装满了蒸馍。我是蒲城人,每年春节,给亲朋好友送出的蒸馍总有几十箱,而且无一例外受到真诚的欢迎,似乎一箱很廉价的蒸馍,比那烟酒茶更受待见。

蒸馍为什么这么受欢迎?

敝帚自珍,自家的宝贝一定好好晒一晒。蒲城的蒸馍叫作椽头蒸馍。为什么叫椽头蒸馍?椽,就是老式房子的椽子,用来棚搭

瓦片。橡头就是橡子截下来的一头,上下两面平,上小下大,橡头馍就是这样的形状,有别于其他大众化的馒头。

蒲城人蒸制橡头馍的历史可以上溯到什么时候没有考证过,据蒲城县官网资料:橡头蒸馍曾是当地人民祭祀的供品,明朝时有县令制定了橡头蒸馍的制作形状标准,之后就基本定型并延续至今。清道光年间,名臣王鼎在家乡也曾用橡头馍招待林则徐。当年慈禧落难西逃途经蒲城时,吃到了县令贡上的橡头馍,赞不绝口,并将其钦定为朝廷贡品。爱国名将杨虎城常用家乡的橡头馍招待同僚,犒赏将士。橡头馍中更有着蒲城独有的人文底蕴。

橡头馍的蒸制过程很讲究,原料为上等白面、酵面、水。其中酵面用量:冬季略多,春秋居中,夏季最少。和面用水水温:冬季略热,春秋适中,夏季较凉。制作时先用面粉同酵面和成面团发酵,春、秋季发酵5—6小时,夏季发酵4—5小时,冬季发酵7—8小时。取面粉和成面团,压成面片,包入发好的酵面团,再将些许干面粉放在面块上,用木杠反复挤压,直至干面粉与湿面团结成硬面团为止。将经过反复揉搓的面团放进瓷盆,盖以湿布,饧半小时,待面团发软时,取出面团放于青石墩上,用压面杠反复折压,直至柔软光润,移至案板上搓成条(要求不见缝隙),再切成剂子,剂子刀口面朝下,用双手掬住,右手向前,左手向后,左手拇指压住馍顶,搓成下大上小的馍坯,形状如橡头。然后将馍坯整齐地排放在案上,盖上湿布回饧。待馍坯饧透,在笼屉上抹一层菜籽油,摆上馍坯。铁锅置火上,水开后上笼,汽圆后,再蒸约40分钟即成。比起一般的馒头,橡头蒸馍的制作的确很费事,一水、二面、三醇、四和、五压、六揉、七蒸、八起,这八道工序每一道都不能出任何差错,任何一道工序不合格,就不能做出椽头馍特有的色香味。

除了工序的严格,做椽头馍的水以及面粉也极讲究。和面的水讲究用井水,因为地下水经过土层的过滤,其中的矿物质及酸碱度不同。曾经蒲城人只用县城内东槐院的地下水,其所含的矿物质和酸碱度最合适,其余各处之水,不是偏碱就是偏酸,都不能用。以前曾有人试图在西安当地加工椽头馍,但因水质不合适,最终放弃,只能在蒲城当地制作,再运输到西安销售。除了水的讲究,做馍用的面粉也非常讲究,必须要用蒲城当地产的高筋小麦,面粉最好用人工石磨磨的,因为人工磨面速度慢,面不会发热,小麦中的原始成分不会被破坏掉,做出的馍香与不香,都与此有关。

如此讲究的制作方法和用料,使得椽头蒸馍具有馍白皮展、数日不裂、营养丰富、甜香可口等特点。蒸馍作为一种北方人最主要也简便易做的主食,应该是自家制作或就近购买,缘何蒲城椽头馍能引得外地人不远百里甚或千里前来购买?许是蒲城人把它千里百里地带到或送到外地去,使这么家常的食品成为礼品,并逐渐商品化,而且它一定有它十分突出的特色,用蒲城人的说法就是"凉吃酥,热吃绵,烤着吃了更解馋"。

然而,旺盛的市场需求又给传统的手工制作带来了严峻的挑战:如何才能做到既能保证产品的固有口味、质量,又能扩大生产量,满足更多消费者的需求?也就是说,如何在保持传统和走向市场之间找到一个结合点?蒲城人反复试验之后,大胆引进了半机械化生产线，将和面的工序采用机械化操作，而关键的揉面、搓条、整形等工序则坚持用手工完成，这样既保持了传统，又大大增加了产量。

在蒲城民间，至今仍传承着逢年过节送花馍的习俗，以馍当礼在蒲城乃至渭北地区并不为奇。因椽头馍具有当地特色，过去当地人将椽头馍送给在外的亲朋好友，后来，一些来蒲城旅游、公干的外地朋友也购买椽头馍作为旅游纪念品。随着市场经济的发展，蒲城人积极挖掘椽头馍的文化内涵，设计制作了精美的包装箱、包装盒、包装篮，精心设计外观图案，撰写简洁生动的说明文字，推行礼品化包装，大大提高了产品的附加值，同时，礼品化包装也使产品更便于携带和运输。蒲城椽头馍从开发到规模生产，再到发展壮大的历程，无疑遵循了传统产业的发展规律，因而拓宽了更为广阔的市场，成为备受大众喜爱的特色食品。

悠久的历史、传统的工艺、上乘的质量、独特的口味、严格的继承和积极的发展，使椽头馍声名渐起，已经成为富县富民的一项特色产业，以至人们提到蒲城，第一反应就是椽头馍，椽头馍恰似一张介绍蒲城的名片。

啥是老碗？

大块吃肉，大碗喝酒，大秤分金银！这是当年梁山好汉的豪迈，其中的"大碗"可是今日之"老碗"？对盛放食物的容器，中国人自有分寸，宜大则大，要小便小。大有大的豪爽利落，删繁就简；小有小的玲珑精巧，礼仪备至。老碗，是一种刚性需求，也是一种人文情怀。

老碗，是陕西人对硕大的碗的称谓。

按照词典里对"老"的释义，有形容词、名词、动词、副词以及前缀、后缀几种词性及用法。其中形容词里有"高龄、长久、娴熟、厚、大、排行最后"等几种意思；而名词则为对先辈、年长者的敬称；动词里有敬爱、敬重，以及"死的婉称"等意；副词则有"经常"之意；至于前缀，则多见于姓名前，或是排序，等等。

那么，陕西人口中"老碗"的"老"到底是什么意思？形容碗之"大"？名词中的敬称？动词里的"敬重"？还是副词里的"经常"？抑或是拟人化的前缀用法？

按照一般理解，应该是"大"，也即"大碗"，因为所谓"老碗"的外观特点就是硕大。但问题来了，为什么不直接叫大碗而称"老碗"？碗本来就有大有小，区分个大碗、小碗就行了，为什么非要称之为"老碗"？其实，从外观上看老碗并不只是"大"，单纯用"大"来解释或表述，并不能完整阐述"老碗"的含义。

似乎应该再考虑"老"的其他含义，比如，形容词范畴的"长久"，那老碗就多了一层含义，即用得长久的碗；再考虑名词范畴的"先辈、年长者"的含义，则老碗可以有拟人化的"碗的先辈"的意思；再扩展开去，考虑一下前缀的用法，那这里的碗是不是可以有了"老李""老张"的意思，即人们将每日陪伴着的碗、使用频次高的碗、劳苦功高的碗，爱称为"老碗"？

以上分析，哪怕是牵强附会也无妨，毕竟有趣，也算是对老碗的细致分析，是对老碗的敬重和喜爱。毕竟，老碗在我们的饮食文化里，是一个非常有趣的现象，值得聊一聊。

老碗的外形硕大，容积自然也大。一般的老碗，即那种青花粗瓷、碗底有托的巨大的碗。既然是碗，那功用就是盛饭盛菜，而且是个人单独使用的，并非公用的摆在桌上的碗。那么，既然是个人使用且端在手上的，为什么要做得那么大？看起来似乎空碗都很沉，那再盛上饭菜，端起来都费劲，吃起饭来能舒服吗？

看来我们真是好日子过久了，对一些过去流传下来的东西都不太理解了。

之所以会有老碗，第一个考量肯定是让碗多盛一些。有人要说了，饭要一口一口、一碗一碗地吃，一碗不够再添啊，为什么要一次盛个够？这个问题必须要考虑到老碗的诞生地、诞生年代：首先，老碗诞生在陕西，确切讲在关中。关中人曾经的饭食浓缩而简单，基本就是"一碗盛"，面条、麦饭、凉皮、稀粥，都是一碗即一餐,不用七碟子八碗的铺陈,就一碗了事,那这碗是不是就得大点? 其次,老碗的使用者是关中老陕,更多的是"下苦人",劳动强度大,饭量自然大,索性就把碗做大,一次吃个饱;再者,从老陕的性情上来分析,他们做事干脆直接,不喜繁文缛节,与其一碗又一碗地加饭,不如一次性解决问题! 当然,这里面有玩笑的成分,更确切的意思是:关中饭食简单,可以一次性地盛到一碗之中;关中人食量大,一次需要盛多一些;关中人豪爽,待人实诚,怕客人不好意思加饭,干脆一次一碗让你吃饱。

还要浓墨重彩地说,之所以用老碗,也有效率方面的考虑。过去岁月里,或是战事频仍,必得干脆利索地填饱肚子好上阵厮杀;或是劳作繁重,需要尽量缩短进食时间,好腾出时间去为生存而劳作!

在过去的关中,特别是农村,老碗的使用很有趣:但见饭时,在村头的空地上,一群光头黑衣的男子,每人手里捧着一只老碗,或蹲或坐。碗里可能是满满的稠稠的苞谷糁、小米粥、拌汤、饸饹,偶尔也可能是汤面条,极少数时是干面。他们左手端碗,右手执筷,可能还抓着两个馒头,就那么香甜地吃着。之所以不在自家屋里吃饭而要端出来,一是因为聚会的需要,这样吃饭热闹,边吃边谝,天上地下、东家长西家短的,各路信息在这里融汇传播;二是因饭食简单,那么一个老碗就盛完了,根本用不着饭桌——也许根本就没有饭桌。这样的景象,被人形象地称为"老碗会",老碗在这里是一个突出的符号。及至这一老碗饭下肚,浑身便新添了力气,赶快下地干活哦! 不干活老碗里盛什么?

也可以想象，在过去的战乱年月，无论军民，都需要尽快进食，尽快吃饱肚子。那老碗就是最好的容器，一老碗饭狼吞虎咽地吃完，或是上阵迎敌，或是奔走逃命，哪里顾得上品味七碟子八碗？于是，这老碗就成了老陕们吃饭的标配。

上面或是恭敬或是调侃地分析了老碗使用的必要性，下面说说老碗产生和存续的可能性。

要说老碗，绕不过耀州瓷。以耀州黄堡、陈炉为核心的百里窑场，早在唐代就是北方的重要陶瓷生产地。耀州瓷曾是唐代皇家用瓷的主要来源，耀州也是青瓷的诞生地。其后，随着中国政治中

心东移,加之其他原因,生产的耀州瓷以民用为主,关中地区的民用瓷器,曾经基本都来源于此,老碗就是其中的主打产品。

大约在20世纪70年代之前,耀州的陶瓷经常通过民间贩运来到关中。稍微上溯一点,在经典著作《白鹿原》里,就有一个住在南山根的"碗客",经常把从耀州贩运的老碗弄到白鹿原来卖,积攒了可观的财富,可见这生意的红火。当然,这"碗客"品行恶劣,后来被愤怒的民众"铡"了,那是题外话。笔者十岁左右,就曾经见过从"北山"来村里卖老碗的生意人,那时候钱紧,大家基本上以物易物,用宝贝的粮食换老碗。没办法,吃饭不能没碗,还记得电视剧《白鹿原》里败家子白孝文落魄时抢"舍饭"时没碗的窘境吗?

曾经的日子过得很快,变得也很快。就如饭碗,很早就有了洋瓷碗,后来又有了塑料的、不锈钢的碗,它们比陶瓷的老碗耐摔,一度很是兴盛,老碗慢慢被冷落。再后来,生活水平提高了,文化品位也提升了,人们还是觉得中国传统的陶瓷更漂亮、更安全,于是又开始用陶瓷的碗,但大多数是用观赏价值更高的细瓷碗,粗枝大叶的老碗就渐渐没落了。无论是城市还是农村,一般家庭的厨房里，老碗的踪迹已难觅了。

不知道从什么时候开始，老碗又在一定范围内兴盛起来，先是在影视剧里，主人公手里的老碗显出一些朴拙豪迈甚至洒脱不羁，夺人眼球。后在一些酒肆饭馆里，老碗被当作怀古的物件摆出来，让食客们惊叹并尝试，但更多的成了一种文化符号，一种念旧，甚或是一种噱头。

网络时代到来之后，老碗这种古朴的食具，经由网民的各种传播，一下子成了网红产品。端起老碗摆一个造型，拍张照片或一段视频，一下子觉得似乎穿越了呢。

于是，老碗就又出现在大众视野，又被津津乐道。于是，我们也有兴致聊一下它的前世今生。

正经讲起来，老碗本是实用的生活用具，后来被赋予一种文化色彩，这是好事。当它是生活用具甚至必需品时，人们的生活是劳累而匆忙的；而当它被当作符号、道具甚至玩具时，人们的生活是轻松与惬意的。不惟老碗，其他的工具或用具，在时代的发展、历史的变迁里，也经历了这样的过程。

现在，老碗更多的是被作为关中饮食的代表性符号，一些食肆就用了老碗的名头吸引顾客。这一定程度上也是念旧、传承，更是发展。

记住老碗的历史，记住老碗的功用，记住曾经的乡愁，方能不忘初心，认真地传承文化。

有机会到陕西，您一定要端一端那硕大的老碗。

为西安的几种"黑暗料理"正名

"黑暗料理"一词本是舶来品,经网民引申扩展,一般是形容由初学者或者厨艺一般的人做出的卖相令人难以接受的菜品等食物,或特指某些材料或做法特别,常人无法下咽的食物,有时候还指故意制作的富有创意的食物。总之,所谓"黑暗料理",没有什么特定的准确概念,更多的时候是指菜品的食材、工序让人匪夷所思,而且做出来的成品形状、色泽、味道很诡异,没有特别的贬义,更多的是一种调侃、自嘲或幽默。

西安小吃品类丰盛,随着社会的快速发展,人员流动和交往的增多,大多数小吃品种已经为越来越多的人所接受、喜爱,比如牛羊肉泡馍、肉夹馍,各种面条、凉皮等等。但也有一些小吃品种,因为食材选用、制作工艺、成品卖相等,还没有得到大众的认可,有的甚至因为食材搭配似乎有悖常理、调制过程看似不合常情、食物卖相不够鲜亮等,让大众望而却步,呼之为"黑暗料理",不敢轻易尝试。

其实,这些小吃都是些好东西,只是宣传、诠释、推广不够,没有被大家所了解,自然就不被理解和接受。下面选择几种聊一聊,看聊完之后会不会勾起您的食欲。

首先要说说卤汁凉粉。凉粉本是大众小吃,凉拌、热炒都可,本无甚奇特。尤其凉拌,把凉粉切成条块,佐以蒜汁、醋水之类,筋道中透着绵软,酸辣开胃、清爽滋润,南北方皆有。只是西安人吃凉拌凉粉,喜欢就着馍吃,这馍可以是蒸馍,也可以是烧饼,这种吃法有点拿凉粉当菜的意思,一直以来好像都是这样。但饮食这种事,有时候会不经意创新,如果创新得到位,符合大众的口味,可能就会开发出一个新品种来。就拿卤汁凉粉来说,原本是极小众的一个西安土著吃法,印象中,大约在二十年前,西安回坊就有开店卖这个的,但生意很清淡,食客似乎仅限于西安土著,或是回坊周围的住户,且以男性居多。后来很长时间,这种小吃也没火起来,原来开的店也关了开、开了关,好像店家自身也信心不足。

还是网络的传播功能太强大,忽然有一阵,回坊的一家生意原本一般的卤汁凉粉店,因为外地游客的好奇,被拍了发到网上,竟一下子火了起来,短时间内食客云集,到了饭点还要排长队。一来二往地,这种看似搭配不合常理的小吃一下子火了起来。

其实,所谓卤汁凉粉,还是应了西安人吃馍、吃泡馍的传统食俗,似乎只要碗里有汤水、手里有块馍,就能成就一种泡馍,这种吃法西安人更愿意称为凉粉泡馍。但凉粉怎么泡馍?想想都不搭界,但就是有,于是就引起了外地人的好奇,想着去看看、尝尝,不想一尝便成拥趸,撂不下这一口了。

卤汁凉粉用的就是普通的凉粉,浇的是熬制的蛋花卤汁,调的是醋水、蒜水、芥末、芝麻酱、油泼辣椒等,这几种调料都是重口味,重口味再堆砌到一起,似乎不合调料"咬合"的道理,各种味道交织，似乎也不和谐。但经营者凭借其经验，还是大胆地把它们搅和到一起，下料够猛。单那颜色也红黄杂陈，再加上白的五香鸡蛋、黑的松花蛋，啧啧，这五颜六色的，怎么吃啊？于是，有人调侃说，这不就是"黑暗料理"嘛！

但好奇心还是让人们去尝试，斗胆吃一次看看究竟。客观地讲，有个别人吃几口就撂下筷子了，这不奇怪。但一尝就丢不下的也大有人在，这些人再一传十，十传百的，呼朋唤友带着小伙伴再去，慢慢地就捧红了这个"黑暗料理"。

其实，静静地分析一下这碗凉粉泡馍：有爽口的凉粉，有香醇

的卤汁,有芝麻酱的油香,再加上芥末的呛、蒜汁的辛以及油泼辣椒的香辣,真就是滋味几重天,一碗多体验。况且还有五香的鸡蛋,质感筋韧、味道馦香的松花蛋,这滋味够全乎的,营养也说得过去,拿来当一餐饭是够资格了。

于是,这种凉粉泡馍被命名为"卤汁凉粉",于今已逐渐拓展,单回坊已有多家店经营,生意也因为"黑暗料理"的噱头与生趣而越发红火起来。炎热天气快到了,这种更适合夏天吃的食物,相信届时会更火。

除了卤汁凉粉,西安还有几种容易被归为"黑暗料理"的小吃,比如羊血泡馍、羊杂碎、肉丸胡辣汤、粉蒸牛肉等等,或是因名称"恐怖",或是因卖相灰暗模糊,乍一听一看,没有尝试过的都会却步。但中国传统饮食文化博大精深,几千年来创制的各种小吃都是人民智慧的结晶和积淀,能传下来自然有它的道理。至于小吃的名号,听来不雅的名号,其实也有道理,比如"狗不理包子",比如"臭豆腐",以中国语言文字的宽度和厚度,完全可以叫出别的雅名来,但这样的直白在一定程度上更接地气、更诙谐,也更利于传播。

比如西安的羊血泡馍,那是把新鲜的羊血凝结成块后,蒸熟切条,配以掰成小块的坨坨馍,用滚烫的猪大骨和老母鸡精心熬制的热汤汆几遍,再配上老豆腐、粉丝之类做成的一碗泡馍。羊血性平、入脾经,有活血、补血、化瘀之功用,古代早已有医用、食疗历史,调制得法入味亦是美味。还有一种更接地气的吃法,就是直接把羊血蒸熟切块,放入大量的蒜泥,再像油泼面一样泼上油泼辣子,加入其他作料,就是一碗重口味的小吃,很多老西安人爱这一口,它的名字就叫"辣子蒜羊血"。在早先的西安夜市上,这是一道主打的小吃,现在似乎见得少了,如果有机会碰上,推荐您尝试一下,很是浓烈刺激。

比如西安的羊杂碎。羊杂碎,就是羊的下水。之所以称为"杂碎",大概是因为觉得这些东西品类繁杂、七零八碎,也是谐称。西安羊杂碎的做法是将羊杂碎清理干净之后蒸煮,切片,用羊汤沏制。一碗热气蒸腾、香气四溢、内容丰富的羊杂碎上来,边吃边喝,细细咀嚼,品味那肠肚的筋韧、心肝的绵软,吮吸骨汤的鲜香,体味那咸辣浓烈的味蕾刺激,五脏六腑为之浸润,郁气化解,热汗渗出,酣畅淋漓!食量大者,再要一个热的烧饼,或泡入汤中,或直接吃,实在是简单实惠,不失为平民草根的莫大享受。在陕北的榆林、延安,羊杂碎的做法与西安有所不同,那里的人们更爱吃,一碗羊杂碎,是许多人吃了多年的不二早餐。

羊杂碎,如同别的动物的下水一样,本来都是不入人们法眼的,一般会被抛弃。但总有穷苦的人们捡来当食物,不经意间,竟创造出许多美味来。如巴蜀之地的火锅,原是纤夫、船工们加工下水的无奈之举,再如鄂地的鸭脖,乃至京城的卤煮火烧,无不是下水,但都成了美味。所以,在这里引用这样一句"人民创造历史",当不是附会。陕西的羊杂碎,大抵同于此,原本弃之不用的原料,被精心炮制,为人类饮食文化又添了一笔呢。

比如西安的粉蒸肉。在西安,说到小吃类的粉蒸肉,一般指的就是清真的粉蒸牛羊肉,用新鲜牛羊肉和面粉佐以多种调料拌制、蒸制而成。这种小吃都是在家提前做好,再拿到店里或出摊售卖。在过去这是个小生意,考虑成本因素,很少专门开店,一般都是摆摊;近年随着旅游热潮,生意渐火,已有专门的门店。这个粉蒸肉的卖相乍一看就是一锅松散的油面团,颜色实在不鲜亮,更谈不上什么造型,没吃过没见过的,打眼一看不明就里,感觉似乎又是"黑暗料理"一个。其实,肉和面的和谐融合,既减轻了腥膻油腻,又把肉香油香渗透到面粉之中,互相融合,科学搭配,相得益彰。再来几瓣大蒜解解腻,喝一碗贴心的店家熬制的砖茶爽爽口,那滋味更有特色。还可以搭配荷叶饼,就更是一餐饭的标配。这种小吃在本地人中拥趸很多,有现场吃的,更多的是打包回家热了再吃。肉中有瘦有肥,资深的吃家往往会来一句"来块肥油",油乎乎的一块,大口吃下,看得旁人目瞪口呆,但谁吃谁知道,那滋味妙不可言。

　　细细论起来,西安似乎还有一些容易被归为"黑暗料理"的小吃,比如果木熏大肠,它又被称为"梆梆肉",盖因过去走街串巷叫卖时敲梆子。这种东西卖相就更容易被陌生者抗拒,似乎是黑红的一根根大肠,那么丑,怎么吃啊!但其实这是一种名贵小吃,售价不菲,好之者几日不吃便馋得慌。前几日在西安幸会一个京城饮食界大佬,他就非常喜欢梆梆肉,看来是内行,懂门道。

　　念叨这几种曾经被边缘化或者被误解的小吃,是觉得它们实在是好东西。好东西要推广、要分享,而分享,就要说清楚。最起码要让您知道,这些可不是什么"黑暗料理",而是实实在在的美味。

　　对于不了解的事物,需要虚下心来探究,没弄清楚状况时,慢下结论。就如这些"黑暗料理",如果误解就会错过,那才是遗憾呢。

　　愿西安这些其实光明的"黑暗料理"更光明。

替耀州咸汤面吆喝几声

耀州，今铜川耀州区，原为耀县。

耀州有个地域代表性小吃——咸汤面，依当地口音，一定要读作"hán（二声）"汤面。

这个耀州当地人一天不吃心发慌的小吃，出了耀州就难觅踪迹。外地人到了耀州，听了名字就心中婉拒，看到实物也提不起太大兴趣来。

为什么呢？

窃以为问题首先出在名字中的一个字上——咸！在讲求饮食健康的当下，许多人有"三高"，处于亚健康状态，饮食追求清淡、少盐，咱这一个突出的"咸"字，可不就吓退了一大拨人？再说，陕西的面条种类多了，什么臊子面、油泼面、蒜蘸面，这些名字，或是能让人想象到制作时画面的热烈，或是有一丝未知的神秘感，或是直接说明做法、描绘吃法，总归听名字就能勾起食欲。

但咱这咸汤面，很坦白地告诉别人，咸汤里的面，既没有丰富内涵，也没有想象的空间，甚至被人诘问：哪个面的汤不是咸的？大不了带点酸辣，难不成还有甜汤面？

这不是抬杠，实在是名字起得过于直白实在。

但就是实在——这里的人实在,这碗面更实在,索性不玩花头不绕圈子,简单明了地就叫"咸汤面"。

这一叫就是上千年哦。

是不是当初应该叫个别的名字?是这里的文脉不厚,还是传统不深?

当然都不是!

要知道耀州可称得上"天下名州",这里有药王孙思邈,有书画大家柳公权、范宽,有养生胜地药王山……所有这些,都足以说明这里历史悠久、文化发达、传统深厚,更能说明为这一地域性名吃这样命名绝非没文化,也不是不用心,实在是——它好像只能叫咸汤面!

赶快来看看它的做法:一锅面汤,用三十几种调料熬制而成!药食同源,中餐的调料本来大部分就是中药材,于是乎,你把这一锅面汤看作保健滋补的中药也未尝不可哟!你能说这不是药王精心研制的一味良药?如果西安的葫芦头泡馍能说是药王当年赐给的几味中药成就的,那咱药王家乡的这碗面汤,不是更有理由说是药王开出的良方?

上面的话是半开玩笑,其实仔细想想,应该说此言不谬。

用几十味中药熬制的一锅汤,那是怎样的治病防病、十全大补?当然,这些药材遵循着严格的药理,互相咬合,滋味肯定是美好的,绝非良药苦口。

既然做了面汤,当然要有盐。盐在这一锅汤里可能是最廉价的调料,但滋味较之其他调料更大众也更突出,于是,这碗面干脆就叫咸汤面了,总不能叫中药面、药汤面吧。当然,也可能是朴实内敛的耀州人谦虚地叫了这么个名字,慢慢地固化下来、流传下来,就有了咸汤面这个名字。

咸汤面的面是碱水面,提前煮好凉凉,到吃的时候盛在碗里,用那一锅丰盛的面汤"冽"几遍,待热透,再加上几片煮好的老豆腐、一撮油炸豆腐丝,撒上切碎的生韭菜,再极其关键地浇上油泼辣子，一碗咸汤面大功告成！

这是一碗表面看起来实在有些简陋甚至粗鄙的面条，没肉没菜的，怎么看也勾不起食欲。但是，这一碗面的精髓在于那闻起来似乎有点中药味的面汤，吃面之前，一定要先喝口汤，这一口汤喝下去，你就放不下碗了。

这一碗汤实在是神秘的汤，你看不到多少丰富名贵的药材，但你能领略到熬制面汤的讲究。它的面目是那么朴素甚至单调，但浓厚醇香的滋味早已深深地蕴藏在其中了。

这一碗面更多地被当作早点。按说北方人特别是陕西人早餐很少吃面条。但一方水土养一方人，在一方水土生活就必然造就一方胃，就如兰州人早餐的那一碗牛肉面、武汉人"过早"的那一碗热干面，都是一夜睡眠之后肺腑的需求。耀州的咸汤面，肯定也是水土、气候的因由，也是为了满足人们清晨补充养分、活络经脉的需要，天长日久，耀州便有了因地制宜的咸汤面。

每到耀州，必吃咸汤面。虽不是当地人，但也能感觉到吃后四体通透，五脏六腑为之滋润，整个人的精神为之一振！

可见这咸汤面是好东西，不光当地人需要吃、喜欢吃，外地人吃了也很舒服。

中国人的智慧在饮食上体现得淋漓尽致，东西南北的早餐几乎都有那么一碗汤，羊肉汤、胡辣汤、炒肝汤、油茶、稀饭、豆浆等等，其实都是异曲同工，都是一碗在清晨唤醒人的五脏六腑的汤，都是一碗给人的一天奠定气力的汤，也都是一碗让幸福感从清晨开始的汤。

咸汤面，当然亦如是。

不独是碗汤,它更是一碗实实在在的面条,可以果腹,可以提供碳水化合物等一众营养,可以让辛劳工作的人们充溢足够的力量。

很早就念叨过耀州咸汤面走出耀州的推广话题,可总是有人说外地没人吃。其实不一定,现在东西南北的饮食交流融合,连国外的东西都能大行其道,难道咱们这个蕴含着丰富饮食文化的咸汤面就走不出耀州?

要走出去,要把咸汤面的丰富内涵阐释明白、宣传清楚,让更多的人了解、理解,敢于尝试,如此肯定会产生一批拥趸。

一种积淀了百年千年的小吃,没有理由不自信。

一种如此美味的地方小吃,不能老是养在深闺。

耀州咸汤面,希望你走出耀州,相信你会为更多的人带去口福、带去滋润、带去美味。

水盆羊肉何以成为"网红"?

水盆羊肉是牛羊肉泡馍的一个重要的分支,全称为"水盆羊肉泡馍",简称为"水盆羊肉",本地人更是极简为"水盆"。

近年来一些热播的影视作品中,如《舌尖上的中国(第三季)》《那年花开月正圆》《长安十二时辰》等,都出现了水盆羊肉的身影,使得这个陕西传统小吃成为"网红",为食客津津乐道并趋之若鹜。

那么,水盆羊肉到底是什么?有哪些不同流派?为什么能为大众所喜闻乐见?不妨细细考究,慢慢道来——为什么叫作水盆羊肉?首先是要和其他的羊肉泡馍的形式相区别。因为就羊肉泡馍而言,正统的应该是羊肉煮馍,也就是用提前煮好的肉和汤,烹煮半生的烧饼(坨坨馍)掰成的馍块。其表现形式是大师傅守着一大锅煮好的肉汤,手执炒瓢,对食客自己掰好的馍块进行烹煮;另有切肉师傅从提前煮好凉凉的肉块上片出肉片,再从泡好的粉丝盆中揪出适量粉丝,同时码放在食客掰好了馍块的碗里;而食客则要提前拿到半生的坨坨馍,仔细地掰成适当大小的均匀的馍块,并提出相应的要求。这样看来,一碗羊肉煮馍的生成,需要食客、切肉师傅、烹煮师傅三人的有序操作和衔接。相比较而言,羊肉煮馍的工序复杂考究,须得食客和两位师傅互相配合方成,缺一不可,而且这三道程序都会对一碗羊肉煮馍的质量产生不同程度的影响。所以说,羊肉煮馍更复杂、更讲究,对饭馆的煮肉、切肉、烹煮的技术水平都有较高的要求。要开店卖"羊肉煮馍",各项要求都更高。

　　从以上叙述来看,羊肉煮馍的技术要求高、程序复杂,需要投入的人力多,耗费的时间也比较长,一定意义上是大餐类型。那么,如果要相对简单地售卖羊肉煮馍,并且能使食客较快地吃到,水盆羊肉就是不错的选择。因为水盆羊肉虽在煮肉准备阶段与羊肉煮馍要求差不多,但在当店售卖阶段,只需要把提前煮好的肉涮热，简单调味，即可连汤带肉地上桌。而食客拿到的烧饼（坨坨馍）是全熟的，是可以当下就吃的，吃的时候因人而异，可以用熟烧饼夹碗里的肉当肉夹馍吃，再慢慢喝汤，也可以把熟烧饼随意撕成大块丢在汤里泡着吃，食客进店，几乎不用等待，很快就可以吃上饭。从这个意义上来看，水盆羊肉是羊肉煮馍的简化版，一定意义上也成了快餐版、普及版，所以，很多怕麻烦的食客会选择水盆羊肉。另外，由于羊肉煮馍的加工乃至吃法很是讲究，所以一些外地食客初涉此道，更愿意选择几乎没有什么技术门槛的水盆羊肉。

如此，就不难理解水盆羊肉为什么比羊肉煮馍更容易推广和普及，进而成为"网红"。

分析了水盆羊肉的走红原因，再细细地聊一下它的来龙去脉。首先，它为什么叫水盆羊肉？前面说过，水盆羊肉一定意义上是一种快餐，那么在起初销售的时候，应该是把提前煮好的汤，盛放在一口类似于水盆的大铁锅中，为了方便盛汤，这水盆就当街放在店门口，下面是持续不灭的炉火。有食客要吃时，便切几片肉放在大碗中，再从这水盆中舀出热汤，把肉片"涮"几遍，热透之后，再加简单的作料，即可递给食客。在长期的实践中，这个水盆渐渐固化为铝盆，因为铝盆轻巧，易于搬动，且利于导热。而为了反复加热，铝盆的底部由紫铜铸成，更为耐烧。这样的一口类似水盆的敞口大锅放在店门口，人们便把这种形式的羊肉煮馍称为水盆羊肉，形象生动。关于这一点，可能还会有更加精确的解释，但笔者遍询资深店主或食者，还真没有给出其他解释的，更没有史料记载这一称谓由何人所创并始于何时，于是，斗胆得到这样的解释，不揣浅陋,求教于方家。

　　水盆羊肉不同于羊肉煮馍的地方在于:肉,一般只限于羊肉。馍,一定是全部烙熟的面饼。加工的方法是将煮熟的羊肉用刀切成片或用手撕成条、块,放入碗中之后,浇以水盆之中的热汤并调味即成。馍和肉、汤是分开的,吃时可将馍掰成小块泡入同食,还可单食馍再喝汤吃肉,亦可将碗中的肉捞起夹入馍中食之,随心随意,各择其好。

　　《舌尖上的中国(第三季)》专门有西安水盆羊肉的介绍。之所以说是西安水盆羊肉而不是陕西水盆羊肉,是因为陕西水盆羊肉有几大流派,各有特色,互相不能涵盖、代表。这几大流派指西安的水盆羊肉、渭南一带的水盆羊肉,以及其他一些地方的当地人笼统地称为"羊肉泡馍",但实质上是水盆羊肉的种类。西安水盆羊肉是将煮好凉凉的羊肉切片,浇以热汤,并加入煮好的粉丝,佐以蒜苗、香菜等调味,其用的馍是实心的烧饼(坨坨馍)。而渭南一带(包括蒲城、澄城、大荔几个县)的水盆羊肉,除了将煮好的肉切成片,也有手撕成条或小块的,同样浇以热汤,不加粉丝,用的馍则是空心的月牙饼或牛舌饼(也有人戏谑地称之为"鞋底子饼")。这大概是两者表面上的主要区别。至于调味,那肯定也是有一定区别的,毕竟是不同地域的饮食,都会有各自的地方特色。西安的饮食口味更中和一些,毕竟是千年古都,人流聚集,要调和众口。而渭南一带的水盆羊肉体现了当地饮食重香、重麻的特色,小香味或花椒味出头。

　　第三种风格的水盆羊肉,算是一些小众的形态,比如关中西

府一带,乃至秦岭以南的安康等地,是提前将面饼切成小块,和着肉、汤煮成一锅,吃时直接从锅里盛放到碗中。或者是将馍掰成较大的块,加肉之后连肉带馍一起用热汤"汭"几遍,再加入葱花、香菜等便可食用,这种吃法在当地为食者喜闻乐道。十里不同俗,同一种食物在不同地方有所变革很正常。说到这里,要多说一句,饮食的事,众口难调,对同一种食物,不同的人都会意见云泥,更何况不同地方成长起来的人,对不同的饮食,意见肯定会更不同。家乡的那一口总是占上风,家门口那家馆子不错,妈妈做的最好吃。所以，大可不必为一种食物孰优孰劣争执，兼容并包、并行不悖是最好的。

随着水盆羊肉的走红，售卖的店家不断增多。就西安城而言，原有的本地风味的水盆羊肉店屹立不倒，而外地风格的，或者说东府渭南风格的水盆羊肉，以蒲城、澄城为主力军，大举进军西安，大有遍地开花的架势。但西安这座城市真的有极大的包容性，外来的食物和当地的食物共生共荣、相安无事、各行其道。当然，偌大的城市和日渐壮大的餐饮市场也有着较大的容纳量，这就使得各种风味的水盆羊肉都能在古城里持续燃烧着熊熊的炉火，共同把这一碗美味呈献给本地和外来的各路食客，让大家大快朵颐、味蕾滋润、肺腑通畅。当然，除了水盆羊肉作为"快餐"的方便意味之外，随着养生概念的深入人心，人们越来越强烈地意识到，那一碗精心熬煮的羊肉汤，是滋补的优良选择。于是，有更多的人青睐水盆羊肉，喝汤重于吃肉，特别是在清晨喝一碗新鲜美味的羊肉汤，足以使五脏六腑得到滋润。

目下已是深秋了，北国的早晨，秋风落叶，萧瑟阴冷。此时，你去寻一处当街的炉灶，听那炉火呼呼作响，看那旺旺的火苗伸出尺把长，一锅美味的鲜汤咕嘟翻滚，那是多么红火温暖的存在！赶快趋步向前，端起那青花瓷的大碗，待那热汤灌进喉咙，那寒意便会烟消云散，一股满足乃至幸福感充溢心间。这时候的你，在饱嗝打起之后，一定会脱口而出：千金不换是水盆，肺腑滋润暖身心。感恩秦地有此味，不辞长作长安人！

您吃过馎饦吗？

中国面条的起源和历史有多种说法，近年考古也有新的发现，这些都说明了这种面制品背后历史的久远和文化的丰富。在流传下来的典籍之中，关于面条的记载，比较可信的是，1500多年前北魏贾思勰在《齐民要术·饼法》中说的："馎饦，挼如大指许，二寸一断，着水盆中浸。宜以手向盆旁挼使极薄，皆急火逐沸熟煮。非直光白可爱，亦自滑美殊常。"这里的馎饦是一种做法独特的面条，也几乎是做法见之于典籍的最早的面条形态。

现今被引用最多的关于面条的古代称谓是"汤饼"。饼，古代的释义是"饼者，并也"，也就是把面粉"并"起来做成的食物。而面粉的食用方法，最早应该是制成"麦饭"，"合皮炊而食之"。碾磨发明后，人们开始从整颗粒地食用小麦等谷物发展到磨碎吃面粉。吃面粉的形式开始是"粉食"，也就是直接把面粉炒制、煮制而食，此时应该是散食，对应的就是今天的炒面（油茶）、面糊糊之类。而把面粉"并"起来吃，则是人们开始用水和面，进而有了面团，再加工成蒸饼、煎饼、烧饼、汤饼（煮饼）等几种有代表性的面食，其中的蒸饼如今称作蒸馍、馒头，而汤饼就是今天所谓的面条。

面条的形态发展到今天,已经有了很多种表现方式。特别是在"面条王国"陕西,能够被盘点出来的保守估计也有一百种。这还不包括许多几乎被遗忘的年代久远的,形式、内容、制作方法和滋味都很独特的面条形态,比如馎饦,在今日还在传承,不过称谓已经是"饦饦面"或"推水𫗦𫗦面"。

这是一种现在已经很少有人知晓,更少有人在做的面条种类。所幸还有人掌握着它的制作技艺,更有幸还有人把它引入市肆,从而使这一道几乎失传的化石级的面条品类,又呈现在盘盏之中,让老陕的"面肚子"又多了一种选择。"推水𫗦𫗦面"的制作方法,几乎与1500多年前的典籍记载的完全一致,能说这不是一个传承的奇迹?

想起这道面食的缘由,是一个朋友在微信朋友圈里发的一张在农家乐享用美味的美图,看到了这道多少年没再吃过的面食,触发了回忆,于是兴致勃勃地重温了这道"推水𫗦𫗦面"的制作过程:首先是和面,和成包饺子的面("软面饺子硬面馍",包饺子的面要软一些),之后将这面团多饧一阵,接着搓成长条,再用刀切成类似制作饺子皮的面剂子。

关键的一步来了——把这面剂子泡在清水中。为什么呢?两个意图:一是用清水除去面剂子表面的面粒,使之更加光滑;二是方便下一步搓制面片,经过水泡的面剂子,不再粘手,也更加筋韧。

最有趣的一步来了,锅中水开,从水盆中捞出面剂子,放置在左手之上,把面剂子托好,然后用右手的掌心和掌根轻柔地、均匀地从面剂子上搓过,面剂子即身腰舒展,变成半个手掌长的面片。

搓好的面片直接下入锅中,煮沸捞出,再往碗里盛入面汤,以免面片粘连。至此,"推水䬪䬪面"即成。

吃"推水䬪䬪面"的比较考究的方法是蘸着吃。也就是提前加工好蘸汁,吃时将面片逐一夹起,蘸取汁液后享用。这蘸汁最好是辣子醋蒜水水,这样的搭配相得益彰,可以凸显面条的主角地位;当然也可以制作西红柿鸡蛋蘸水乃至浆水菜等蘸汁,这样的搭配更加丰富多彩,让一碗面条更加精彩纷呈。

以上的做法,与1500多年前的馎饦做法几乎完全吻合:"馎饦,挼如大指许,二寸一断,着水盆中浸。宜以手向盆旁挼使极薄,皆急火逐沸熟煮。非直光白可爱,亦自滑美殊常。"

如此说来,这"推水䬪䬪面"的诞生可就是优越感十足了,一定意义上,这种面条可能就是面条的鼻祖——馎饦。神奇的是,1500多年了,这做法几乎没有变。没有变不是故步自封,反而是对成熟的传统技艺的一脉相承。能流传下来的传统技艺,肯定有它

的核心价值,不然早被淘汰了。这馎饦——推水䉐䉟面能流传至今,核心价值在哪里?一是对面粉性征的精确认识,揉到位、饧到点的面团,是制作面条的根本。二是从实践中悟出来的真理:把面剂子泡在清水里,去除粗的颗粒,增加筋韧和光滑度,这是看似朴拙,实则蕴含着高度智慧的学问!正是这清水浸泡,再加上手掌的搓制,使得面条在温柔的手法里,变得筋韧、光滑,食之清爽、利口,滋味隽永、悠长。

您该说了,不就是一份面条吗,吹嘘得那么神奇!可是食物加工本身,不就是各有一点点的窍道吗?正是这看似简单的加工技巧,使食物的滋味有了很大的区别,不信您看那面条店千千万,红火者有几家?单西安市内面条店就有两万多家,其中的差距,就在于加工手法的高下。俗话说"一窍不得,少挣几百",就是这个道理。食不厌精,脍不厌细,虽然是一碗普普通通的面条,但其中的窍道很多。做好了,厨者食者都好;做好了,大人小孩都高兴。对吧?就像这馎饦——"推水䉐䉟面"流传千年,滋味不可能不好。其实做起来也不难,只要用心用情,一定会做好,一定会吃好。吃好了心情好,那不就是实实在在的幸福感吗?

陕西油泼面小传

一碗白格生生的面条，撒上红格艳艳的辣椒面、绿格莹莹的葱花，一勺滚烫的热油浇泼而上，刺啦一声妙音响起，瞬间激起油、水汽混合的仙雾，飘荡起混合着油香、葱香与辣香的气味，及至搅拌入口，更是馕香四溢。嚯！这视觉、听觉、嗅觉、味觉的多重盛宴！

这就是陕西的油泼面，现在已经闻名遐迩，不惟老陕爱吃，越来越多的外地朋友也乐于尝试了。

只是这面条为什么要用"油泼"？

为什么陕西面条品类丰盛，而被津津乐道者是油泼面？

说起来，除了视觉、听觉、嗅觉的多重享受，最为纯粹的恐怕就是一个字——香。

为什么油泼了就香？我们不妨来探究一番：

先来看看油泼用的油，这油是食用的植物油。就食用油脂的获取来说，资料显示，在周代人们已经大量食用动物油脂，而植物油的食用起源于东汉，其后随着榨取技术的不断发展，植物油的品类大大丰盛，食用方法也越来越丰富。

食用一般的植物油肯定要加热，在烹调食物的过程中，起先

是用油脂作为导热媒介。油脂的沸点高,加热后能加快烹调速度,缩短食物的烹调时间,使原料保持鲜嫩。

  之后,在长期的生产生活实践中,人们发现,油还可以以高于水或蒸气一倍的温度,迅速驱散原料表面及内部的水分,油分子渗透到原料的内部,使菜散发出诱人的芳香气味,从而改善菜肴的风味。

而恰当地掌握加热时间和油的温度,还能使菜肴酥松香脆,并可以使菜肴呈现出各种不同的色泽。有了加热、增香、增酥脆、增色等功用,油脂被更加广泛地用于煎炒烹炸等各种烹饪技法,大大造福了人类的味蕾。

回到"油泼"。"泼"的本义,是指用力使液体散开下落。

在烹饪实践中,人们发现,泼油时,热油会瞬间把食材里的挥发性香气物质激发溶解出来,并产生新的焦香物质。比如油泼辣椒,因为干辣椒面里含有几十种挥发性香气有机化合物,滚烫的食油会把其中的香气物质激发溶解出来。

那么问题来了,既然有现成的油泼辣子,为什么还要现场即时油泼呢?

这是问题的关键,因为用油泼即时制作的食物,会把易挥发的香气物质尽可能地保留下来。

所以,油泼面要的就是这个现场感,要的就是这股子即时挥发出的香气,所以,虽然有提前备好的油泼辣椒,但还是要现场油泼!

即便是制作日常食用的油泼辣子,也是刚泼出来的油泼辣子更好吃。关于这一点,陕西人掌握得很到位。在西安的一个著名老字号饭店里,有一道菜就叫"睁眼辣子",这道油泼辣子在后厨泼油后快速上桌,传菜员再当场用调羹搅和一下,蕴藏的热气瞬间散出,冒出一个个气泡,好似辣子睁开了惺忪的眼睛一般,故名"睁眼辣子"。这新鲜制作的油泼辣子,比提前制作贮存的油泼辣子要好吃得多。

而油泼面则比这个更具有现场感。如果是市肆的,那就在厨房油泼之后即可端出。如果在家里,尽可以眼瞅着油泼的过程,几乎第一时间就可以开吃,那被激发溶解的香气可是跑不了的。

当然,撒在上面的葱花,也会在热油的浇泼下散发出葱香,比炒制的葱花滋味更佳,而且更多了一些清脆的口感。

如果还要说说油泼面的好处,那可能还有几点:一来简单省事,不用准备更多的菜肴,切根葱即可;二来有画面感,瞧,一碗白生生的面条,上面撒上嫩绿的葱花,再撒一勺红艳艳的辣椒面,白、绿、红杂陈并列,光是视觉就诱人食欲;三来有乐趣,听,刺啦一声的悦耳感,更是从听觉上就勾起食欲。

油泼面的现场感、画面感和动作感乃至喜庆感极强,在一些影视剧里屡受推崇,被频频展示,比如张艺谋的《三枪拍案惊奇》,比如电视剧《白鹿原》等,在这些作品里,油泼面的制作和食用的画面可是给剧作也增色增香不少呢。

知道了油泼面的来龙去脉,更能吃得明白开心。

众所周知,陕西是"面条王国",面条形式多样,既有工序繁复的臊子面,也有这简单直接的油泼面,虽形式不一,但口感都是上乘,各具特色。

丰富的陕西面条,可以让你一个月不重样地吃,当然,一定少不了这碗视觉惊艳、听觉悦耳、嗅觉香馥、味觉丰美的油泼面!

是为油泼面画像立传。

撑起中国"饭"半边天的陕西麦饭

陕西有一道看着像菜的美味,却被称为"麦饭"。

经常有外地人问,这明明是盘菜嘛,怎么叫作麦饭呢?仔细看这麦饭,绿白相间,是用蔬菜、野菜剁碎和了面粉蒸制的,可以炒了吃,可以浇汁吃,菜香面香融合得和谐融洽。为什么叫作麦饭?且听我慢慢分解——

我们中国人的饭,大概念上,就是主食和副食的结合,有米有面,有肉有菜。小概念上,如果局限在米和面的范畴内,那就是米饭和麦饭。米饭是最具有中国特色的,因为稻谷的原生地就在中国,中国的五谷就是以稻打头的。说起米饭,从过去到现在,从长江到黄河,大概没人会有疑惑,就是那碗"大米饭"。在长江以南,人们更是须臾不可离之,以至于都不说米饭,直接说饭即指米饭。多年前去南方的时候,看见饭馆的牌子上写着"供应酒、菜、饭、面",十分不解,因为在通常的意义上,饭的概念很宽泛,应该涵盖了很多东西,自然包括酒、菜、面,而这里把四者并列,似乎是母概念和子概念的混淆,于是打趣南方友人概念不清。不想他们振振有词:"饭就是饭,面就是面啊。"听后恍然,知道他们说的意思是"饭"就是"米饭",在这里已经深入人心、约定俗成。

而麦饭,要说清楚,就必须费点口舌了。关于麦饭名称的由来或本义,查阅资料得知:麦饭乃"磨碎的麦煮成的饭"。《急就篇》(西汉史游编撰,成书时间约在公元前40年,是我国现存最早的识字与常识课本)卷二载:"麦饭,磨麦合皮而炊之,野人农夫之食耳。"可见麦饭由来已久。说到麦饭,必须先把小麦的来龙去脉及其加工食用历程梳理清楚。小麦是新石器时代的人类对其野生祖先进行驯化的产物,栽培历史已有1万年以上,最早栽培在中亚地区,一般认为,4000多年前,便已传入我国。由此看来,小麦在我国种植和食用的历史都已相当久。小麦分春小麦、冬小麦两种。陕西的小麦是冬小麦,"秋种冬长,春秀夏实,具四时中和之气,故为五谷之贵"。小麦面主治补虚,长时间食用,使人肌肉结实,养肠胃,增强气力。它可以养气,补不足,有助于五脏。

小麦的食用,起先是"粒食"的,就如大米、小米一样。但大米、小米褪去谷壳之后,米粒就是全裸了,再无皮壳,食之无杂质。而小麦去壳之后,麦粒仍然包裹着麦皮,整粒食之,难免有粗粝之感。在石磨技术出现之前,小麦一直就是粒食的,但粒食的小麦口感不佳,与大米、小米比起来不受欢迎。古汉语成语中也经常用"麦饭蔬食"或"麦饭豆羹"来形容生活的艰苦朴素,因为"麦饭豆羹皆野人农夫之食耳"。南朝齐国的辅国将军、齐郡太守刘怀慰以食麦饭不饷新米,而称"廉吏"。南朝西豫州刺史和隋初的徐孝克都以"唯食麦饭"和"常啖麦"来向母亲表示哀悼。

由此看来,小麦真正成为主食,是因为面粉的出现。而面粉的普及,在我国是一个漫长的过程。战国时期发明的石转盘在汉代得到推广,小麦得以磨成面粉。但由于面粉加工具有门槛,以及人们粒食习惯难以转变,再加上"面粉有毒"的误传,小麦粒食的习惯很长时间没有被面粉取代。如元代贾铭《饮食须知》就讲,"小麦味甘,麦性凉、面性热、麸性冷、曲性温。北麦日开花,无毒。南麦夜开花,有微毒。面性壅热,小动风气,发丹石毒。多食长宿癖,加客气。勿同粟米、枇杷食。凡食面伤,以莱菔(萝卜)、汉椒消之"。更有甚者,唐本注云:"小麦汤用,不许皮坼,云坼则温,明面不能消热止烦之。"意思是,要将完整的小麦用水煮熟之后连汤带水一并食用,也即粒食,不能加工成面粉。只有连麸带面的小麦粒合汤完用(粒食),才可以"消热"。一直到唐宋以后,面粉食品才开始大规模普及,面条、馒头、包子、水饺等可口面食纷纷出现,中国北方才不再歧视小麦食品,并且开始将其作为日常饮食的主力成员,"南人饭米,北人饭面"的格局逐渐形成。

　　古代的麦饭几乎已经成为历史了,现在很少再有这种吃法了。前几天看到一份资料上介绍,在甘肃定西还有一道地方小吃,谓"羊头煮粮食",就是把羊头熬煮之后,汤里放入整粒的小麦做成饭,连肉带汤一起吃。这应该是古代麦饭的改良版吧。正因为"带皮合而炊之"的麦饭不好吃,所以聪明的祖先慢慢改良了它:去掉皮,磨成面粉,再和以菜蔬,蒸而食之。虽仍沿用"麦饭"之名,但内里已大相径庭了。

　　现今的陕西麦饭是把各种菜蔬和面粉拌和后,蒸制而成的一种亦菜亦饭的美味。常见的有槐花麦饭、芹菜麦饭、苜蓿麦饭等,还有许多不常见的,如榆钱麦饭、白蒿麦饭、茵陈麦饭等。另外,陕北的洋芋擦擦也应该归于麦饭系列。

麦饭虽属民间饮食,但文人雅士亦喜食之,并且在诗文中有记。如苏轼《和子由送将官梁左藏仲通》:"城西忽报故人来,急扫风轩炊麦饭。"陆游《戏咏村居》之一:"日长处处莺声美,岁乐家家麦饭香。"麦饭是典型的北方食品,尤以陕西关中为正宗并长久传承。在长期的生产生活实践中,关中人就地取材,发挥聪明才智,把麦饭做出许多花样,使之成为闻名遐迩的一道小吃,也成为饥荒年月的救命饭。

就麦饭的做法而言,实在是简单:把采摘来的菜蔬淘洗干净,沥干水分,把适量的生面粉撒在上面,搅拌均匀,盛入笼屉上锅隔水蒸,七八分钟后便可出锅。掀开锅盖,但见氤氲的蒸气之中,菜蔬颜色依旧,自然新鲜。原本干干的面粉紧紧地帖服菜蔬,似裹上了一层银装。满满的清香扑面而来,让人不由得喉头蠕动,津液分泌,食欲顿生。一顿可口的饭菜就这么简单而又神奇地诞生了。

麦饭的吃法因人而异、因时而异。关中农家一般会用油泼辣椒、醋、蒜泥等调制蘸汁,浇在热腾腾的麦饭上吃。彼时,菜蔬和面

粉的清香因为蒸制而原汁原味、相互渗透,只一股清香了得!红红的辣椒与绿白的菜蔬、面粉相互辉映,好一个碗中乾坤!酸辣的味道刺激着食欲,任淑女壮汉,都会风卷残云、大快朵颐。还有一种吃法是炒,一般是到第二顿,麦饭已经放凉了,清香味也淡了,于是,准备些大葱、蒜苗、红辣椒炒一下,又是一番风味。前几日,有宝鸡的朋友送来蒸好的麦饭,拌了白糖,也很好吃。

麦饭曾经是关中农村救命的主餐。几十年前的春荒时节,粮食非常紧缺,为了活命,野菜之类成为一日三餐的主要原料。在这样的情况下,麦饭就已经不是美味而纯粹是难以下咽了。所以,有过那段生活经历的人们对现在人们趋之若鹜的杂粮、野菜提不起兴趣,或是想起来就胃发酸也很正常。所以说,主食、杂粮的叫法是很科学的:主食或谓之细粮,毕竟是更可以和肠胃"和谐"相处的,而杂粮之"杂"本身就有两重意思,一是多样,二是混合,只能作为主食的补充,或者是与主食的原料混合烹制。

俱往矣!一穷二白、瓜菜代的日子渐行渐远,一去而不复返。中国已经摆脱了饥饿,跨入了粮食安全新时代,从吃不饱到吃得饱,再到吃得好。于是,国人可以洒脱地用野菜、杂粮烹制出各种美食来,为生活增添乐趣、涂抹色彩。而在"面食王国"陕西,把麦饭做出万千花样,更是对人类饮食的莫大贡献。

盛春季节,田间地头、山野崖畔乃至房前屋后,那一排槐花树已经是白绿杂陈,雪白的槐花在嫩绿的树叶衬托下吐蕊绽放,一树芬芳,无限诱惑。只消去捋一把,连着嫩叶一起塞入口腔,便可咀嚼那满嘴香甜。若是蒸一锅槐花麦饭,那更是香味四溢……

西安葫芦头食用说明书

食材本无高低之分，正如人无贵贱之别。奈何鼓噪"阳春白雪"与"下里巴人"之声不绝，总有好事者欲分高下，索性穷其究竟，刨根问底，以正视听。

为正确食用西安葫芦头，请仔细阅读以下说明：

一、品名

简称"葫芦头"，全称"葫芦头泡馍"。

注：因其主要用料为猪大肠，为避免直白地将下水类的大肠呼出，故取其形状类似于植物葫芦的把，也即头部，将猪大肠雅谑地称为"葫芦头"。还有一种说法是，药王孙思邈食用原称为"煎白肠"的食物后，从药葫芦中倒出几味中药以助店家提升食物品质，店家感恩，将药葫芦悬于店前，并改称"葫芦头"。亦是美好追索，信之无妨。

二、用料

（一）肉类：提前煮好的猪大肠。

（二）汤类：猪大骨和老母鸡共同熬煮的浓汤。

（三）馍类：小麦面发酵后烙得全熟的烧饼。

（四）配料：提前煮好的粉丝。

注：以上是葫芦头的基本配置，也是最纯粹的葫芦头。为进一步丰富味蕾体验，一般还可加入烧肉、响皮、油炸丸子等物，谓"三鲜葫芦头"。若再上层楼，还可加入海参、鱿鱼、鸡片等食材。但美食体验以本真为上，推荐食用纯粹的葫芦头，至多到"三鲜"层级，其他食材偶一为之即可，否则喧宾夺主。

三、做法

（一）掰馍。将馍（烧饼）掰成直径一厘米左右的小块，不可太大亦不可太小，太大难以泖透，太小则容易"糊涂"。注意事项是一定要匀称，避免参差不齐，否则难以均匀加热。

（二）泖馍。大师傅在掰好的馍块上放上适量大肠、粉丝等物，左手执碗、右手执勺，将汤锅中沸腾的热汤舀入碗中盖过馍块，再用手勺遮盖在馍块上，将碗倾斜，碗中浸过馍块、大肠的热汤又倒入锅中，此动作称为"滗"。如此几次，以托碗的左手能感觉到碗底发烫为止。此时加入精盐等调味料，撒入葱花、韭黄、香菜，再依据食客要求加入适量的油泼辣子，最后浇上滚烫的汤，葫芦头泡馍即告成。

注：碗中所配猪大肠，一般默认为肥瘦搭配，可依据口味"挑肥拣瘦"，但要提前声明。

四、吃法

（一）不要搅拌。和类似于羊肉泡馍等交由大师傅烹煮的食物一样，在烹制环节，大师傅已经将碗中调料布匀。葫芦头虽是"泖"馍，不似羊肉泡馍的烹煮有搅拌颠匀动作，但最后一个环节加入的调料，在滚烫的汤浇泼下，已然在碗中分布均匀，完全不用

食客再搅拌。为保持葫芦头的热乎劲,并"吃相"雅致,特别提示"不搅拌、不搅拌、不搅拌"。

(二)贴边蚕食。用筷子头在碗的边缘扒拉馍粒,嘴巴凑近碗沿吞食,以此类推,循序渐进,雅称"蚕食"。此进食动作的考量是,葫芦头中的馍粒较小,夹取不易,唯有采用扒拉的办法,才能优雅地进食。

特别注明:凡"泡馍"类饭食不宜用饭勺进食,原因有四。一则不符合传统饮食礼仪。二则饭勺囫囵舀起,勺中馍粒与汤液混合,难以体验各自的味道。三则碗中承担"筋骨"之责的粉丝等物,饭勺舀取不便亦不雅。四则饭勺难以掌控数量,不经意间会一次多量,不利吞咽咀嚼。

（三）边吃边喝。葫芦头默认"汤宽",是用醇香的浓汤浸泡的美味,吃碗中固体物与饮用香汤,是相辅相成的,故建议边吃边喝,体味不同感觉,这也是滋养味蕾与润泽肠胃的综合考量。

（四）佐食小菜。出于解腻利口的考虑,店家备有泡菜等物,有赠送也有售卖,建议搭配佐食。吃荤腥之物,配搭清爽利口小菜,相得益彰。

特别提示：葫芦头是陕西汉族风味大肉类泡馍家族的一员,特色在于较为绿色地食用猪大肠。此大肠加工十分精细,要经过接、捋、刮、翻、摘、回翻、漂、再捋、煮、晾等十几道工序,去污、去腥、去腻,十分洁净,足可放心食用。

猪大肠是国人饮食中绕不过去的一道听起来"不雅",但食之十分美味又营养的食物。西安人食用猪大肠有两种特色：一为葫芦头泡馍,二为搭配果木熏制的梆梆肉。一般情况下,葫芦头泡馍店家定会另售梆梆肉,与葫芦头搭配同食,各有精妙,体验丰富。

西安葫芦头历史久远,于今店家仍众,但有机缘,推荐品尝,唯此一城,他处难觅。

能当盔甲用的陕西锅盔

陕西小吃里有一个大饼状的面制品,被称为"锅盔"。锅盔的外形就是个大烧饼,不过一般说来,要被称作"锅盔",需要符合三个要件:一是发面制作,二是铁锅烙制,三是较大较厚,大可盈尺,厚则过寸。为什么叫锅盔?众说纷纭,莫衷一是,史料中查不到明确记载,什么时候命名的也不得而知,反正就这么叫着,约定俗成,时日久矣。细究起来,"锅盔"从字面意思上看,"锅"无疑指的是普通的饭锅,"盔"应该是士兵的头盔,两字组词,是"锅的头盔",还是"头盔作锅用"?这两种解释都看不出个究竟,一头雾水。到底是什么意思呢?

对此流传得比较多的一段历史故事是这样的:修筑乾陵的时候,工程浩大,人员众多,不惟民工,还有大量的兵士。这么多人的饭食准备起来必然费工费时,到了饭点做不出饭,怎么办?情急之下,有士兵便取来面团,把自己的头盔当锅,架上柴火,在里面烙起面饼来。这头盔瞬间变锅,打趣说成了"锅盔"。士兵是豪放的,想必饭量亦大,面团摊成的面饼厚得异常,烙熟后的大饼形状又俨然是头盔的拷贝,且老陕把主食干粮统称为"馍",于是,便把这种又大又厚的面饼命名为"锅盔馍",简称"锅盔"。后来,民间把这种发源于士兵急就章的食物进一步精工细作,遂成为一道美味。另外一种说法更早,源于秦朝,传说当时征战前集中烙制出这种又大又厚的面饼分发给士兵。为便于携带,士兵用牛皮绳在面饼上穿孔,挂在前胸后背,作战时亦不卸下,俨然充当了盔甲。也许它救了士兵的性命,于是士兵们打趣道:"咱这是锅里烙出的盔甲,锅盔啊!"叫着叫着就得了名。以上两种说法均无典籍记载,应是后人杜撰,也许是为了给这种干粮找一个美好有趣的寓意吧,不必较真。不管是怎么命名的,反正这早已是约定俗成的通用称谓,锅盔,就是秦地一种又厚又大的烙制面饼。

只是为什么要把一个面饼烙得又大又厚?战时应急情有可原,在平日,直接烙制小的面饼岂不是更好,为什么要费时费力地烙这么个"巨无霸"的大饼子呢?通盘考量,其中的原因可能有以下几点:一是加工制作的便利。偌大一张面坯一次性成形,省却了许多工序,大大提高效率,利于大批量干粮的制作。古时战事频仍,兵马未动,粮草先行,快速制作军粮当是不二选择。二是携带方便。就像前面讲的,士兵把锅盖大的锅盔挂在前胸后背,便于行军作战。如果说以上两点是出于提高效率、便捷考虑的话,那第三种则是出于对风味的考量,也许这一点才是烙制锅盔的初衷,也是锅盔能传承至今的原因:烙制面饼,最好是文火,让面坯缓缓受热,可以更好地保持麦面的醇香。如是小而薄的面坯,则会较快熟透,烙制过程不会长,体现不出文火慢烙的风味。而大而厚的面坯,则会在文火的烘烤下慢慢受热,能够较好地保留麦面的天然醇香。

什么是文火呢？就是火焰很小的火。烙制锅盔的文火则更有讲究，燃料就是小麦的麦秸。麦秸绵软，燃不起大火，但燃烧时间较长，可以徐徐地吐纳热气，把面坯慢慢地烘烤。尤为神奇与考究的是，正如"煮豆燃豆萁"一样，用小麦的麦秸烘烤小麦面粉面坯，正应了"本是同根生，相煎何太急"。温柔舒缓的烘烤，不但可以控制火候，不至于外焦里生，更为可贵的是，麦草燃烧的香味也氤氲到了面坯之中，真正的原汁原味，自成一体，这大概是制作锅盔的根本缘由与用意吧！

从制作历史上讲，陕西锅盔几乎是化石般的食物了，原本充当军粮的功用早已消失，但这种美好的食物仍然顽强地流传下来。如今，这种食物又多了一种感官刺激或者说有强烈视觉冲击力，特别是作为商品呈现出来，更加夺人眼球，吸引人购买。这种古老的食物，仍然沿用古法认真制作，在快节奏甚或有些浮躁的岁月里，呈献给大家的更多了一份宁静与安详。在家里或作坊里精心烙制的锅盔，在包括古都西安在内的大大小小的市肆皆有销售，很多游客先是惊异于这锅盔"巨无霸"的外形，作为艺术品买回家去，其后的食用，更是享受到了其中的细腻与醇香，于是成为这种食物的拥趸。现今许多锅盔作坊已经开始了网售，生意很是不错呢。只是后来，"锅盔"的名头太响了，于是有人把烙制的稍小稍薄一点的面饼也称为锅盔，这是自觉自愿地加入锅盔家族也罢，沾点名头、蹭点热度也罢，都是对这种古老食物的认可和热爱。只是陕西面饼里面锅盔与其他面饼的叫法还是有着一定的区别或界限的。一般说来，如果是小到不用切开食用的面饼，比如肉夹馍用的面饼、羊肉泡馍用的面饼，称为烧饼或饼子；只有大到必须用刀切开，分而食之的面饼才称为锅盔。

如今陕西锅盔家族里，沉淀下几种比较有名气的锅盔。

一是乾县锅盔。乾县是武则天和唐高宗合葬的乾陵所在地，锅盔传说之一就是起源于这里。只是现在的乾县锅盔，已经不是那种直径过尺、厚过三寸的老锅盔了，随着历史的发展，为适应现代生活的需要，人们对制作方法不断总结，不断改进，把原来用手揉面改成了用木杠压面，加之鏊锅内的上下烘烤，使温高气保，火色均匀，熟得透，进而达到更加耐存放的目的。而用木杠压面，面排揉得到位，能使馍色增白，香气浓郁，口感更佳。乾县锅盔的外形如菊花绽放，十分秀丽。

二是岐山一带的文王锅盔。岐山锅盔最早始于周文王时，故名"文王锅盔"。其制作工艺精细，和面时加入盐、油、香料，再用木框反复拌压，表面粘上芝麻，小火烤烙而成，色黄皮脆，素以"干、酥、白、香"著称，味道香，久嚼口齿生香。

三是咸阳一带的"锅盔牙子"。这个名称十分形象，所谓"牙子"，就是指一整块东西的一部分，"锅盔牙子"十分小巧，状似月牙，基本就是一个烧饼的一半。另外也较薄，一公分左右，当地人用来夹肉，是缩微版的锅盔，也是肉夹馍的一种，很受欢迎。

以上几种锅盔较有地域特色，是陕西锅盔的分支。而在西安，尤其西安东侧的渭南一带，锅盔的种类基本一致，就是大而厚的烙制面饼，但不会太厚太大，一般直径不会过尺，厚则盈寸。和面时会放入食用油、五香粉、盐、芝麻、小茴香之类。渭南一带的锅盔还有放新鲜的花椒叶的,风味更佳。

陕西锅盔,可以当作干粮主食,更可以当肉夹馍夹菜。配上炒制好的青红辣椒,把锅盔切成小块,从中间掰开,夹入辣椒之类,很是诱人。如果到陕西,这道锅盔夹辣子一定要品尝一下,锅盔的酥脆加之辣椒的浓烈,又是一道美味。

陕西锅盔现今已经是大众食品,但在过去,由于粮食和各种副食的短缺,锅盔属于较为奢侈的吃食。即便在小麦主产区的农村,没有人轻易敢烙锅盔,一是耗费食材,二是这种食物的美味会使饥肠辘辘的人们多吃,更加浪费粮食。但这种传统食物的制作技艺一直传承下来。在乡间有家人远行时会烙好几张锅盔作为旅途的干粮,在家中有新生命诞生的时候,即便再穷,也要烙几张锅盔,并切成一牙一牙的小块,全村挨家挨户地馈赠:向众人宣布新生命的到来,分享喜悦。这个送锅盔的风俗到现在还保留着,哪一天有人来送锅盔了,就是告诉你家中添人了,收到锅盔的人家会送上几句吉祥祝福的话,趁便再包几个鸡蛋去探望"月婆子"。

正如圣人所言,"食不厌精,脍不厌细",如果只是为了填饱肚子,那任何食物的烹制都会变得简单异常——做熟就是了。但一种烹制方法出一种味道,要想享受食物的精美,必须要花样翻新。百工百味,厚有厚的滋味,薄有薄的特色。锅盔的味道便迥异于一般的烧饼,闻一鼻子便馋涎欲滴、食指大动,咬一嘴香气充盈,嚼一阵满口生津,食一餐满心欢喜,再几口热汤浇灌下满腹化消,怎不呼人间美味也!

秦地盛产小麦,秦人以饼、馍、面条为主食,其中的饼,更多的

是为了美味、为了储存、为了携带。征人远出，游子离家，必有高堂老母或贤惠内人烙制许多锅盔。在殷殷的叮嘱和不舍的泪花里，锅盔是关切，也是牵挂——路上吃好啊，吃完了就回来……现今，饼的表现形式更多的是烧饼，秦人以为主食，以为"肉夹馍"，以为"羊肉泡馍"。锅盔，作为大概念层面烧饼的一种形态，也还顽强地存在着，那足足有几公分厚、直径在一尺左右的锅盔，诠释着秦人的豪迈与阳刚，并作为一种符号，延续着秦文化的血脉。愿锅盔永存，在快餐文化充斥的当下，能守着这一份耐心从容，留存着这一份醇厚美味，是一种境界。

淡妆浓抹总相宜的陕西凉粉

凉粉是陕西小吃中很有特色、吃法较多的品种之一。

陕西凉粉一般用红薯淀粉、土豆淀粉等做原料,也有用绿豆、荞麦等做原料的,更有一些山区,就地取材,用橡子粉、"神仙粉"等制作。

凉粉的做法比较简单,只需经过一些特定的程序,把上述原料加工成半透明或不透明的胶体,趁热盛入盆、盘等容器中,待冷却后取出,用专用器物或刀把凉粉拉成丝、切成条、削成片后,再加作料食用。陕西凉粉的吃法很丰富,冷热皆宜。冷吃法就是凉拌,作料一般是精盐、酸醋,另有蒜汁、芥末、姜末、芝麻盐等,灵魂是特制的油泼辣子。在市肆之中出售,店家会现场切好、刮好或削好凉粉盛入碗中,再拿捏好分量配比,手脚麻利地为你加入各色调料,只是末了肯定要问一句:"辣子多少?"一阵眼花缭乱的操作过后,一碗色泽鲜艳、滋味酸辣爨香的凉粉就可以开吃了。

当然,这是一般的凉粉,而近年来兴起的被戏谑地称为黑暗料理的卤汁凉粉就更有特色。所谓卤汁凉粉,也可以看作是陕西泡馍的一种。卤汁凉粉的卤汁制作过程:先将水烧开,打进提前和的稀淀粉糊,使之形成挂芡状,微开后将打散的鸡蛋液均匀倒入,再加少许盐调味即成。熬出热热的卤汁,再将凉粉切成条状,待食客上门,先将烧饼掰碎放在大碗中,盖上凉粉,浇以卤汁,再调入芝麻酱、蒜水、醋、香油以及油泼辣子等,再将一个变蛋(松花蛋)一分为二放在上面,一碗"热闹非凡"的凉粉就调制停当。您吃时切不可乱搅,要逐次蚕食,有经验的店家师傅会把调料布得极匀,保证你不搅拌既能吃出不同的调料味,也能吃出调料的综合味道,断不会无滋无味。如果稀里糊涂乱搅,破了卖相不说,还容易把凉粉搅成"糊涂",这是经验。此物酸辣咸香纠结一处,滋味奇妙。若食欲不振,食之大有奇效。另因卤汁热乎,又中和了凉粉的温度,使您不会因贪凉而引起肠胃不适。

热吃就是炒凉粉。"炒碎一点,多焖一会儿,多放蒜苗,辣子多来!"在西安的街头巷尾,尤其在回民饮食街,常听到这样的声音。只见路旁摆一口口大平底铁锅,有许多凉粉摊铺,摊主用大铲子在锅中预先翻炒一番,给凉粉预热上色。一有食客上门,摊主便会现炒——用铲子拨拉一定分量的凉粉到锅底空处,加入红的辣椒、绿的蒜苗,将提前调制好的调料汁水刺啦一声浇在凉粉上,然后迅速用大碗扣住焖几分钟。不一会儿,调料汁的味道充分渗入凉粉当中,浓郁的香味飘出来,嗬!食客接过来,赶紧吃一口,又香又辣又滋润,味道美极了!

陕西还有几种比较地域化的凉粉,如在商州、洛南等地,有一道橡子凉粉很受人们的青睐。当地盛产橡树,人们把成熟的橡子打回来,去外壳,晾晒干,然后打成淀粉,再用淀粉做凉粉。橡子凉粉制作工艺较复杂,尤其是对水的要求十分严格,当地多用山里

流出的无污染的泉水,好水决定食物的大半味道,这样的凉粉吃起来爽滑、筋道,十分可口,也绿色、养生。

　　同样是商洛山中,还有一种凉粉叫神仙粉。传说在很久很久以前,连遭三年大旱,饿殍遍野,十室九空,在死亡线上挣扎的灾民,成群结伙地向山外逃荒。途中,遇一位神采奕奕的老奶奶,用拐杖挡住他们的去路,和善地说:"你们不必逃荒,山阳鹃岭南北有一种树,叶子叫'神仙叶',能做凉粉,糊口度日不成问题。"老奶奶又教大伙如何辨认叶子,如何制作凉粉,说罢驾一朵祥云腾空而去。众多灾民方知是神仙点化,便跪地叩头:"多谢神仙救命!"灾民们返回家园后,按照神仙指点的辨认方法,采回了叶子,又依照神仙教的制作步骤,做出了凉粉。其实,这神奇的神仙叶是分布在广袤山林里的一种灌木,学名叫二翅六道木。神仙凉粉的做法是:将采回的新鲜叶子淘净,在盆中用开水烫一下,再掺凉水搅拌,使其不烫手为宜,接着双手反复揉搓,直至叶子和热水成为糊状,然后用布袋过滤出汁,待冷却后即成凉粉。现今此地虽已无饥馑,但这道小吃仍盛行。新鲜的树叶采摘回来后,用不完的晾干贮藏,干叶亦可制作凉粉,且风味不变。

笔者还要浓墨重彩地推出陕北的子长凉粉。子长县原为安定县,因英雄谢子长改名。子长凉粉是传统风味小吃,历史悠久。子长凉粉以绿豆凉粉最受人青睐,采用优质绿豆,制成绿豆粉面,再加水兑矾至糊状,锅内搅至稠,熟后盛于器皿冷却。再浸入凉水,食用时切成条、块,拌以酸辣作料。成品凉粉绿莹莹、颤悠悠的,灿如美玉、细如凝脂,看似柔嫩,实则筋韧,富有弹性,可切成细丝挂钩叫卖。子长凉粉还为中国革命做出了很大贡献呢,当年中央红军到达陕北,最早就住在安定县的瓦窑堡,那时绿豆凉粉是当地最好的食品,应该给红军战士打过牙祭。有"老革命"回忆说,对绿豆凉粉"印象很深,兴趣很大"。子长的绿豆凉粉不仅好吃,还好看,本地人就用"绿豆凉粉"形容妇女长得漂亮。绿豆凉粉绿格莹莹,确实能给人以美感,用来形容美丽的女子,倒也有趣。

除了以上的凉粉,在陕西其他地方,无论关中还是陕北陕南,也几乎都有各具特色的凉粉,都会给您的味蕾以莫大享受呢。

小小的凉粉,亦菜亦饭,作点心、正餐皆可。陕西凉粉品类繁多,做法独特,滋味鲜美。炎热苦夏,口中寡淡、食欲不振,陕西凉粉遍地开花,还不赶快去吃一碗?酸爽开胃、肺腑滋润,让您瞬间精神倍增,幸福感爆棚。

陕西凉皮花枝招展

凉皮是陕西小吃王国里秀色可餐的"公主",其原料、种类、称谓乃至吃法众多,堪称一朵朵"姐妹花"。为了便于正确辨识并选择,笔者为其收集了以下身份资料:

一、姓名

统称"凉皮",别称酿皮、面皮、蒸面等。其在关中称"凉皮"或"酿(读 ràng)皮",在陕南汉中称"面皮",安康称"蒸面"。

注:这种食物的起源称呼应该为"酿皮"。"酿"的基本字义除了指用发酵方式制造酒、醋、酱油以及蜜蜂等,还有比喻事情积渐而成之意。就这种食物的制作而言,要历经拌和汁水、锅笼蒸制的过程,最后"酿"成"皮子",以此推断,最先的称呼应该是"酿皮"。早先和现在的关中农村,都称之为"酿皮"。臆断之所以现在统称"凉皮",很可能是将"酿"转音读为"凉"所致。即使现在,甘肃青海一带,仍然统称为"酿皮"。就这种食物的热凉形态来讲,其实并不一定是"凉"的,所以"凉皮"的称谓很可能是人云亦云后的约定俗成。

二、出身溯源

小麦、大米两种。其中关中凉皮(酿皮)、陕南安康的蒸面是用小麦制作的；而西安南部的户县（今西安市鄠邑区）的凉皮、陕南汉中的面皮是用大米制作的。

三、制作过程

蒸、擀、烙几类，其中蒸为主要手法。另外，宝鸡一带的小麦凉皮有擀、烙两种手法。

（一）小麦凉皮

1.把面粉和成稀稠适宜的面糊，一般以食指和拇指能捏起吊线线为宜；再把专门的炊具凉皮锣锣（一种铁皮制作的有沿带耳的平底锅）底部擦上食用油，舀一勺面糊均匀地倒入，摇转匀称；之后，把锣锣放入开水锅中，贴着水面蒸几分钟，端出锣锣，趁热把蒸熟凝结的凉皮取出，摊在案板上，蒸制即告完成。

2.安康蒸面：蒸面的制作过程和蒸凉皮的过程基本一样，也是以面粉为主要原料，用水和成糊，然后盛入锣锣蒸制。但其特色在于面糊中添加了少许食盐，推断是水质及小麦品质与关中有异，加入食盐利于面皮凝结筋韧。

3.宝鸡擀面皮：先将小麦粉和成面团，之后洗出面筋，过滤面水，发酵成面糊。再将发酵后的面糊置入小盆中上蒸笼，蒸至面团半软并且不粘手的时候，用勺子刮出适量的一团，迅速用擦过油的擀面杖擀制成与蒸笼笼屉大小相当的面皮，搽上菜籽油，如此反复，最后一张张摞起放入笼屉，旺火蒸约45分钟取出，待凉后，一张张分开方成。此种做法细致、烦琐、考究，洗去面筋的面水经发酵蒸制，再经手擀、蒸制，成品细腻且筋韧。

4.烙面皮：前半段的工序与擀面皮大致相同，不同的是后半段——将发酵后的面糊直接舀入平底锅中烙制,较之擀面皮更加筋韧脆硬。

(二)大米凉皮

把大米放入水中浸泡,然后推(或打)成米浆,之后将米浆舀入笼屉,旺火蒸成薄薄的饼子。一般出锅后置于通风处降温即成大米凉皮,趁热切开吃即为热皮。

四、性格特征

有热有凉,亦静亦动。可切开后直接拌制,或炒制;也可凉凉后凉吃,或出锅后即热吃。

(一)小麦凉皮

1.一般吃法:将整张凉皮切为长条状,盛入碗中,加烫熟的黄豆芽、菠菜、芹菜及黄瓜丝之类的菜蔬,加食盐、食醋调入味,再加蒜汁、芥末增香,最后佐以特制的油泼辣椒提神点魂。

2.麻酱凉皮:凉皮盛入碗中,加入提前澥好的芝麻酱,另加食盐、食醋及油泼辣椒,灵魂在于芝麻酱的优质。

(二)大米凉皮

1.凉吃:将整张放凉后的凉皮抹上菜籽油,切成细条盛入碗中,佐以各色调料。最后是画龙点睛的一笔——捏取几条凉皮,在特制辣椒油碗中快速蘸一下,再将沾满辣椒油的凉皮放入碗中。此举不惟简单省事效率高,且能较好入味。

2.热吃:如前所述,待蒸熟的米皮从蒸笼中甫一取出,便用大刀快速地切成又长又宽的大条,随即盛入碗中,再佐以各色调料,并舀入大量的油辣椒。

五、特别说明

（一）关中人区别用小麦粉、大米粉制作的凉皮时，惯用面皮、米皮称之，故在西安一带吃凉皮时，可用此种称呼回应店家问询或直接以此表述。

（二）汉中之凉皮为大米制作，但当地人习惯性简称为面皮。汉中虽属陕西，但风光及习俗几同南方，此地极少吃小麦，主食以大米为主。故此，称粒食之米为"饭"，称粉食之米为"面"，约定俗成。汉中凉皮业十分兴盛，当地人早已把卖面皮作为主要的谋生手段，西安乃至省外遍布汉中凉皮店铺。汉中热米皮形成且兴盛时间并不长，有说是为适应快节奏的城市生活，将原本放凉后再吃的凉皮，在食客急迫时热吃，不想竟广受欢迎，于今已随处可见。

安康蒸面其实就是小麦粉制作的凉皮，但当地人认为其为面条的一种做法，一直称之为蒸面。安康地处汉江中游之畔，气候一定程度上类似武汉，故此地人的早点也以重口为主，蒸面在此地极受欢迎，尤喜作为早餐。

凉皮在早期是夏季应时食物，炎热时分凉吃利于解暑。后在生活渐好，人们在其他季节也喜吃凉皮以解油腻、清肠胃，故渐渐发展为全季常态小吃。

经典的"三秦套餐"，即凉皮、肉夹馍、冰峰牌橘子汽水的搭配，有荤有素，有干有稀，价廉物美、相辅相成，很早就已成固定组合。若有机缘，推荐尝试。

凉皮更多地为女性所喜爱，尽显"公主"特色。臆断其滋味酸

爽，更合女性胃口，或者此种食物热量偏低，更利于减肥增美吧。但男性亦可尝试，正所谓"异性相吸"。若不过瘾，还可尝试前述之"三秦套餐"，弥补不足，滋味更加丰富。

陕西凉皮，外形即美丽动人、冰清玉洁、晶莹透亮，化身为秦食经典，四季皆有，老少咸宜，南北通吃，人间至味。但临秦地，不可不亲近，不可不品尝。

化腐朽为神奇的西安梆梆肉

梆梆肉是啥？

"梆梆"肯定不是一种动物，那为什么会加在"肉"的前头作定语或者界定肉的来源或归属？"梆梆"也不是这种肉的形状或外观哟。

到底是啥？不卖关子了，且听慢慢分解。

"梆"，亦称"梆子"，是用竹筒或木头做成的发声器。梆子一般为一对，互相敲击，古时用于巡更警醒，后作为戏曲里面击节的重要乐器，尤以秦腔中使用较早较多。用梆子击节的戏曲称作梆子声腔，秦腔被尊为梆子声腔的鼻祖。

陕西人对于可爱亲切的人或物，惯用叠字叠声称呼，如"娃娃""碗碗""盆盆""锣锣""梆梆"等。此处之"梆梆"即为"梆"或"梆子"。

这"梆梆"说清了，可跟梆梆肉有什么关系？别急，马上说清楚。

昔日小商小贩乃至其他行当的人，沿街叫卖招揽生意，这"叫卖"可以是吆喝声，也可以是用某种发声的器物发出的声响。这种声响既要能让潜在的顾客听到，又不至于扰民，所以一般选用一些能发出清脆悦耳声音的器物，比如铃铛、拨浪鼓或者梆子。时间长了,各个行当渐渐形成自己的特色,或者说专用声响,比如摇铃铛的是游医,摇拨浪鼓的是卖针头线脑的货郎,而在西安城里,梆梆声渐渐成了卖烟熏猪大肠的专用声音。时间长了,人们就把敲着梆梆沿街叫卖的这种肉称为"梆梆肉"。

梆梆肉很早就不敲着梆梆卖了,但梆梆肉这种叫法却延续了下来。

烟熏猪大肠是梆梆肉的主料,另外,猪肚、猪肝、猪耳乃至猪尾,也是梆梆肉的组成部分。近年来,有卖家把五花肉乃至豆腐干也加入这个行列,让梆梆肉的内容更丰富了些。

说起来,起初的梆梆肉就是对猪下水的加工。按以前的饮食文化,下水上不了席面,更多的是平民赖以解馋的便宜荤腥。但就是这上不了席面的下水,如果制作得当,就十分美味。正是美味的诱惑,让许多大户人家包括文雅秀士,也会悄悄尝试,有的还会上瘾。

回到梆梆肉的主料猪大肠上。药王孙思邈曾言:"肠属金,金生水,故有降火、治消渴之功。肚属土,居中,为补中益气、养身之本。"可见肠子这种下水,是一种药食并用的好物。但药王又言:"物虽好,但调制不当,也是枉然矣。"所以肠子这种东西,必须做好。国人有吃肠子的许多方法,也以肠子为食材创制出了许多美味,比如鲁菜中的九转大肠、四川的江油肥肠等。而在陕西,尤其在西安,肠子的经典吃法有两种:一种是著名的葫芦头泡馍,另一种就是梆梆肉。

要把肠子做好很不容易,主要是前面的清洗环节极其烦琐费事。陕西地方戏曲里有一出写屠夫的，其中就有"跟着当官的做娘子，跟着杀猪的翻肠子"的念白，倒是十分生动地说明了清洗肠子的工序之一。民间总结积累了许多清洁肠子的经验，比如"料酒盐醋好去臭，面粉粗粮能去淤"等等。

陕西人把肠子弄干净之后，再下锅煮，就是做葫芦头泡馍，而另一种更深入的加工方法就是制作梆梆肉——

熏制梆梆肉有熟熏、生熏两种，所用燃料主要是各种果木的锯末。末状的燃料不起焰、多生烟，适宜于慢火加热。比如陕西人过去烧炕，就多用麦子壳，方言称"衣子"，也就是麦粒的外衣。用这样的燃料，以及特制的箱式熏烤炉熏制，便成梆梆肉。当然，这梆梆肉的制作工艺考究，火候、时间等必须拿捏得当，再加上各色作料，方能得到色泽油亮、脆韧适当、烟味适中、不焦不煳的上品。加工梆梆肉费时费力，也非常费原料，一斤生肠子加工不出多少梆梆肉，所以，这种下水价格不菲，算得上肉中的贵价品呢。

梆梆肉据说在西安也就百十来年的历史，最早在小南门、五味十字街、粉巷等曾经的繁华地段售卖较多。售卖者在家或是工坊做好后沿街叫卖，慢慢也推车据点售卖，培养了一批忠实拥趸，但凡是老西安人，对它都很熟悉。后来，随着社会发展，餐饮业发达，许多店家也开始售卖，先是在售卖葫芦头泡馍的店家成为标配，再后来，许多店家也把它当作一道菜肴出售了。所以现在在西安，要吃到梆梆肉很容易。

对于这种东西，由于它的"出身"问题，许多人避之不及甚至谈之色变。这很好理解，百人百性嘛，饮食之事更是如此，众口难调，各有所好。但也有一部分人，则是对梆梆肉趋之若鹜，几天不吃嘴里难受，吃时津津有味。说一个真实的故事：京城一家著名餐饮连锁集团的女总裁，是个能干又美丽的年轻女士，每来西安，必吃梆梆肉，每次吃完之后还要打包若干带回京城，让集团的董事长，同时也是厨师出身的先生大快朵颐。

许多传统的食物，能成为"传统"，并流传下来，一定有其道理，否则早就被淘汰了，尤其是到了"挑着吃"的今天。

许多美味的食物，外观可能不符合艳丽、柔和的一般要求，但一般之中有特殊，特殊的烹饪或调制办法加工出的食物，往往更加具有特色。它们可不是所谓的"黑暗料理"，之所以有时被戏谑为"黑暗"，可能还是因为人们对之缺乏了解、缺乏尝试，比如西安的卤汁凉粉、辣子蒜羊血、梆梆肉等等。

以多年饕餮梆梆肉的资历，再搜罗相应的资料证明，笔者负责任地向您介绍、推荐梆梆肉，有机会尝试一下，真的不错！

陕北铁锅炖羊肉

陕北的美食很多,随着经济的发展,许多美食跟着富起来的陕北人一起进军西安城,大街小巷多了许多陕北风味美食店,而打头阵的或说扛大旗的主力军就是那陕北铁锅炖羊肉。

陕北是游牧业与农耕业交汇之地,自古就有养羊的传统。相信那头扎英雄巾、唱着信天游、反穿羊皮袄的拦羊汉的形象早已深入人心。大量养羊必会大量吃羊,而且吃得精到、吃得香馕,陕北民歌中那句"荞面圪坨羊腥汤,生生死死相跟上",既唱出了情,更唱出了味。千百年来,在黄土高原,在毛乌素沙漠南缘,在沟梁峁坬,一群群如白云般逡巡的山羊,既是陕北人生活的指望,也是这里的人们对美好生活的向往。

"放羊做甚?""娶媳妇。""娶媳妇做甚?""生娃娃。""生娃娃做甚?""放羊!"这段对话,道出了陕北人与艰苦生活的抗争,也戏谑地道出了陕北人对养羊的痴迷。那样的景象早已不再了,陕北如今已经是乌金、石油遍地,经济腾飞发达。

陕北人在贫穷的时候就会吃羊,虽然那时候囊中羞涩,但这不妨碍机敏的陕北人偶尔打牙祭与饕餮。打平伙,也就是许多志趣相投的人凑钱买羊,热热闹闹地炖了,然后大家伙一起吃肉喝汤，那是一种贫穷状态下的生存智慧，更是对生活执着的热爱与赤诚。

　　陕北人养的羊"先天优越"，漫山遍野的地椒草，既是羊儿青睐的青草，也是一种天然的"除膻剂"。吃了这种草的羊，肉质细嫩肥美不说，那蕴含在肉里的膻味被清除得干干净净。"质本洁来还洁去"，这样一句话在这里说起来还真不是矫情。有了这样的青饲料，再加之陕北沙土滤净的水质，吃得好喝得好的羊儿，怎能不长出一身好肉？所以，陕北的羊肉好吃，绕不开得天独厚的地理环境。

　　还有陕北的红葱。陕北红葱为多年生草本植物，这种植物为陕北的延安和榆林独有。独特的地理地貌和土壤、气候等因素，使得这种植物第一年育苗，第二年定植，第三年才采收。虽然极晚熟，但生长期长的红葱，充分地吸收了深厚地气和日月精华，是极难得的一种调味品。而这个调味品，在炖羊肉时不可或缺，或者说缺之不香。陕北人熟谙这一点，所以近年来在西安销售羊肉时，都附带一把红葱，让西安人自己动手炖煮羊肉时加上，看看有了红葱炖出来的羊肉是什么滋味！

　　这样好的羊肉，加上这样好的调料，再加上陕北人独具的烹饪智慧，陕北铁锅炖羊肉不可能不香。

　　西安人原本吃羊肉的常态是制成羊肉泡馍，或者是腊羊肉，近年来多了羊肉串，不论何种形式，羊肉在西安人本来的食谱里都属于调剂的菜肴。大碗吃肉的习性，原本西安人是没有的。但就是陕北人把羊肉运过来，把店开起来，把大锅支起来炖肉，让西安多了这么

一道美味，也让西安人渐渐有了大口吃肉的喜好。

如今的西安城里，陕北铁锅炖羊肉的店家比比皆是，店的规模还都不小，但见一个个方桌中间，一定盘踞着一口大铁锅，下面炉火熊熊。一桌人既是围桌而坐，也是围锅而坐，守着一口大铁锅，看着锅里的羊肉蒸腾着热气，在咕嘟咕嘟的声音诱惑和扑鼻而来的肉香勾牵里，一个个原本斯文的人也洒脱地来一回自我放纵。这个场景，现在一年四季都有了，但更多的是在萧瑟的秋日和寒冷的冬日里出现。

榜样的力量是无穷的，不知始于何时，有陕北人在西安开店售卖铁锅炖羊肉，当初这种在西安人看起来还有些新奇或者说"粗放"的烹饪形式，一下子就吸引了众多的西安人前来尝试。一

传十,十传百,有更多的西安人来捧场,于是乎,这样的店很快红火起来。于是乎,更多的招牌树了起来。于是乎,在西安的美食排行榜上,"陕北铁锅炖羊肉"就牢牢地占据了一席之地。

炖羊肉好吃,但也不便宜。羊肉价格高,一是需求量大,市场因素决定的;二来羊肉是肉类里生熟损耗最大的。古人李渔在《闲情偶寄》里道:"物之折耗最重者,羊肉是也。"有谚曰:"羊几贯,账难算,生折对半熟对半,百斤只剩念余斤,缩到后来只一段。""大率羊肉百斤,宰而割之,止得五十斤。迨烹而熟之,又止得二十五斤。"知道了这一点,就对炖羊肉相对不菲的价格有了一个认知。

天凉了,腹饥了,嘴馋了,来吧,在美食遍地的西安街头,有一个个的陕北铁锅炖羊肉店家。那里的大铁锅已经架上火炖了很长一阵子了,锅里的羊肉咕嘟咕嘟的,香气盈梁绕栋!那还迟疑什么?走,陕北铁锅炖羊肉吃起!

陕菜葫芦鸡为什么是吃鸡的经典？

近年来，经过多方的努力，陕菜的许多经典被钩沉、渲染、传播，筚路蓝缕，玉汝于成。目下，陕西美食的知名度大大提高，不惟小吃，还有大菜。缘此，人们渐渐知道了陕西不光有丰富多彩的小吃，更有精彩纷呈的大菜，而其中为人所喜闻乐见的首推葫芦鸡。

如今在西安城，越来越多主打陕菜的馆子里，葫芦鸡一定是被放在第一位的，而且点单量也是最高的。在陕西其他地方，葫芦鸡也被从西安引来，牢牢地占据了菜馆的榜首。即使一些农家乐性质的简易食肆，也推出了这一经典。其中最为人称道的是，在西安南郊的一家农家乐，由于其制作的葫芦鸡大卖，索性连食肆名字也改为"某某葫芦鸡"。就是这一道菜成就了这一食肆，很快其规模扩大，每到饭点，食客云集，车水马龙，热闹非凡，以至于这一食肆成为方圆不小地域的地标，就连迁建于附近的西安一家规模不小的高校，也会以此食肆为参照物，但凡找寻学校不着，只消说"某某葫芦鸡"对面，便可轻松到达。这实在是一个奇迹：一是以一道菜撑起一个可以同时容纳几百食客的饭店，二是一家饭馆的名头竟然响过一所大学。

鸡，自打在几千年前被人类驯化后，一直是肉类食物的主要组成部分。无论中西,都喜食之,且做出了万千花样。

  鸡肉味甘,性温,无毒,含丰富蛋白质,其脂肪中含不饱和脂肪酸,是备受推崇的健康营养滋补品,是尤其适合老年人和心血管疾病患者食用的富含蛋白质的食品,对体质虚弱,病后或产后人群更为适宜。

  陕西的美食是在悠久文明史的积淀上发展起来的,但凡一种定型食品,一定都有来头。可能是官府创制,也可能是商贾交流的产物,或是出自名士文人。关于葫芦鸡的创制,一般都会说源自唐朝相府家厨,也许有文字记载,也许是牵强附会,但基本都是为了追根寻源,倒也无伤大雅。

  关于葫芦鸡的制作,更多的应该从烹饪方法上来考量。通常鸡的做法要么是炖煮,要么是烹炒,要么是油炸,各有各的诀窍,各有各的味道。但一般说来,都是单纯采取一种方法:比如炖煮,更多的是取其羹汤;比如炒制,更多的是食其镬气;比如油炸,更多的是图其酥脆。但陕西葫芦鸡区别于用其他制作方法制作的鸡,就在于它不是采取单纯的一种方法,而是几种方法综合,具体说来,就是一煮、二蒸、三炸。

  煮,是将食物及其他原料一起放在多量的汤汁或清水中,先用武火煮沸,再用文火煮熟。具体到葫芦鸡的制作过程,首先采取煮的办法,一是为了熟得快,二是为了去除掉鸡肉中的肥腻,这是很重要的一点。平日里用炖煮法做鸡时,鸡汤上面会有厚厚的一层浮油,虽然有营养,但还是显得油腻了些。如果不是为了刻意进补,一般人对这层肥油还是退避三舍的。那么,用炖煮法变生为熟,再将煮熟的鸡单独捞出,一定程度上就去除了油腻。

　　蒸,也是一种常见的烹饪方法,指把调味后的食品原料放在器皿中,再置入蒸笼,利用蒸气蒸熟。世界上最早使用蒸气烹饪的国家就是中国,并贯穿了整个中国农耕文明。就烹饪而言,如果没有蒸,我们就永远尝不到由蒸变化而来的鲜、香、嫩、滑之滋味。制作葫芦鸡时,先把鸡煮到一定程度,再加入一定肉汤和作料,上笼屉蒸制一阵,让鸡肉增加熟度。而尤为重要的是,蒸的办法也锁住了肉的滋味,使其相对紧致。如果只是一味地煮,时间稍久,不独营养大部分逸入汤中,而且肉质的紧致程度也难以掌控。所以,这一步骤颇具匠心,实在是经验的累积。

　　炸,是用旺火加热,以食用油为传热介质的烹调方法。油的沸点高,加热后能加快烹调速度,缩短食物的烹调时间,使原料保持鲜嫩。在长期的生产生活实践中,人们发现,油还可以以高于水或蒸气一倍的温度,迅速驱散原料表面及内部的水分,油分子渗透到原料的内部,使菜散发出诱人的芳香气味,从而改善菜肴的风味。而掌握适当的加热时间和油的温度,还能使菜肴酥松香脆,并呈现出好看的色泽。加热、增香、增酥脆、增色等功用,使得油炸成为加工食品的经常性选择。葫芦鸡的最后一道工序就是炸,把经过炖煮、笼蒸的将熟的鸡肉,在热油中快速炸制,从而生成最终的美味。

　　又是煮,又是蒸,又是炸的,这一只鸡还不被折腾得散架了?对哦,聪明的厨师们当然想到了这一点。怎么办?那就把它固定起来——在炖煮之前,就用细麻绳把整只鸡捆扎起来。这样的固定

方法,让一只鸡在整个烹饪过程中都保持了囫囵个,也就是完整。所以也有人说这样的鸡应该称作囫囵鸡,后被讹误为葫芦鸡。其实,一只白条鸡被捆扎后,两头小,中间大,像极了到处可见的葫芦,所以一开始就被称作葫芦鸡也在情理之中。无论是"囫囵"还是"葫芦",都是这一只整鸡烧熟后的品相,不散不乱,在动箸之前,先是应了食物中的"形"的讲究,也是出于把食物艺术地呈现出来的考量。

经过几道复杂的工艺做出的形状美观的葫芦鸡,可绝不是"看菜",更多的精彩在于口感。首先是酥脆的第一口,那经过高温油脂炸制的鸡的表皮,让你的唇齿甫一接触,便产生氤氲着油香的质感,咔嚓嚓送入口中,味蕾随之舞动,心境也为之大悦。其次是不柴不黏的肉感，经过蒸制的鸡肉，肉质已然紧致，再经过瞬间高温炸制进一步驱散水分，鸡肉不粘口唇，当然也绝不会干柴。末了是肉质的油腻度下降，经过炖煮，肉里的许多脂肪成分已经被析出，从而使鸡肉不再肥腻，口腔里也少了荤腥感。其中的滋味还可以讲出许多，但无论怎样的辞藻也难以涵盖全部的感觉，那就还是说一句"美妙得难以言传"吧！

有了以上的介绍，您对陕菜中的这么一道经典菜就不会感觉太突兀了吧？是的，这道菜肴，虽然选料普通，但加工过程复杂，工艺独特讲究，怎么看都不是稀里糊涂瞎打冒撞而来的。从葫芦鸡的制作中，能够看出中国烹饪的深厚积淀与孜孜以求。也许，从这道食物的制作中，还能看出许多的哲学思想与行动思辨，比如宏观布局、分工协作，比如循序渐进、分段治理乃至对症下药、辨证施治，等等，仔细思量，相信所言非妄。

这样说了一通，意在把陕菜的经典展示一下。加工方法的介绍，也算是条分缕析。而这道菜里蕴含的历史传统与饮食文化，也被简单地梳理了一下，目的在于让大家更加明白这道菜的初衷、用心、特色，进而可以更加愉悦地品尝。

有时间到陕菜馆子，别忘了点这道陕菜经典——葫芦鸡，一定能让你唇齿留香、大快朵颐！

陕西黄桂柿子饼

陕西柿子,种植面积大、产量高、品种多。在形形色色的柿子中,最为娇小玲珑的是那个红玛瑙般的火晶柿子,艳红似火、晶莹剔透,因而得名。

火晶柿子是在树上就成熟的品种,因其个儿小、质软,加之高挂枝头,故而极难采摘。虽那么可爱美味,但一度因难以产生可观的经济价值,故而许多都烂在枝头,或是零落成泥碾作尘,甚是可惜。

还是网络传播的作用——近年几部影视剧中有大啖火晶柿子的桥段,主人公吸溜吞食火晶柿子的镜头馋煞了许多人,当然也使更多人对这一"精灵"趋之若鹜。于是就有柿农柿商招募采摘者,给出不菲的劳务费,为的就是把柿子推向市场。于是,火晶柿子这一宝贝被更多人知道,也给一众吃货带去了可观可赏可把玩可享用的美味。

一个大小若鸡蛋、圆乎乎、红艳艳的又几乎透亮的火晶柿子在手,把玩手盘,怜爱不止。末了忍不住馋涎,便轻轻撕去薄若蝉翼的表皮,内里的黏糊糊的果肉将要流淌出来,飞快将口唇凑上,只消吸溜一声,那香甜的果浆便进入口腔,一种有别于蔗糖、蜂浆,充溢着清洌果香的滋味便牢牢地占据了舌苔,满足了味蕾。

哦,此物莫非天赐?

　　这样的大好之物,因其质地娇嫩,极难运输与贮存。为更好地、更久地享用,陕西人又将它做成黄桂柿子饼。柿子本身的清甜,再加上其他的馅料,以热油煎制,又生成一种升级版的美味。这样的黄桂柿子饼,不独可以现吃,更可以贮存,也更便于运输。

　　其实黄桂柿子饼的制作历史很久了,尤其在西安回坊,这是一道传统的名贵小吃。

　　制作黄桂柿子饼,馅料使用核桃仁、牛羊脂油、玫瑰、黄桂、青红丝和蜂蜜等,其中黄桂馅料味道浓郁且油香。面皮使用当季新

鲜火晶柿子,去瓣洗净,打成柿子酱,辅以少量面粉制成。面皮包馅料后揉成小饼状,之后在平底锅中用油煎。出锅后外焦内软,柿子的清香和馅料的丰润融合交织,互相成就,煞是美味。"老西安"都懂得,心急吃不了热豆腐,性急也吃不了柿子饼,刚出锅的热腾腾的柿子饼极具诱惑,但不可操之过急,否则唇齿舌喉都难以禁受。资深吃家一定会把柿子饼盛入盘中,用筷子从中间挑开,散散热气,之后更经典的是,用筷子慢慢夹取柿子饼的皮,蘸取已经溶化的馅料吃,真是会吃到家了。

这样的柿子饼可以现做现吃,也可以稍凉之后打包带走。带回家的柿子饼冷却了,那就用平底锅再煎一小会儿,或用烤箱小烤一阵,原本的风味也会恢复,外焦内软的感觉也会依然。那精灵般的火晶柿子,因了这深加工的黄桂柿子饼,便可以走得更远,让人们享用得更久。

若想吃火晶柿子,趁秋深柿子成熟时节,去欣赏,去享用,那是天赐的福分。就算赶不上吃新鲜的火晶柿子,那黄桂柿子饼也为你留住火晶柿子的精魂,一样可以甜润味蕾、慰藉肺腑,让你直呼"人间值得"。

西安的粉汤羊血

近来央视热播的电视剧《装台》带火了陕西的一众小吃,其中的粉汤羊血对一些不熟悉的人来说还比较稀奇。其实,粉汤羊血是一道西安传统的、土著意味较强的小吃,之所以墙里开花墙外还不够香,可能与大肉泡馍、梆梆肉、卤汁凉粉等一样,因卖相不佳等,尚未被更多的人所理解和接受。其实,更多的是因为多数人对它还不够了解,不了解就产生不了尝试的欲望,所以这种美食还只限于西安本地人,具体点说是本地人中的年龄稍长者喜欢。

之所以说粉汤羊血的"土著意味"更强一些,是因为它不是舶来品,麻辣咸香也是地道西安口味。这种小吃食材简单便宜、价格亲民公道,在一定意义上是地地道道的平民美食。早在有记载的百十来年前,西安有夜市雏形的时候它就是一个主打品类。一位年过八旬的老者回忆说,他还是小伙子的时候,时不时会在晚上和一些同样收入不高的小伙伴去南院门夜市解解馋。当然,除了粉汤羊血,他的记忆里还有让人津津乐道的辣子蒜羊血。

说起来,这道小吃的主打食材也是"下水"。一只羊宰杀了,富人吃羊肉,一般的人吃羊杂,收入最低的人则吃羊血。这像极了火锅兴盛的重庆,当年那些纤夫吃的就是人们弃之不用的肠肠肚肚。但劳动者不独伟大,而且聪明,他们在生存条件艰难的情况下,刮起头脑风暴,让一些原本可能零落成泥的东西化腐朽为神奇,不仅能够果腹,而且成了许多人都趋之若鹜的美味。看看今日吃火锅的一众食客的普遍喜好,就足以印证这一事实。

羊血性平、味咸、入脾经,有活血、补血、化瘀之功效。医学经典里有许多药用的记载,也有食疗的先例。后人据此大胆琢磨尝试,进而创制出一种美味。

先说制血。把新鲜羊血趁热用罗滤去杂质后,再倒入同量的精盐水中搅匀,待凝固后用刀划成块,再倒入开水锅中用小火熬至凝固如嫩豆腐时为止。加盐再加火熬制的过程,不独促其凝固,更为杀菌除腥,所以这东西从原料开始就是洁净的。

再说制汤。有了洁净的食材,如何依着食材的特性,调制出可口的味道来,这是最能体现制作者的智慧的,这智慧里有对食材的准确认知和把握,有对营养、口味的精准思量。调制羊血这种食材,首要的是重口味。先是用十几种香料配制调料,有花椒、小茴香,还有桂皮、八角、草果等十几种香料。先将花椒、小茴香放入锅里加热,去潮焙干,碾成细面另放。其他十几种调料混合后碾碎成面,过罗后与花椒、小茴香面搅拌均匀,这就是一锅调料汤的主要成分了。但另外还有一个几乎不为人知的环节,那就是腊汁油的制作:将上述调料制成调料包放入清水中,煮至出味后取出调料包,然后倒入猪油继续熬煮,直至把水煮干,味道进入猪油里,即成腊汁油。这腊汁油也是羊血的重要调料,是画龙点睛之笔。

上述这些调料,包括腊汁油制好后,羊血调制的前期准备工作基本就绪。接下来熬制一锅汤:锅内添清水,水开后先加精盐,再加调和面,保持汤锅微开,然后就可以静等食客上门了。

当然,单吃羊血肯定单调了些,聪明的厨师选了两样宝物,一个是粉丝,一个是老豆腐,它们与羊血共同组成粉汤羊血的阵容:开水泡好粉丝,另将老豆腐水煮后切片。再准备气味浓烈的香葱、蒜苗,还有无论如何不能缺少的油泼辣子。

看看上面这些食材,都很普通,但各有滋味,或浓烈刺激,或中庸平和,或鲜艳夺目,或清新淡雅,它们搭配巧妙,互相成就,将会共同奏响一曲食物的交响乐。

"来了,坐!"一大锅热腾腾、香喷喷的调料汤,架板上码放着暗红色的羊血条、淡白色的豆腐片,碧绿的葱蒜末、艳红的辣椒油,还有那醇香的腊汁油,这样的准备,让店家底气十足,热情四射。等着,放心,肯定会给你烹制出一碗乾坤暗藏、丰富多彩的好饭来!

西安人但凡手里有碗汤,第一反应就是泡馍进去,粉汤羊血亦不例外,所以一般的粉汤羊血吃法就是粉汤羊血泡馍。

食客们领到两个烙熟的梆硬的坨坨馍,端来个老碗,便开始先掰馍。这馍虽不似羊肉泡馍要求掰得那么细发,但也请控制在指头大小,而且一定要匀称。掰好馍了,自己送去给大师傅或是请服务员转交均可,但一定要交代清楚:"辣子多!"喊出这样的话来,自己都觉得豪迈,师傅和旁人也会觉得这是"吃家子"。当然也可以说"辣子正常",咱是常人嘛,辣子不多不少的"正常",也是中庸之道。也有人会说"辣子少",但那声音兀自就小了下去,似乎辣子少了就对不起这碗饭一般。当然也有人会说"不要辣子",那是极个别,听到这样的招呼,师傅和一众食客都会侧目,虽然不会言语,但心里都在嘀咕,吃这饭不要辣子倒吃啥哩嘛。呵呵,丰俭由人、各取所需,想怎么吃就怎么吃!

接过盛着馍块的老碗,技艺精湛的师傅会左右手同时开弓,左手抓牢了碗,右手执勺,往碗里浇上热汤,再用勺遮掩住馍块滗出汤,再舀再滗,如是三四次,待左手托着的老碗碗底发烫,这一碗馍块就算是"泖"透了。好,抓一把羊血条,抓几片老豆腐,捏一把粉丝,再撒上葱蒜末,浇上辣椒油,再把那腊汁油点上,最后,舀一大勺热汤浇入,这一碗粉汤羊血泡馍大功告成!

这一碗粉汤羊血泡馍,首先映入眼帘的是红的辣椒、绿的葱蒜、白的豆腐,色彩斑斓;其次是冲鼻子的麻香气味,深吸一口,鼻翼翕动,顿觉通透入脑。嚯,闻着就这么香,吃起来肯定更好!不错,拿起筷子,轻轻搅动,让调料充分融合。之后一定先喝口热汤,嚯!热得烫嘴,麻得唇颤,滚热与麻香不由分说接踵而至。接下来细细咂摸,哦,咸,万味咸为先,这一口浓咸,先自给其他的滋味打了底、开了头,不然一切的滋味都无从谈起。再细细品味,这一口汤里又有多少滋味!各种知道的不知道的中药味的调料咬合在一起,让你只感觉到"综合"而难一一分辨,但这"综合"是那般和谐,任谁也不"各色",任谁也未曾缺席,它们按着各自的"个性",在巧妙的数量搭配下,团结紧密,俨然一体。这一口汤先自给你以吸引、以陶醉,"唱戏的腔,厨师的汤",饭菜好不好先看汤头。好了,喝完一口汤,再跟主角握握手吧,夹起那垒摞在碗上面的羊血条送入口中,那口感比肉软糯,比豆腐筋韧。再尝块老豆腐,这种最君子的食物,随物赋形,在浓烈的汤头的浸泡下,早已吸收了汤中的精华,原本平淡的味道因此众香纷呈。好了,汤喝了,羊血、豆腐都吃了,那就进入吃泡馍的环节了,那被"冽"得恰到好处的馍粒,此时稍微膨胀,浸润得油光四溢,入得嘴来,却仍然紧致筋滑,非但没有失却根本,反而更加蓬勃滋润。就这样,边喝边吃,边吃边喝,你的唇齿舌尖、喉咙食道、肠胃,被依次浸润慰

藕，渐渐地，香汗从鼻尖到脑门再到全身微微散出，真真的通透滋润，阳气生发，其意洋洋者矣！

这就是一碗粉汤羊血的食用感受。有过一次这样的感受，就真正成了"一尝忘不掉"，隔三岔五你就会被那一种味觉记忆唤醒，会被勾牵着再去吃一次粉汤羊血。

西安专卖粉汤羊血的店家不少，而且生意都不错。一般的粉汤羊血就是粉汤羊血泡馍的吃法，当然也会有"单走"，那就是不泡馍的一碗纯粹的粉汤羊血。一般的粉汤羊血店家都会有另一种"土著意味"强烈的美味，那就是"老西安"都爱吃的梆梆肉。当然，在这些浓烈和荤鬻之外，一定还会有一份店家腌制的莲花白泡菜，让你解腻爽口，中和味蕾。吃着滋味浓烈的粉汤羊血，再切一份熏烤得黑红釅香的梆梆肉，来盘爽口的泡菜，再来瓶当地产的啤酒，那"老西安"的范儿就算全乎了。虽然主料都是下水，但实在的下里巴人经过巧手烹制的上好滋味，会让人油然而生一种感受：此味只应天上有啊！

不知道有没有把粉汤羊血给你"冽"透？不知道是不是勾起了你的馋虫？别思量了，说得再好不如做得好，形容得再到位也比不上去亲自尝一回。去吃一次，保你不后悔，甚至还想去！

陕西臊子面"族谱"

在"面条王国"陕西的面条里面,有一种被称为臊子面。陕西人倒是耳熟能详,但也不一定知道其中究竟。外地朋友更是不大明白,臊子面?什么意思?

要说清楚臊子面,先要说清楚臊子。

什么是臊子?臊子,本义为"肉末、切得很碎小的肉"。关于臊子的出处,在经典著作《水浒传》第三回里,时为经略府提辖的鲁达(鲁智深)路见不平拔刀相助,到绰号"镇关西"的屠夫郑屠的肉摊,先后要郑屠夫将纯瘦肉、纯肥肉乃至寸金软骨切成臊子。看似刁难,实则为激怒屠夫并惩罚之,等这郑屠夫没了耐性,便"三拳打死镇关西",成为经典桥段。其中就出现了四五次关于臊子的说辞。

后来,臊子被引申为"用肉末或小肉丁炒熟的用以调饭的肉羹"。再后来,臊子又被陕西人作为炒制好用来调制面条的菜肴的总称,肉做的称臊子,没肉的纯粹蔬菜炒制的也称臊子,只不过用肉臊子、素臊子这样的称谓相区别。等进一步扩大应用,则把炒制的臊子称为干臊子,加汤之后的臊子称为汤臊子。

用臊子调制的面条,就称为"臊子面"。

以上就是关于臊子面的说法。外地朋友要说了,这不就是我们所说的浇头或者卤吗?对的,陕西的臊子就是这么个意思。

其实一般的陕西面条,除了油泼面、蘸水面之类,其余大部分是臊子面。所以,如果从调制方法上来分类,陕西面条其实可以概括为两类,一是臊子面,二是非臊子面,其意自明。但这是大概念上的理论分类,实际生活当中,陕西人说的臊子面则是特指几种具有不同地域特色的面条。

还是先来看看其中的几个代表,这样从实践到理论更容易说明白。

首先说岐山臊子面。岐山是宝鸡市辖的一个县,曾是周朝的中心地带,深受周文化浸润,饮食文化极有章法,似乎也在严格遵守礼制。岐山臊子面制作历史悠久,有许多美好传说。传言是周文王的母亲为犒劳凯旋将士而创,也有传言是宰杀了害人的蛟龙,用其制作臊子调制面条给百姓分享,等等。臊子面的制作工艺繁复细致,除擀制面条得法,使面条本身薄、筋、光之外,臊子的制作更是要用五花肉熬制,并必须烹入宝鸡一带的香醋。除了这熬制的肉臊子,还必须有相应的素臊子搭配。这素臊子里,传统的必须有木耳、黄花菜、红萝卜、蒜苗及鸡蛋等。这肉臊子与素臊子中的每一样都有来头、有说头,比如有大肉丁做荤底,有植物的根即红萝卜,有植物的茎即蒜苗,有植物的花即黄花菜,有菌类即木耳,有摊薄的鸡蛋皮。品类齐全、营养全面,红、绿、黑、黄、白五色悦目,脂肪、维生素、蛋白质、碳水化合物样样俱全,搭配科学、营养均衡。单是这面条与臊子的用心就到了极致。在臊子熬好、菜蔬备齐之后，再熬煮一锅酸辣的味汤，待面条煮出，搭上干臊子，再浇上汤臊子，嚯，看那面条细密筋韧，煮熟挑起几可通透亮光，食之口感爽滑，耐嚼又不硬生。那一锅臊子汤，煎煎活活（方言，接近于滚烫）、肉油汪汪。细品那滋味，香醋酸而不洌，秦椒辣而不燥，似乎只能用一个字形容——香！此时，那薄、筋、光、煎、稀、汪、酸、辣、香的感觉齐全。

一碗岐山臊子面，五谷、五色、五味，甚或"五行"俱全，其中涵盖人文、生物、营养乃至养生等学科门类。

岐山臊子面是陕西宝鸡一带臊子面的代表，深受当地人民喜爱，除日常隔三岔五食用，更是红白喜事招待亲朋的标配。家庭日常食用时，考虑到生活繁忙，一般不会细细铺陈，制作相对简单，一碗之中盛放的面条较多，两碗左右也就吃饱了。而在红白喜事之中，出于礼节，每一碗中虽然会盛上满满当当的汤，但只盛放极少的面条，这样更显得稀，而汤宽面少的稀，更利于面条入味且不会泡涨，吃起来更香。所以，红白喜事时，一般食量的客人吃个二三十碗稀松平常，据说饭量大的小伙子吃个七八十碗也是有的！

这岐山臊子面早已跨州过县，在西安府里开了许多店面，也广受欢迎。

西安府一带的人，虽然可以接受这宝鸡西府一带的臊子面，但十里不同俗，他们也有自己骨子里喜欢的一种臊子面，这就是西安臊子面，细分起来有长安臊子面、灞桥臊子面。

长安本是西安的古称，但后来，长安成了西安的一个郊县的名称，近年更是变成了西安的一个区——长安区。长安县也罢，长安区也罢,实际上也是个大地方、老地方、好地方,大致范围就是秦岭北麓及再往北的一片,直到与西安主城区相连。这个地方地域广阔、人口众多、物产富饶、传统深厚。这地方的人也非常爱吃面,当然也非常会做面,其中的代表就是长安臊子面。

长安臊子面在做法上与一般臊子面一样,擀面条、备臊子、熬汤。只是这长安臊子面的面条要比岐山臊子面稍厚一些,这也说明两地人食性的不同。一般说来,关中西府宝鸡一带的人更细发,而西安府、东府渭南一带的人更豪放。至于臊子,长安臊子面的主材也是切丁五花肉,其他菜蔬仍然有黄花菜、木耳等,所不同的是有豆腐丁以及必不可少的生韭菜。人体做法是先炒肉丁,再用肉汤烩制有肉丁、豆腐丁以及木耳、黄花菜等的臊子汤,之后撒上切碎的生韭菜。在烩制臊子汤的过程中,一定不能放醋,这几乎是与岐山臊子面最根本的区别。这样的面条,这样的臊子,成就的臊子面,特点是面条筋道耐嚼、臊子醇香油润。当然,陕西臊子面的"煎活",在这里也是必不可少的。

与岐山臊子面还有一点区别的是,也许长安因为在西安近郊,过去还是长安县时,作为县治所在地的韦曲镇,距离西安钟楼只有八公里,于是乎,许多饮食也与主城融合了。长安臊子面虽然历史悠久,但很少作为商品售卖,所以知名度大打折扣,以至于人们要尝这一口,只有在去长安参加红白喜事时才能解解馋。当然还有一个机会,那就是长安一带的人民,喜欢在一些不是红白喜事又是群体性聚集的时候,摆开阵势请大家吃长安臊子面,比如集体乔迁、开业庆典之类,这时候就是路人,也可以大大方方地去盛一碗开吃。

近年来,开店售卖长安臊子面的慢慢多了,好东西藏不住,喜欢这一口的就随时有了口福。

在西安的又一近郊——灞桥区,也有属于自己特色的臊子面,称作灞桥臊子面。

灞桥可是历史名胜,灞桥折柳相送、沛公屯兵霸上,都与这里有关。这个地方是西安的东郊,有大片的"原地",著名的有狄寨原以及被同名经典小说带火的白鹿原等。这里的臊子面,做法与长安臊子面异曲同工,唯一的或者说根本的区别在于,这里的臊子烩制时必须勾芡,以至于这灞桥臊子面的臊子汤黏稠如胡辣汤般。

勾芡,本是炒制菜肴的一种技法。勾芡可以使菜肴汤汁的浓稠度增加,改善菜肴的色泽和味道,另外也可以起到塑形的作用,使食材均匀分布,同时又可以包裹住调料及食材,不至于过度刺激胃黏膜。灞桥臊子面的臊子勾芡,是不是也出于这样的考量?

臊子勾芡的灞桥臊子面,当地人吃得津津有味,外地人看到黏稠的臊子,起初还有点不习惯,但尝上几口,一下子就体会到一种精心。也就是说这勾了芡的臊子,可以让臊子的滋味在面条上分布得更加均匀、贴合得更加紧密,搅拌起来也比较方便。当然,臊子的调料由此对胃黏膜的刺激也会稍微小一些,是不是更贴心?

正如前面所说,陕西其他地方的面条,特别是集中在关中一带的一些较有名气的面条,如扶风的一口香面条、武功的旗花面、

乾县的浇汤面、户县的摆汤面乃至耀州（耀县）的咸汤面，以及"世界上最早的方便面"礼泉烙面，等等，其调制方法实际上也属臊子面范畴。但这些面条已经有了约定俗成、历史久远的专有名称，那就暂且不归入具体意义上的臊子面了。

也就是说，陕西的臊子面，基本上就是指岐山臊子面、长安臊子面、灞桥臊子面。

基本上算是说清楚了吧？当然，说归说，再好的"说"不如"做"，天花乱坠地说吃，都莫如实实在在地去吃。想去验证一番那酸辣香吗？想去体会一番筋韧、油润吗？想知道什么是"煎活"吗？那就快去吧！当一碗陕西臊子面摆在眼前，吃进肚里时，那一份滋润舒服会让人满足得陶醉、幸福感爆棚！

陕西大刀面——张飞做出的绣花活

外在形式与实质内容的关系是有内在规律的,而表现形式往往由内容来决定。就如这看似粗犷豪放的大刀面,其实纤细绵密。

陕西面条里有一种大刀面,也称"铡刀面",如今主要在华阴、铜川一带经营。

之所以称为"大刀面",是因为切面的刀很大,几乎就是原汁原味的铡刀。说起铡刀,有过农村生活经历的,如今四十岁往上的人会明白,就是原本用来给牲口铡草料的刀。这种刀会有一个木头做的底座,稳稳地放置在地上,铡草时要两人合作,一人蹲坐擩草,也就是把散乱的青草或麦草、谷草一类的草料,用手归拢后,掌握好尺寸塞入铡刀的木底座;另一人则与铡刀站在一条线上,双腿扎成马步,双手握刀把,看着擩草的节奏,适时用力压下刀把,手起刀落间,草料被铡成寸把长的小段。如是反复,则散乱的较长的草料会变成统一长短的草料,便于牲畜进食。如今农村里已经难见使役的大牲畜了,则铡刀也不易见了。不过这种传统的工具倒是在别的场合还可以见到,比如在戏曲舞台上,包青天处决负心汉陈世美时,用的刑具就是铡刀。当然,一种使用了许多年的传统工具,即便在原本主要的用途消失之后,还会被派上别的用场,盖因其设计的科学合理性。比如铡刀,在渐渐淡出铡草料的主要用途,也不会再用来铡人之后,又被用来做切面刀,这也是一脉相承或是古为今用吧!

用铡刀当切面条的刀,原因当然不会是没有普通的菜刀,也不会是为了表演或是噱头,可能就是在切面的时候,必须用到这种又宽又长的大刀。那么问题来了,到底是什么样的面条,必须用铡刀来切?

且听我慢慢分解——

先来看看大刀面的面条的基本加工过程:先用碱水和面,且面要和得比较硬。面和好后,要用手搓成絮状,摊放在巨大的案板上,然后用一根木棒或竹棒,一头插入案板里侧的墙洞中,一头跨骑上一个汉子,用臀部控制棒

子,左右挪移,反复碾压面团,以至压成可以擀制的厚面片。再用擀面杖将面片擀成薄如纸的状态。此时重点来了,经过特殊方法压制和擀制的面片,此刻已经层层垒叠在一起,几乎有半尺厚,怎么切?一般的菜刀肯定难当大任。这时候人们想到了铡刀。铡刀,够长够厚够重,卸下铡刀刃,前端还可以支在案板上作为支点,后端单手提起,足可以灵活方便地操作。于是乎,但见对付这厚厚的面片的铡刀来了,切面的人左手按压在面片上,右手握住铡刀把,稍微用力,再加上铡刀本身的重量,当然还有它锋利的刀锋,一起一落间,厚厚垒叠起来的面片,便被切成细细的面条。

  这一番操作,我算是明白了为什么要用铡刀切面了。但新的问题又来了,为什么要一次性地加工这么多面条,以至于非要用这样的大刀来切面?这就引出了前面没有展开来的话题了:要想让面条筋道又纤细,则必须在和面、擀面的阶段用很大的力气,也就是说面首先要和硬,再用木棒、竹棒反复压制,等于是进一步揉面,只有这样,才能保证之后面条的筋韧。所以,这样的加工过程就需要较大体量的面团、面片,否则无法着力。因此,必须用铡刀,才能切如此厚的面。

  好了,大刀把面切好了,"薄如纸,细如线,下到锅里莲花转"。用硕大的铡刀切就的细细的薄薄的面条,因为有了前面的功力,所以自身的"素质"非常过硬,水煮后依然筋道。这就看出前面貌似粗犷的做法结出的果实,反倒是这般的细腻温婉,由此是不是可以应题——张飞做出的绣花活?

  其实,这种加工面条的办法,肯定是千百年来人们在实践中

不断摸索出来的,也是人们在生活实践中智慧的结晶,是对面粉特性的不断认知,当然也是对饮食文化的不断拓展。

经过上面这一番叙述,列位是不是对大刀面的用心用意有了一定的了解和理解?是的,在陕西这个"面条王国"里,单面条的加工方法和面条的形状就千差万别,但每一种面条其实都是有着科学的考量的,世代相传,这些科学且有智慧的制作面条的方法就流传了下来。

另外,上述这种大刀面,除了对面条既薄细又筋韧的考虑,是不是也有其他的考量?比如战时士兵饮食的供应、大规模工程工匠饭食的供应等,在需要一次性制作大量饭食的时候,这种看似粗犷的做法,正符合团餐的需求。陕西历史上曾经发生过许多战事,也修筑过许多大的工程,所以是不是因此催生了大刀面这种一次性可以出产较多面条的做法?应该有这种可能。

大刀面如今在陕西华阴比较兴盛,依着关中东府人调制面条的习惯，华阴大刀面出锅后，华阴人用各种臊子和调味品调制，比如特制的炸面酱、豆腐、粉条炒制的臊子，再加上盐、醋、辣椒之类，成就了东府风味的臊子面。多说一句，东府臊子面的特点在于调制之前臊子们的单列，也就是说很少有混合到一锅之中的情况，各色调料单独盛放，食客可以依着自己的口味选择，避免了众口一味的情况。

在陕西铜川，大刀面也比较流行。有人说是经营者从外地引入，也有人说是因为曾经要供应大量矿工的团餐，所以大刀面一直坚持了下来。

要再啰唆一句，这个大刀面从和面、压面、擀面到切面，全程手工，所以很费人工，但唯其如此，才会成就那一碗细密筋道的上好的面条。如今许多面馆已经是机器和面或是压面、削面，也可以加工出不错的面条，也是一种提高效率的做法。但是，中国传统饮食的特性，决定了手工和机制的巨大区别，如果能坚持传统、坚持手工，可能更能够传承传统的那一口滋味，这不是矫情，是实践已经验证的。

把大刀面这个"张飞做出的绣花活"介绍了一番，是对传统面食的赞美，对传统技艺的称道，更是对饮食文化的梳理和致敬。唯愿饮食能够坚守传统，之后守正创新，让经营者囊中鼓鼓，也让食客舌尖丰美，如是最好。

驴蹄子、削筋、削削，三碗急就章的豪气面

饮食之道，色香味形，可以仔细铺陈，亦可以大刀阔斧，只要用心用情，皆可成就变化万千的独特滋味。

驴蹄子，从字面意思看，就是那种又犟又倔的家畜的蹄子，看到它，脑子里浮现出的一定是那头"不愿意上山的毛驴"。

但今天这里所说的驴蹄子，可不是真正的那种牲畜的四足，而是对一种面条的诙谐称呼，说全了叫作"驴蹄子面"，约定俗成地简称为"驴蹄子"。

这种面条说起来是一种急就章式的面条，与加工别的种类的面条的食材无异，只是在和面时和得相对硬生一些，一样的和面、饧面，一样的揉成面团、擀成面饼。说是面饼，也就是擀面条的初始阶段，将面饼刚刚擀到两公分薄厚左右戛然而止，把厚墩墩的面饼用刀划拉成十公分左右的长条，然后拎起菜刀，直接开切——成品就变成了十公分长短、两公分宽窄、银圆薄厚的面片。看看这面片，粗枝大叶的，像不像那驴蹄子？及至下锅煮熟捞出，再用油泼了、臊子拌了，送入口中的时候，那面片筋韧耐嚼，似乎"顽倔"得也有了驴的特性，于是，这面条的"驴蹄子"的命名就进一步地固化了。

其实驴蹄子面的由来，除了上面说的急就章的因素，还有人们在农耕或务工繁忙时，无暇细细铺陈，干脆简单直接甚至有些粗暴地做出来，可能更多的是口感、口味上的考量。性格质朴刚硬的陕西人，在吃面条时更看重筋韧的口感，这种厚墩墩、宽展展的面条，正合了老陕的食性，于是也就在陕西面条王国里有了一席之地。

削筋，如果将它看作是一个词来理解的话，似乎难解其意，因为它好像就不是一个词。如果把它分解开，从"削"和"筋"的字

面意思分别理解，则"削"为"用刀切去或割去"之意；而"筋"则本指"肌腱或附着在骨头上的韧带"，后多用来形容坚实且有弹性等。如果按这两个字意直白地组合，就成了"切去或割去肌腱或韧带"。所以还是不要纠结于这样的考证了，赶快加上后缀，从"削筋面"的完整词意上来理解，可能接地气一些，也才真正说得清楚。

削筋面，是西府宝鸡一带的一种较为豪放的面条，做法实际上类似于驴蹄子面。要说区别，就是面条本身的宽度和厚度都小了一些。相对于驴蹄子面的较宽较厚的面片，削筋面的面条形状更像是四方形的小木棍，所以当地也有称之为节节面的。之所以称为削筋，除了直白的"切去或割去肌腱或韧带"的意思，也就是从擀得稍厚稍宽的面片上切削下一节节"筋"之外，更多的可能还是应分开理解，即"削"指的是从大的面片上切削下来的动作，而"筋"则是指这种较为厚实的面条口感的筋韧了。

西府一带本来广为流行的臊子面的面条的特点是"薄筋光"，可能是为了丰富口感，也可能是为了节约时间，于是创制出

了这种厚而筋的削筋面。吃一吃"薄筋光",再调剂一口"厚而筋",口感更加丰富了。当然,既然是为了调剂口味,那肯定在后续的调制环节也基本以干拌为主,而不似调制臊子面时以汤为主。

在东府渭南一带,还有一种类似的面条,谓之削削。这个削削的做法,与驴蹄子大同小异。所不同的是,东府的削削主要用红薯面制作,后来也掺一些小麦面。

这碗削削可能是为了把杂粮做成面条的一种尝试。杂粮的纤维都比较粗,分子结构松散,水和后较难成团,所以难以像小麦面一样蒸馒头、擀面条,一般的情况下,陕西人更多的是用来压饸饹。但面条的诱惑还是大一些,于是想办法把杂粮做成面条,比如这个红薯面削削。这个饥馑年月里的糊口的食物,后来倒成了一种稀罕的美味,当然出彩的就是那口感的筋韧以及蕴含的那一丝红薯的香甜。

不管是"急就章"的需要,还是对"筋道"的追求,这三碗面都是比较有特色的面条,制作简单、口感筋韧,共同丰富了陕西面条家族的品类,让陕西的美食文化更加深厚博大。有机会尝一尝驴蹄子、削筋、削削,一定会让你吃面的经历更加丰富多彩。

户县摆汤面与杨凌蘸水面的异曲同工

食不厌精,脍不厌细。食物的精细,不独表现在制作上,在进食环节,也是可以更加细致、讲究的。这不是单纯的形式讲究,而是对内容的再提升。

户县,就是现在的西安市鄠邑区。这里有一碗很有特色的面条,叫"摆汤面"。

摆汤面呈现出来的情景是:同时摆上一碗面、一碗汤,面、汤分离。吃的时候,从面条碗里夹取少许面条,在汤碗里"摆"一下之后吃面条。这面是手工擀制的极薄而光滑筋韧的细面条,这汤是精心调制的臊子汤。

这碗面比较有说头的是那碗臊子汤,或者称汤臊子。制作这碗臊子汤,要用到大肉丁、木耳、黄花、豆腐、西红柿、韭菜等食材。大致做法是先把用各色调料腌好的肥瘦相间的大肉丁下锅煸炒,之后加鲜汤,再下入黄花、木耳、豆腐等配料并调味。在一锅臊子汤将好之际,敞开锅盖,加入大量切碎的韭菜,臊子汤即成。当然,"一窍不得,少挣几百",食物的做法就是这样,大概念、总流程都知道,但要做出上好的感觉,非得有经验智慧。就如这锅臊子汤,要想做好,没有技巧和经验,那口味是难以服众的。当然,上好的口感需要上好的食材，其中的各色食材都要精心拣选。末了要强调的是，此地的臊子汤，提味、画龙点睛的是当地的一种农家土法酿制的香醋。

这臊子汤做好之后，并不像其他的臊子面，把臊子汤浇进面条里，而是把臊子汤盛入一个个碗中，再摆放在食客的面前，有点吃火锅时的蘸汁的感觉。再把煮熟的面条捞出过开水，然后一碗一碗地连水带面端给食客。这时候食客的面前就会有一碗面、一碗汤。注意，重点来了，此时绝不是让你把臊子汤浇进面条碗里，也不是把面条泡进臊子汤里——你需要用筷子从面碗里夹取少许面条，然后放在臊子汤碗里"摆动"——并不是为了加热，而是要让面条雨露均沾，蘸取汤汁，可能还会带点汤里的菜肴，再送入嘴中。

是不是有点麻烦？是不是刻意显摆或是多此一举？不是。喜爱吃面到骨髓里的陕西人，对面条的感情很深，认识也很到位，他们觉得，如果把面条一股脑儿泡进臊子汤里，难免会让面条的筋韧度降低。而且一大碗面条挤挤挨挨的，很难逐一照顾到，很可能滋味不均匀。所以，请你一筷子一筷子慢慢地夹取面条，缓缓地蘸取汤汁，这样面条始终筋韧，每一口的滋味都是那么香馥。

列位明白了吧？食不厌精，脍不厌细，陕西过去有"金周至、银户县"的说法，户县这地方早年经济、文化等各方面都比较领先，具体到吃的方面，不惟品类丰富，而且吃法也是这么细发。不要小看了一碗面条，它本来就是关中人的主食。老百姓辛苦劳作之余，在吃的问题上相对讲究一些，那是天经地义的，当然，也是对饮食

文化的丰富和提升呢。

　　这面、汤分离，再逐步结合的吃法，因面条在汤中的"摆动"，于是就有了"摆汤面"的名称。

　　这种面条的吃法，也有陕西人吃饭喜蘸食的传统在其中，也就是把面食与调味汁分开，吃的时候再结合，从而让面食的筋韧保持得更久，当然也让各种滋味更加均匀。

无独有偶，还有一碗面条有与之异曲同工的吃法，这就是杨凌蘸水面。

杨凌，是一个国家级农业高新技术示范区的称谓，取自该地地名"杨陵"，隋文帝杨坚的泰陵在此，因而得名。现在一般依着新的概念，杨凌、杨陵都用，杨凌涵盖杨陵，所以用"杨凌"范围更广一些。

这碗杨凌蘸水面，也是把面条单独盛出，再在提前备好的蘸汁里蘸食，似乎与摆汤面异曲同工。然而，形式相似，内容却迥异。

这碗蘸水面最具特色的是它的面条，这面条又宽又长，真正的"面条像裤带"，一根几乎就是一两面。这像裤带一样的面条是大号的扯面，称之为"面条中的巨无霸"很是形象。

这碗蘸水面的"水"，是陕西人对蘸汁的昵称，一般称之为"水水"，简称"水"。这个水的调制，也是相当讲究的：先将蒜切成蒜末，加一点盐捣成蒜蓉，用热油泼香。之后在打碎的鸡蛋里加一点水、一点盐打成蛋液，炒熟备用。再把葱段、姜片、西红柿块一起翻炒调味，加入高汤煮开。末了，加入炒好的鸡蛋、葱段再煮一会儿，蘸水面的汤汁即成。吃的时候，把汤汁盛入碗中，再酌情加入蒜泥、油泼辣椒等，一碗终极意义的水水就齐活了。

锅里下面条，将熟的时候下入芹菜叶或是苜蓿菜、青菜等，熟后一并捞出。前面说过这面条像裤带，那可是相当占地方的，一般的碗很难盛放，于是就用小盆盛放。盆里先装上清水，再放入面条和菜蔬，直接上桌。必须要说明的是，这盆里的面可是论根的，一根就是一条扯面,一根的分量就是一两!经常有外地朋友去吃这种面条,面对店家"要几根"的询问,往往一头雾水,等明白过来,再看到端上来的盆里盛放的面条,不禁莞尔,这就是实实在在的裤带面哟。当然,一盆面上桌的时候,那一碗蘸水也已早早送上,你拿起筷子夹取一根面条,可这一根也太大了,大到蘸水碗里都放不下!不要紧,这时候经典的一幕会出现,这根面条的头已经进了蘸水碗中,末尾部分还在面盆之中,你把蘸足了汤汁的面条送入口中,一点点地蚕食,看那裤带般粗细长短的面条一点点在面盆、蘸水碗和口唇间徐徐运行,是不是一下子有了乐趣?

这碗蘸水面,吃的形式就生趣盎然,那口感更是筋韧耐嚼、酸辣香爨,面与蘸汁相互成就,让吃面的过程变得有趣而又充实。

摆汤面、蘸水面,都是对面条吃法的丰富,各有考量、各有用心、各有千秋,共同的形式是面条与汤汁的先行分离,再度组合,在这一分一合之间,让你感受饮食文化的博大精深与烹饪技艺的微妙精彩。

关中的两碗旗花面

陕西的面条品种多得本地人都不一定能说全，差不多一个县就有一种甚或几种，再不济也是相邻的几县共有一种。陕西有107个县（区、市），那一共有多少种面条？这就要看按什么标准分类了，大的类别有臊子面、非臊子面，小的类别或者说当地约定俗成的叫法，那可就多了去了，虽然在一定概念上大同小异，但还是各有千秋，粗略估计有50种。但还是没办法严格划分，除了历史、地理等人文因素形成的传统区别之外，还有一个现象，那就是名称相同但实质内容大相径庭，如果不详究其里，还真就莫衷一是，比如旗花面。

什么是旗花面？

武功县一带的人说，我们这里的这种面，油汪汪的汤里漂浮着大量的鸡蛋饼。这摊好的鸡蛋饼被切成了规则的菱形，看起来像古代的旌旗，所以称为"旗花面"。

武功的旗花面，大概念上也是汤臊子面。汤料是高汤辅以其他材料制作的，臊子是以黄花、木耳、海带丝、鸡丝、大肉等炒制，漂菜则是以葱花或韭菜花、蛋皮花等制作，成品以薄、筋、光、酸、汪、香著称。这是对旗花面的概述，如果要细细说来，当然有其他更多的描绘：

  武功旗花面是当地十分有传统特色的一道美食，是当地人根据经济状况、口味特点、人文习惯等对臊子面进行本地化创新的产物。武功是个了不起的地方，是周人始祖后稷教民稼穑之地，也是大汉忠臣苏武的故里、唐太宗李世民的诞生地。它距离西安、咸阳都不远，交通优势明显，是关中地区重要的交通枢纽和物资集散地。武功的经济状况、人民生活水平等，与周边的地方比起来不说多领先，但最起码不落后，在这样的背景下，地方小吃一定是相对讲究的。比如武功的小吃里就有一道普集烧鸡，十分有特色。普集是武功县城所在地，陇海铁路穿越而过，人流物流往来频繁，餐饮业肯定发达。于是，关中特别是西府一带广为制作的汤臊子面，到了武功地界就更加讲究。臊子汤是高汤，滋味自然浓醇鲜香；臊子菜用到黄花、木耳、海带丝、鸡丝、大肉等，光是食材就诱人，再加上上好的当地传统香醋，成就了一锅好汤；漂菜更是特别，十分大胆地用到了大量的大葱，这是其相当明显的特色。一般说来，在面条调制中为了提味肯定会放葱花，但都不及这里放得多，多到几乎覆盖了臊子汤。当然，还有鸡蛋饼的使用，这鸡蛋饼别的地方也有，但一不及它多，二不及它细发，细发到切制成整整齐齐的菱形，好似昔日战场上飘舞的旌旗，在碗中又似一片片小花瓣，故此称这碗面为"旗花面"。

  这样的旗花面，臊菜色艳、醋味酸香、油而不腻、热而不烫，四季皆宜。所以说，武功一带的旗花面，是一碗比较讲究、细发的臊子面。与别的臊子面类比，共性在于面条一样细长，当然也筋道、光润，滋味也是酸味出头，符合当地人嗜酸的习性。不同之处一是武功旗花面加入了鸡汤、鸡肉，食材更加珍贵，包括用到海带丝等，也是别的地方很少用的。二是武功旗花面加入了大量的葱。葱含有蛋白质、碳水化合物、多种维生素及矿物质，对人体有很大益处。葱的挥发油等有效成分，具有刺激身体汗腺，发汗散热之作用。相传神农尝百草找出葱后，便将葱作为日常膳食的调味品，各种菜肴必加香葱调和，故葱又有"和事草"的雅号。葱一般用作调味品，主要功用在于炝味，一般不会大量使用。但这碗旗花面放的葱很多，可能一是因为当地富足，二是为了充分发挥葱的功效，三是让汤的滋味更加浓烈。

相对于武功周边的岐山臊子面、扶风一口香、杨凌蘸水面等，武功旗花面的知名度稍欠一些，可能是开店少、宣传少的缘故。还有一个原因可能是渭南一带也有一种面叫作旗花面。

旗花面在渭南比较简单家常，就是一碗汤面条。之所以强调它是汤面条，原因在于它就是个连锅面，也就是把面条、菜蔬一同下锅，煮成连面带汤的一锅，再一同舀到碗里吃。这种面条其实在关中东部，尤其是渭北一带比较常见，老百姓为了节约时间，并不把面条与汤、菜（臊子）分开，而是整个融汇到一起，连汤带水热热乎乎地吃。时间长了，倒觉得这样也比较美味，比较养胃，所以就成为一种很常见的面条。

它由于家常的特点，所以很少出现在面馆售卖的面条品类里。近年来一些农家乐以及一些集体性食堂也把它引了进来，倒还很受欢迎。

之所以把这种面条称为旗花面,原因就一个,它使用的面条是菱形面片,与上述武功旗花面里的蛋片一样,也因其类似小旗子,故称为旗花面。

这样的旗花面制作相对简单，擀面，切成菱形面片，另外，准备西红柿、鸡蛋、青菜等，可以直接下锅煮，也可以炒成菜肴（臊子）再调制到锅里。当然，要想稍微丰盛一点，还可以加木耳、黄花、豆腐之类。一般的家庭吃这样的连锅面，只加素菜的居多，也有愿意炒点肉臊子加入的，因人而异。但印象中这样的旗花面一般当作晚饭的居多，汤汤水水，清淡一点，容易消化吸收，所以一般就是西红柿、鸡蛋、青菜相佐。

这样看似有些简单的旗花面，其实吃起来很熨帖。面片直接下锅，连汤带水，不再单独盛出，更不会将面条过水，所以原汁原味。带一点面扑煮出来的面汤，会稍微黏稠，更加利于消化吸收。至于口感，面片本身虽不会太筋道，但也筋韧绵软，不会煮成糊涂，仍然保持关中面条的传统特色。尤其是相对清淡的菜蔬以及和谐的调料，使得这碗旗花面更加利口，且最适合老幼及肠胃功能不佳的人。

这两种面条都流传很久了，而且不约而同地都称作"旗花面"，但哪一种好像都没有传播得很广。

关中东西绵延近八百里，现在就是几个小时打个来回的事情，但搁到过去来往就不是那么容易了，相应的各类消息的传播也不会那么快，所以才会出现关中东、西把两种不同的面条叫成一个名字的巧合。但不管是西府武功一带的旗花面，还是东府渭南一带的旗花面，都是陕西面条家族里资深的成员，虽然形制不同，但都一样香馫可口。

天赐白玉裹琼浆　　蜂蜜凉粽长安香

粽子,早已是国人皆喜的大众食物,翠绿的粽叶、洁白的糯米,再裹入鲜红的大枣、金色的蛋黄乃至各色肉类等,形制俊秀、卖相吸睛,甜咸皆可,滋味诱人。

谁不说俺家乡好？在粽子这个小吃上,东西南北的人都认为自己家乡那一口最好吃。从小吃到大,必以为最佳,尤其是在"南咸北甜"这个有趣的问题上,还会友好地形成鄙视链。其实,形成这种差异的根源还是"北麦南稻"的饮食习俗,北方人以麦子为主食,将以大米为主要食材的粽子作为点心,而南方人则把主食链延伸到粽子上,一定意义上也拿粽子当主食。主食的调和以咸为根本,点心则绝大多数为甜味,故此,粽子的口味便"南咸北甜",这是饮食习惯使然,应该理解,进而互相尊重。在这个前提下,粽子的"南咸北甜"的鄙视链也就消解了。

陕西的粽子当然属于"北甜"的范畴。一般的陕西粽子,就是糯米加大枣。陕西南部盛产大米,关中乃至陕北也有种植,大红枣更是不缺,于是便主打糯米红枣甜口的粽子。但还有一种粽子,十分特别,除糯米之外,不夹杂任何馅料,就是晶莹洁白的白米粽,而且吃的时候不是趁热,反而要冰凉了吃,并且要浇上蜂蜜等一应佐料,这就是蜂蜜凉粽子。

前面说过有大量优质的红枣,为什么不包裹进去,就是纯粹的米粽?

是的,这个蜂蜜凉粽子的本身,就是这么纯粹,不包馅不添加,直白地展露出白玉般的纯色,恰似文学作品里的白描手法。

之所以要这么做,绝非因清贫寒碜,也不是忆苦思甜,可能更多的是为了一种清香与天然。不加入任何馅料的粽子,所有的滋味都来自被鲜粽叶浸染的糯米的植物清香,这是一种简单直白,更是一种良苦用心。最简单的也许就是最难的,"高端的食材往往

只需要最简单的烹饪方法"。就如许多肉蔬,敢于清蒸、白灼、清炒的,一定是新鲜的。那这粽子里的糯米也是如此,没有了其他馅料的烘托,考验的才是它本身的品质。所以,上好的糯米才敢于成就这个不加任何馅料的白粽子。这是因由之一。

因由之二,一张白纸,好画最美的图画。正如陕西人擅于做面食,一碗白面条、一个白馒头、一张白吉饼,天然的麦香蕴含其中,再油泼、加臊子、夹肉、夹菜等等,只有纯粹的没有任何作料在先的食物,才更有利于之后的调味,进而成就上升一个层次的美味。蜂蜜凉粽子也是如此,一个清香的白粽子,之后的调味是这个粽子的升华——把出锅的粽子放凉,待吃的时候,切成薄片,再浇上蜂蜜、黄桂酱、玫瑰酱等,一个蜂蜜凉粽子方成。

售卖蜂蜜凉粽子的店家,在操作过程中,展现的是一副对食物精心装扮的景象:一个三面由玻璃罩着的木头橱窗,里面放置着粽子及各色佐料。有生意了,店家一声唱喏,便手脚麻利地剥开绿色的粽衣,洁白无瑕的粽身显露出来,煞是喜人。之后,变戏法一般的景象出现了，店家从橱窗的顶端扯下挂在上面的细细的、洁白的棉线，之后左手轻轻拿起粽子，右手将棉线缠绕在粽子上，稍一用力，粽子便被切削成薄片。这个切割粽子的手法不知道始于何时何人，实在是最佳的方式。棉线洁净无味，不会污染粽子；棉线细如毫发，不会粘连粽子；而且连切割食物的案板都省却了，实在是高明巧妙。

被切割成薄片的粽子，此时被盛放在盘中或盒中，店家继续精心调制：一勺枣花蜜浇上去，蜂蜜与糯米亲密接触，徐徐地覆盖在粽身，再缓缓渗入粽子里层，粽子恰似包裹上半透亮的外衣，裸白的身段立即有了被呵护的感觉。再浇上漂浮着黄桂花的糖酱，粽子又好似罩上淡黄色的马甲。再等那淡紫红色的玫瑰酱浇上，粽子则似笼罩了轻柔的纱巾一般。如此这般，原本温润如玉的白色粽子便有了引人怜惜的靓丽的外表。

接过经过精心装扮的蜂蜜凉粽子，先是一股沁人心脾的淡淡的温馨的香气扑鼻而来，这香气里有糯米的清香、黄桂的桂花香，还有那玫瑰酱的玫瑰香，这几样香气此刻已经和谐地交织在一起，让你鼻翼翕动，不能自已。那就慢慢地夹取一小片，轻轻地沾润唇齿，倏忽便有了被温柔润泽的感觉，那是一种多么美妙的令人陶醉的滋味哟。生命的甘甜、甜蜜的生活大抵如此吧！待你从迷醉中缓过神来，慢慢地开始咀嚼时，那口腔之中立刻进入盛宴的高潮，糯软鲜香、甜蜜温润，那清香淡雅，那甜味适口，虽甜香交织重叠，但不齁不腻，恰到好处。

看起来十分简单的蜂蜜凉粽子，似乎人人可为，用料易得、制作不繁,但是,越是简单越考验功力,越是看似简单的食物,越是对食材和手艺都有着挑剔的要求。就如这蜂蜜凉粽子,那糯米就得是上等的,不然不敢赤面对青天。还有那黄桂酱、玫瑰酱,最是要用心选材,再赋之以精心细致、多年经验,方能成就上好滋味。当然,那丝线作刀的分割过程,也是重要的环节。

这一道蜂蜜凉粽子,有人考据说在唐朝就有,称其列于著名的"烧尾宴"的菜单之中,并列出一些文人的诗作,借以证明它的出身。这是好事,为一种食物找寻出处,一定是出于对这种食物的喜爱,当然更是对饮食文化的丰富。其实不管它的创制及延展,只说它今日的模样,就足够引人注目、勾人馋虫。

这里还有一点值得说道的,那就是陕西饮食中的蘸食习惯:无论是水饺还是蒸饺,皆要精心准备蘸汁进而蘸食。即使是面条,也有摆汤面、蘸水面的吃法。甚至一些地方的凉菜,也是在吃的时候把原味的菜蔬浸入醋汤里蘸食。这种蘸食之法的考量应该有二:一是进一步增加食物的滋味,二是先保证食物的原汁原味,再现场调味式地蘸食,这样更可以两全其美。于是,这现场调制的蜂蜜凉粽子就显现出陕西饮食的传统特色了。

夏天似乎一下子就到了,端午也不远了,吃粽子这件事,在陕西是丰富多彩的,除了传统的红枣粽子等,更有这盛夏时分十分应景且清凉的蜂蜜凉粽子。尝一尝吧,感受一下这粽子家族里独一份的色泽艳丽、口感柔润、清香甜蜜、沁人心脾的蜂蜜凉粽子的美好。

土豆在陕西人舌尖上的舞蹈

土豆,马铃薯的通称。当然,因为是舶来品,所以尽管已经在中国落户 400 多年了,但现在还有许多地方的人称之为"洋芋"。这种"营养全,易种植,产量高,易贮存"的粮食作物,比较耐旱、耐寒、耐瘠薄,生存高度可从平原至海拔 4500 米,在中国西北、西南、东北地区广为种植。

陕西的土豆种植面积已达到 450 万亩,约占全国土豆种植总面积的 17%,主要分布在陕北和陕南地区,种植面积排在全国第七,年产量近 4000 万吨,是仅次于小麦、玉米的第三大粮食作物。据悉,陕西已成为中国乃至世界马铃薯最佳适种区之一。

陕西之所以能广泛种植土豆,有赖于南北狭长的地理特征和从亚热带到温带的较大温差,当然也得益于悠久的农耕历史。而陕西人食用土豆的花样层出不穷,更是彰显了陕西饮食文化的悠久丰厚与灿烂绚丽。当下,人类正致力于把土豆"主食化",这是解决世界粮食问题的一条重要途径。而在陕西,很早就对土豆进行了主食化的尝试。

先说说陕北。前面说过,陕西的土豆主要种植在陕北、陕南,其中绝大多数又在陕北,单是榆林的种植面积就占到全省的三分之二以上。而且陕北多沙地,所产土豆淀粉含量高,品质非常好。有这么多优质的土豆,陕北人也创造了很多经典的吃法:除了土豆粉条、土豆丝、土豆块、土豆条等等偏蔬菜类的食用方法,还有几种吃法,既营养美味,又有很浓烈的主食意味。

先说陕北洋芋擦擦。把土豆用特制的擦子擦成条之后,均匀地拌上干面粉,然后上笼屉旺火蒸制十分钟左右即熟。出锅的洋芋擦擦,最简单的吃法是浇汁吃,用盐、醋、辣椒油等调制汁子,之后浇在盛在碗里的洋芋擦擦上。此时的洋芋金黄、面粉白皙、辣椒红艳,已然是十分的养眼。至于滋味,那就是在土豆的淡淡的甜香、面粉的麦香之上,又多了咸辣酸香,简单的食材与做法,成就了一道美味。另一种高配版的吃法是把出蒸锅的洋芋擦擦再下炒锅炒制。起锅烧油,加青红辣椒,日子好的时候再来点肉丝等,大火快炒,倏忽间一锅散发着油香的炒洋芋擦擦即成。这个炒制的洋芋擦擦,在保持了薯香、麦香的前提下,又多了菜香肉香的爨香之气,更是一碗让人馋涎欲滴的上品。无论是浇汁还是热炒,这洋芋擦擦都亦菜亦饭,可以饱腹亦能解馋,而且绿色健康、营养全面。

之所以称为"擦擦",原因在于制作时用擦子擦制。擦子这种工具,是人们为了方便把块状食材加工成条而发明的,相比用刀切,用它不但更高效,而且成品均匀。但这种擦子在擦的过程中会破坏食材的纤维,降低食材的脆感,所以在炒菜中并不受欢迎。但在做洋芋擦擦这种食物的时候却是恰到好处,它虽然破坏了土豆的纤维,却能够更好地析出土豆里的水分,从而让土豆丝与面粉更好地结合,让蒸出的洋芋擦擦口感也更加绵软。这种吃法一定意义上也是陕西麦饭的一种,所以主食的意味更浓一些。洋芋擦擦可能是陕北人吃土豆最经典的形式,流传至今,老少皆喜、南北皆宜。

　　再说黑愣愣。先简单说一下制作过程:把土豆用特制的擦子擦成蓉状,之后浸泡在清水里,然后用笼布过滤,过滤出的稀糊状的半固体物就是土豆的纤维。然后静待过滤入盆的液体沉淀,大约十分钟,倒掉盆中上层的水,盆底沉淀的就是土豆淀粉。之后将土豆纤维与淀粉归置到一起,加入少许干面粉,再加入葱末、盐、调料面之类,拌和均匀。用手把拌和均匀的混合物抓揉成核桃大小的丸子,这就是黑愣愣的雏形。之后,将这生的黑愣愣上笼屉蒸制十分钟左右,即可出锅享用。享用这黑愣愣也有两种方法:一是蘸汁,热的黑愣愣直接蘸汁吃,提前准备蒜醋辣椒汁,之后夹取黑愣愣蘸着汁吃;二是热炒,一般是第二天,黑愣愣已经冷却,把它稍加切制之后热炒。需要重点介绍的是,这时候的黑愣愣才名副其实——放置许久的黑愣愣,经过氧化,颜色发青偏黑,真有了"黑"的色泽。至于"愣愣",依着陕北人的方言俚语,大概是看这发青偏黑的土豆丸子愣头愣脑吧,于是拟人化地称为"愣愣"。这下黑愣愣算是说清楚了。

　　这两种吃法算是陕北人在吃土豆上的创举,不知始于何时,但一直延续到今日,广受欢迎,且不惟在陕北。

　　再来看看陕南。陕南相对来说植物生长环境好、雨量足,加之气温相对偏高,所以植物的种类更多一些,但也给土豆留了一席之地。陕南三个市——汉中、安康和商洛,比较来说商洛的土豆种得多一些。据统计,商洛的土豆种植面积达65万亩,占到全省土豆种植总面积的15%。这里的土豆与陕北的有较大区别,陕北的土豆多于沙土地种植,淀粉含量高而水分较少,适合做菜、蒸食等。而商洛的土豆水分含量高,更适合煮制而食,于是商洛人索性把土豆下到玉米糁里,做成世世代代喜欢的美食——糊汤。"洋芋糊汤疙瘩火,除过神仙就是我。"这句话本是商洛民间谚语,因商洛籍著名作家贾平凹老师的著述,便也广泛地流传开来。这里的糊汤按说就是大众所说的苞谷糁子,但商洛的朋友说不完全是,那必须是商洛山里的玉米碾碎过两遍箩筛之后,再用商洛山里的枯树根燃着的旺火熬制,才能得到的黏糊糊、甜丝丝、香喷喷的美味。至于"疙瘩火",就是前面说的枯树根生的火。山民砍柴很注意生态保护,更多的是挖一些枯树根,树根耐烧但不规整,疙里疙瘩的,于是把燃烧树根生的火形象地称为"疙瘩火"。疙瘩火熬的糊汤,一般的标配是放入洋芋蛋蛋同煮,于是谓之"洋芋糊汤"。一锅洋芋糊汤在疙瘩火的急火旺烧与慢火文炖交织的熬煮中,咕嘟咕嘟,蒸腾的是氤氲的水汽,泛起的是成熟的气泡,漾起的是玉米与土豆交织的清香,当然,带来的是温饱,养育的是希望。这样一碗香喷喷的洋芋糊汤,黏稠的质感、清甜的口感和润泽舌尖味蕾、浇灌喉咙肺腑的热乎乎的温感,带给人们的是满足感、幸福感。这时候只需要再来点酸菜,那就堪比山珍海味了。

陕南还有一种洋芋糍粑,做法大致是:将洗净的土豆削皮煮熟,之后取出放在通风的地方凉一段时间,待土豆里外彻底凉透之后,放入一个凹形容器(一般是石槽),再用带有长长木柄的木槌,也叫木捣子,开始辛苦而有趣味的劳作。这项工作一般要由家里面的壮劳力来承担,在千锤万击之后,土豆在石槽里充分黏合,成为一团,此刻这糍粑即成。先一坨一坨地挖出盛入碗中,再来调味:可以浇上精心准备的醋蒜辣椒汁,可以是农家熬制好的浆水菜,也可以是其他的更加丰富的臊子之类,只要没少辣和酸,那这一碗糍粑都会是上好的美味。

陕北、陕南人广种土豆,也把土豆吃得丰富多彩、馫香四溢,那关中人也不会闲着,他们虽然不太种土豆,但仍然是土豆的忠实拥趸,除常规的吃法之外,也慢慢学习和接纳陕北、陕南的特色吃法,在此之上,又创制出了一种特色的土豆吃法——土豆片夹馍。

所谓土豆片夹馍,就是把土豆片夹入烧饼之中,可以看作是陕西肉夹馍的素食版。当然,既然自成一体,就一定有它的特色。

首先这个馍要烙得大而薄,一是为了夹入更多的土豆片,二是因为土豆毕竟没有肉那么多的油脂,不用担心渗出来。这馍一定要现烙,并且一定要皮焦里嫩,表皮干脆而内里暄软。土豆片要切大片,这样才有嚼头。把切成片的土豆用竹签穿成串,在沸水锅里烫熟,这里用烫而不用煮或焯,强调的就是对土豆片熟度的掌控,生了肯定不行,熟过了就成土豆泥了,一定要掌握好时间,这依赖于店家的经验。单是这样的土豆片当然不能用来夹馍,重要的一点在后头,那就是要把这土豆片在提前调制好的酱汁里蘸一下,让土豆片均匀地蘸上料汁。对了,这酱料是怎样的呢?看好了,实际上就是芝麻酱和油泼辣子的结合体,上好的独家秘制的油泼辣子和澥开的芝麻酱,两者组合之后,油香四溢、辣香扑鼻。看看吧,外焦里嫩的热腾腾的大烧饼,中间夹上蘸足了料汁的土豆片,卖相十分诱人。咬上一口,便体会到了烧饼的脆生与柔韧、土豆的绵软与薯香,以及油泼辣子与芝麻酱共同营造的油香辣香,嚯,这层次分明又浑然一体的味觉,直让人大呼过瘾!

这种土豆片夹馍是近几十年才创制的,先是在西安北边的一个郊县红火了,之后进军西安,很快俘获了一众食客的味蕾。尤其是年轻人,更是把这种不油腻的素食版的夹馍,当作既能饱口福又能瘦身的神物。于是,在"馍夹万物"的陕西,因土豆的夹入,"夹馍"家族又壮大了。

上述这些吃法基本上可以算作陕西人对土豆的比较独特的食用方法。也许随着时间的推移,陕西人舌尖上的土豆,还会舞出别的花样来,让我们一起拭目以待。

陕北人"打平伙"吃羊肉

陕北羊多而好,无论是放养还是圈养,都是成群结队、品种优良,这得益于当地悠久的养羊历史和优越的地理环境。千百年来,这里羊只肥美,满原遍坡的青草也愈来愈葱茏。

羊多而好,吃羊的习俗就深厚而优良。陕北人把羊肉当作生命里最重要的食物,也把羊肉做成了世间绝顶美味。有纯粹的炖羊肉,各色羊杂碎、醋泼羊头、糊辣羊蹄乃至与碳水的奇妙组合。"荞面圪坨羊腥汤,生生死死相跟上",一碗羊肉揪面片,更是把陕西人吃面的档次提升了不少。

陕北的羊肉被送进长安等地,神州大地许多地方都氤氲着陕北羊肉的羴香。除了把羊肉生意越做越大,用羊肉丰厚腰包之外,陕北人自己也还保留着许多吃羊肉的有趣习惯,"打平伙" 就是其中之一。

所谓"打平伙",就是众人凑份子买羊肉,然后一起分吃。

一般的"打平伙"是这样的:大约是在农闲的时候,陕北的"受苦人"聚在一起聊天侃地,拉话话,当然也许会载歌载舞,唱几曲信天游、扭一阵子秧歌,共同消磨时间,享受难得的闲暇。舞之蹈之、吟之诵之,眉飞色舞之际,腹中饿意顿生,此时最向往的就是那香喷喷的炖羊肉。那是世间最好的美味,也是平日里最向往的饕餮盛宴,奈何生计艰难,难得有大快朵颐之时。今日高兴,兄弟们凑一起了,咱们"一搭里"吃个羊肉吧!好啊!应者云集,一呼啦地摩拳擦掌,似乎那羊肉已经端到眼前。

  这里的"一搭里"吃个羊肉,不是去下馆子,也不是谁请客,而是特指一种已经约定俗成的吃法。那就是去买一只羊来,拿羊的总价钱除以人数,之后每人掏出自己的那一份,三五一十五、二一添作五的,这羊就成了人人有份的羊了。之后,这只羊被宰杀分割了,师傅架起硬柴火,添水放肉加作料,要不了多久,一锅咕嘟咕嘟冒着热气、爨着香气的炖羊肉就成了。此刻,一个个大小相当的青瓷大碗已经在锅沿上摆放整齐,但见掌勺的大师傅把锅里的肉、汤、骨头等,几乎是掐尺等寸地分配,保证每个碗里有肥有瘦、有汤有骨头,不偏不倚,不用挑挑拣拣、争争抢抢。兄弟们每人端起一碗,或是盘腿坐在热炕上,或是蹲在地上,一人一碗,呼噜呼噜连吃带喝,大快朵颐!

  这就是"打平伙"。

  原本,"打平伙"的意思是大家把吃的贡献出来一同享用,后衍生为许多人一起做某件事或平分东西。按照这个意思,"打平伙"也许诞生在"走西口"的途中,出远门了,各人都带着家里准备的干粮,大家结伙搭伴地走着。到了要打尖的时候,你的馍馍、我的饼子,还有他的酸菜什么的,质量都一般,但品种还算丰富。出门都是兄弟,你尝我的一口,我吃你的一块,说说笑笑,热热闹闹。这时有人提议,这么个你一口我一口地推来让去,"麻球烦"

的,干脆把各人的吃食都拿出来搁到一起,咱们"一搭里"吃!这应该是最早的"打平伙"吧。后来,这种资源共享、成本分摊的就餐模式,慢慢就演化成各人分摊一点钱,买来吃的大家共享。再后来,基本就固化在吃羊肉这件事上。

"打平伙",不惟花钱少,关键还热闹。大家伙儿平日里忙于生计,这时候好不容易凑到一起了,谝谝闲传、说说天地,是沟通,是交流,也是增进了解、增进友谊甚或化解龃龉、解释误会的好时机。聊也聊了、笑也笑了、闹也闹了,那就再一起吃喝一顿,热热乎乎的羊肉一锅炖,亲亲热热的兄弟亲更亲。如果这时候再有一瓶烧酒,那就更好了,一起吃着肉,一起喝着酒,再好的光景也莫过如此。

这样的"打平伙",实际上也是一种饮食智慧。怎么说呢?就说一只羊,有肉有骨有汤有杂碎,哪一块都好吃,哪一块都想吃。可要是自己一个人下馆子吃,你不可能一个人吃掉一只羊,也不可能一次性吃到羊的各个部位。就是这种一群人吃一只羊的办法,才能吃得全乎、吃得舒服。花钱不多,吃得乐呵,那何乐而不为?

"打平伙",现代人的时髦说法就是AA制。现如今的AA制,在城市里的上班族和学生们中间已经比较普遍了,大家饭点凑到一起,点一桌丰盛的菜肴,聚而食之。之后算总账,再按人头平均成小账,各自掏出自己该负担的那一份,互不相欠、皆大欢喜。据说江浙沪一带的人还管这种付账方式叫作"劈硬柴"。但过去这种付账方式在北方很少有,即使现在,一些稍微年长的人还觉得这样做太生分,总是要抢着付账,似乎那样才够意思、才体面。但

现在的年轻人已经接受了这一方式，他们觉得这样既能一起聚餐，又无心理负担，轻松自在。一个时代有一个时代的烙印，一个地域有一个地域的习俗，都无可厚非。

陕北人这种"打平伙"，更多的是一种生存智慧、一种交往方式，甚或是一种团聚的渴求与热火。

是的，既省钱又高兴，吃得还好，那这"打平伙"就没理由不参加。这"打平伙"是越参加越高兴，今日散了，也许马上就盼着下次呢。

有机会到陕北去，一定要吃一次那热腾腾、香喷喷的炖羊肉。如果有幸能感受一下"打平伙"的热闹，那就更是一种民俗文化的深刻体验。

热闹红火的汉中热面皮

陕西的凉皮家族很有意思，光是名称就有几种，除较多地称为凉皮，还有酿皮、面皮甚或蒸面的叫法。这几种叫法其实都是一种东西，那就是把小麦面粉调成面糊，或者是把大米泡软磨浆，之后用特制的铁皮锣锣或竹笼屉蒸熟即成。但天长日久，各地的叫法就有了区别，一般说来，关中人称"凉皮"或"酿皮"的居多，安康人则称为"蒸面"，而汉中人名之以"面皮"。说来说去，是一个基本一致的大概念，但具体细分，又是若干的小概念，约定俗成，兴味十足。

汉中人的凉皮，绝大多数是用大米制作的，但汉中人就愿意称之为面皮。起初，汉中面皮也是像户县的米皮一样，热腾腾地出锅后，自然凉凉，进而成为凉皮，再切成条装入碗调上味，成为盘中餐。较之关中地带户县的米皮，汉中的米皮在口感上更软糯一些，而户县的更筋韧一些。这一"软"一"硬"，也是符合两地人的口味。汉中隶属陕西的准江南地界，人们基本以大米为主食，小麦的种植和食用都很少，这里的口味更加柔和，不像关中人更喜欢筋韧或脆硬。

汉中的面皮本来就是"凉"皮，千百年来就是这样吃的，最起码在三四十年前,在许多汉中人的记忆里,所谓面皮,都是凉皮。也就是蒸好之后放置一段时间,等凉凉之后,面皮也上了劲,这时候再切成细条,调入烫熟的豆芽菜、芹菜等,然后把各家各户祖传的油辣子调进去,再调上各种用采自山上的自然神奇的果子、藤子等熬制的调料水,一碗充满汉中风味的面皮就成了。许是汉中曾长期隶属四川,所以此地人在调料的运用方面川味十足,调制的面皮也以辣香出名。

这碗面皮,汉中人在把它当成日常饮食之外,还广为奔走,到省城西安以及其他省市去做生意,用他们的话讲,就是卖面皮。笔者的一位老同事家在汉中南郑,20世纪80年代初,他的一众亲戚的面皮店(或摊)就几乎遍布西安的角角落落,曾经戏言他可以空着手逛街,走到哪一个方向都有好吃且免费的面皮可以果腹。我曾经开玩笑说:"你们汉中人怎么把凉皮称为面皮?这面皮会不会被误会为脸皮?"他说不打紧,在当代语言环境下,脸皮很少有被称为面皮的,所以卖面皮尽可以大行其道。当然,为了生计与发展,放下身段、抹下脸皮,不正是闯荡市场之道吗?是的,他的几个兄弟在西安起早贪黑,经过多年打拼,供孩子上学、买下了房子,这不正是面皮的功劳吗?

据这位现在已经六十好几的老哥讲,在他小时候乃至成人之后,面皮就是凉皮,只是后来有人卖起了热米皮(简称为"热皮")。据他亲口讲,他们家乡在20世纪70年代有了一批三线工厂,多了从来没有的上班族,这些人虽然来自五湖四海,但十分喜欢当地的面皮。由于许多工人三班倒,上班很匆忙,有时店主刚刚蒸出面皮，工人们就要吃。于是，店家就尝试着把刚出锅的面皮调制了，满足急于上班的工人的需求。不想这原本是急就章式的做法，由一而十，再到百千，很快就风靡起来。于是乎，汉中的热面皮就此诞生，大约有四十年光景。

聪明的汉中人发现，热面皮更适合早晨食用，于是，汉中的能厨巧媳们慢慢摸索着，让热面皮的做法定了型。首先是要切宽。热腾腾的整张面皮本就不方便细细地切削，而饥肠辘辘的人们好像也等不得，于是，刚出锅的热面皮，被夹子夹到案板上后，店家持刀快速剁几下，这一整张面皮就被粗枝大叶地切开了。实际上，这样做的真正考量是，热腾腾的面皮还没来得及凉凉变筋韧，先不说不好切，就是勉强切细了，也容易断条，破坏食物的卖相和口感。于是乎，热面皮的第一个特点就是十分宽大。其次是调味，热面皮不像凉面皮可以搭放菜码、浇上料汁那样细细铺陈，即便勉强那样做也不方便搅拌。怎么办？难不倒有智慧的人们，那就提前把配菜、料汁放在碗里，再放热面皮。这料汁适应热皮的特性，一定给得宽宽绰绰，好似半碗汤一般，这样的干稀搭配，既方便搅拌，也更容易入味。于是乎，卖热面皮的店家一定会提前准备一大溜硕大的碗，碗里提前准备好调料，待热面皮一出笼，立刻泡在调料汁中，而且很快就能够让食客吃上。一举几得，既提高了效率，又照顾到口味。所以，这样的热面皮一定是热气腾腾、汤汁汪汪、香辣扑鼻的，当然，咀嚼起来一定绵软适口，舌尖味蕾也会有更加浓烈的体会。

有了热面皮的切法、调法等，下一个就是面皮的伴侣。依着汉中人吃面皮的习性,吃凉面皮一定要搭配热腾腾的稀饭,这里的特色是打碎了花生熬就的花生稀饭。这一凉一热、一浓一淡相得益彰,多年来就这样共同滋润着人们的舌尖肠胃。有了热面皮之后,再来碗这样的稀饭也可以,但能不能更清淡些,好中和热面皮的热辣?咱们汉中不是有菜豆腐这样的好物吗?这浆水点的豆腐清清爽爽、滋味恬淡,正好可以与热面皮搭配,于是,热面皮一碗、菜豆腐一

碗，便成了新的组合。

一种好东西，特别是一种好食物的感染力和传播力是极其强大的，似乎没有多少试探和过渡，这热面皮、菜豆腐就很快成为汉中人早餐的首选。大清早，在汉中的大街小巷、居民楼下的菜市场中，最多见的就是这样的早点。早起的汉中人用这样的组合滋润舌尖，也弥补一晚流失的体液，让原本寡淡的味蕾在此时得到丰美的润泽，于是乎元气回升，又是一轮新太阳，又是一副好精神。

笔者曾经在汉中有过这样的经历，晨起，尤其是宿醉之后，一碗热腾香辣的热面皮下肚，再用清淡醇香的菜豆腐溜溜缝，整个人似乎都从萎靡中振作起来一样呢。

如今，汉中的热面皮已经在西安城里遍地开花，原本试探着的汉中店家，现在也掌握了关中人的食性，大大方方、充满自信地把家乡的美味送到古都来。而许多原本只尝试凉面皮的关中人，也早已成为热面皮的拥趸。不过关中人还是愿意称之为"热米皮"，这是习惯使然，也是为了时刻与关中的凉面皮区分开来。

一种食物新品种的创制，一点也不亚于一项科技发明。这话已经是引用许多次了，再说一次也不多，而且还要强调，在传统食物的"守正"中，再来一些这样的创新，不正是发展的亮色吗？

冷面皮、热面皮都是面皮，冷不是冷漠，而是冷静，热则是热络与热火、热烈与热闹，只要"面"好，冷热皆宜哦！

汉中美味菜豆腐及菜豆腐稀饭

三十多年前,我曾经到汉中的城固县"下基层锻炼"半年多,也就是那时候,开始接触汉中美食菜豆腐。

当时住所的正对面就是一家面皮店,汉中人把凉皮称为面皮,用当地口音,"面"读作三声,"皮"读作四声,而且"面"字带点拖音,"皮"则很干脆,连起来读的话,很能体现汉中人既温和又爽利的性情,特别是那里靓丽的大姐小妹们,温婉秀丽又泼辣能干。

记得那家面皮店的房子是老式的瓦房,也许是门前的路面后来抬高了,所以进这房子要下一点小坡,房子也就给人一种低矮的感觉。第一次吃这家的面皮,是那里的朋友给端回来的。那是刚到的第一天,过了饭点,体贴的朋友怕我饿着,就去买了面皮端回来。说实话,那碗面皮味道真好,比之前在西安吃的好很多。而与面皮一同端回来的另一碗东西,当时我还真是第一次见,那是一碗看似清汤寡水的稀汤,汤中是几块硕大的豆腐。出于礼貌,我没表现出惊诧不解,只是心想,这地方的人怎么用水泡着豆腐给人吃?看着我大口吃着面皮,似乎没有动一动这碗"水泡豆腐"的意思,朋友可能明白了,于是告诉我:"这是汉中的菜豆腐,你尝一尝,就点碟子里的小菜。"刚好吃了面皮有点口干,于是我端起碗来先喝了口清汤,哦哟,好爽口啊,原来这看似清汤寡水的东西,内里有乾坤哦。"你再尝尝这豆腐,这是浆水点的,跟你们关中的不一样。"于是用筷子夹一点里面夹杂着菜叶子的豆腐,甫一入口,一种从未体验过的豆腐滋味充盈了口腔,吃了几十年豆腐了,这种豆腐还真是第一次见!

那碗菜豆腐之后是被我风卷残云扫完的,一种从未见过尝试过的食物,就此成了心头好。知道我喜欢这口之后,朋友隔三岔五买来给我开小灶,这怎么好意思?于是在慢慢熟悉了环境之后,我便自己去店里面吃面皮、喝菜豆腐。一来二去跟店家熟悉了,也看到了他们制作菜豆腐的过程——

泡豆子、磨豆子,用的是自家的石磨,这石磨到现在应该都是加工粮食最好的东西,虽效率低、费力气,但它对粮食是温柔的,没有飞速旋转的机器带来的灼热,最大限度地保持粮食的本真。磨好的豆浆要先过滤,店里的夫妇俩合作,在一个大盆上绷好纱布,之后把豆浆一勺一勺地舀进去,豆渣留在纱布上,细腻的豆浆进了盆里。但这个豆渣可不会被抛弃,之后会派上别的用场。过滤好的豆浆被倒入房子一角的大锅里,早已引燃的柴火此时开始为豆浆加热,不一会儿工夫豆浆就会沸腾。夫妇俩一个烧火,一个守在锅边,不时用勺子搅拌,防止糊锅,间或也会"扬汤止沸"。随着时间的推移,原本生冷的豆浆此时已经沸腾,房间里氤氲起豆香浓郁的蒸气,这就是烟火气哦。待豆浆被烧煮得熟度合适了,夫妇俩开始了画重点的一步——点豆腐。

放置在房子另一角的几个大缸，是他们精心"窝"好的浆水菜，这浆水菜是汉中人家家户户须臾不可离的，每一家都会有，当然也各有诀窍。一般情况下，浆水菜是用来配面条的，汉中的浆水面极其美味。但此时，在这个店里，浆水菜被派上了特殊的用场——点豆腐。都知道卤水点豆腐、石膏点豆腐等，但浆水点豆腐还是第一次见。只见店家女主人先捞一些浆水菜出来，在案上细细切了，之后均匀地撒在沸腾着的豆浆锅里，稍一烧煮，便接续最重要的一环——浆水点豆腐。用干净的大勺舀出的浆水，被缓缓地、细细地沿着锅边浇在豆浆上，并缓缓地搅动豆浆。那边烧火的男主人，配合妻子点浆水的动作，也即刻撤火，这是要让豆浆与浆水细细地融合。就这么小火烧煮着，眼见锅里的豆浆在慢慢收缩，这是要成豆腐了。四五分钟后，女主人重复刚才的动作，其丈夫也默契地配合着，认真地控制着火候。如是者三，点豆腐的程序完成，完全熄火，静等十分钟左右，锅里变戏法一般，出现了大块的夹杂着菜叶的豆腐，白绿交织，煞是清雅。

这个过程中，妻子是一直站在锅边的，她要一直注视着豆浆的凝结过程，不时用勺子小心地推动，好让浆水与豆浆充分融合。"要想豆腐多，锅边站出窝。"开朗的男主人笑言，"懒婆娘慌慌张张的，肯定点不出好豆腐，呵呵。"多年的经验并没有让他们有丝毫懈怠，就这么认真地完成既定的程序，那锅里凝结出的色相喜人、数量喜人的豆腐，就是对他们最好的回报。

等锅里的豆腐稍微冷凝，夫妇俩便又配合着做下一步动作：小心地捞出豆腐，仍然是把纱布铺在大盆里，放进盆里的豆腐用纱布包裹起来。"再压一压,这样口感好。"硕大的纱布包里的豆腐静置在案板上,剩下的就交给时间了。

锅里现在是清亮的汁液了,有些发黄,豆浆的"干货"已经凝结成豆腐了,锅里残留的可不是稀汤寡水,那是充满营养的上好的东西。舀一勺这"黄浆"尝尝,一丝淡淡的酸爽,一缕清幽的豆香。

"现在要煮稀饭了。"淘好的大米被下进锅里熬粥,汉中人把"粥"称为"稀饭"。一锅稀饭熬煮开来,屋子里就又升腾起米香、豆香和浆水酸香混合的气味了,真好闻哦。

"现在把豆腐放进锅里。"男主人告诉我。只见他妻子把基本压制成形的菜豆腐用勺子挖出一块一块的来,然后放入沸腾的稀饭锅里。"这是回锅稀饭吗?"不懂的我打趣道。灶膛里炉火熊熊,锅里粥饭与豆腐相融,白的豆腐、黄的清汤、绿的菜叶,共同享受着热火的亲炙,在一起为人间奉献出美味——菜豆腐稀饭。

"盛一碗出来,你先尝尝!"热情的男主人笑道。而女主人则从一个小盆里盛出一小碟小菜来,这可是精心准备的"菜豆腐伴侣",那是用小葱、姜末、蒜末与红豆腐(豆腐乳)精心调制的,味道很咸。这是要对应菜豆腐的清淡,浓妆艳抹与天然去雕饰结合,相得益彰。

吃一口菜豆腐,那是一种不同于其他豆腐的特别滋味,清香、绵软,不稀糊烂,也不梆梆硬,没有生涩或是苦味,有的只是菜的醇香、浆水的淡酸。喝一口稀饭,那由豆浆、浆水成就的稀粥,此时散发出几种植物混合的香味,甚至有一丝淡淡的清甜,倏忽间流过口腔、喉咙进入腹腔,一种温润与熨帖直抵心田。如是吃一口喝一口,滋味淡了,用筷子搛一丢丢碟子里的特制的"咸菜",互相中和,不寡淡不浓烈,恰到好处哦。

吃面皮的时候一定要配这么一碗菜豆腐稀饭,酸辣筋道的面皮吃了,再用这清淡雅致的稀饭溜溜缝、和和味,那可真是中和得天衣无缝了,浓烈与清雅、重口味与清淡,在这里完美地搭配、交织、融合。那这菜豆腐稀饭是不是也是汉中人为面皮寻觅到的最佳伴侣?应该是。

说起来,这个菜豆腐稀饭,亮点与焦点在于那浆水。浆水古已有之,谓之"酸浆"。《本草纲目》中记载:"气味苦、寒、无毒。主治热烦满,定志益气,利水道。"许是知道这些科学论断,许是清苦岁月里的生活调剂,在陕西,尤其是陕南,"窝"浆水菜、吃浆水面,早已是生活中不可缺的。它虽然出身低微、价格低廉,但味道极佳,且百搭,"一缸浆水菜,啥客都能待。一碗浆水汤,能治五劳伤"。可能是知道了这些窍道,汉中人便把浆水的功用扩大到极致,不独热炒凉吃、拌和面条,而且创制了这道独特、科学、美味的菜豆腐。

离开汉中之后,我就又多了一个嗜好——吃面皮、喝菜豆腐。但西安城里,面皮常有,菜豆腐却难觅。卖面皮的店家大多数是从汉中过来经营的,每每听到别人念叨菜豆腐,眼中也是一亮,许是也想家乡的这口了。但制作的繁复,让追求效益的店家两难:"带上菜豆腐太费事了,再说西安人好像也不一定爱吃。"我说:"理解你们的苦衷,但西安人慢慢会爱上它的,好东西人人都喜欢,再说也会慢慢习惯的。"

再后来,欣喜地遇到了在凉皮店里带着卖菜豆腐的,于是美

美地吃喝一大碗，心满意足。与店家说起对这一口的想念，来自汉中南郑的店家，也表现出遇到知音的欣喜呢。

现如今，在西安经营面皮的汉中店家，一般都会有菜豆腐，一是因为经营意识的提升，二是因为加工器具相比以前更加便捷，让菜豆腐做起来不那么费事了。于是，一碗面皮、一碗菜豆腐稀饭，已然成为大多饕餮者的标配与至爱。

只是再难吃到三十多年前那种感觉的菜豆腐了，那农家最纯粹朴实的做法，那灶膛里熊熊的烈火没有了，菜豆腐似乎少了烟火气，也就少了"地气"。但时代在发展着，生活的节奏在加快，没有理由要求经营者必须拘泥传统，他们也要利益最大化，于是乎，降低一点要求，就把眼前这碗菜豆腐当作当年的那一碗，这样想着，那菜豆腐的滋味似乎也更好了……

热烈沸腾、香气弥漫的石泉石锅鱼

石泉县,听到这个名字后,第一反应就是联想到"清泉石上流"的优美诗句。"城南有泉水数眼,其水清冽,四时不涸,故将原永乐县改为石泉县。"这是关于石泉县县名的历史记载。对于这个风景秀丽的地方,其县志里开"卷"明义:"背负莽莽苍苍的巍巍秦岭,怀抱秀色空蒙的妩媚巴山,一泓宛若游龙的灵性汉水穿城而过,连接秦岭之父爱和巴山之母爱,'两山夹一川',阴阳合璧天成!"石泉,真是个大美所在,近年这里旅游开发到位,已经被评为国家级全域旅游示范县。

这么好看的地方,一定有好吃的,这是规律。但凡一个地方风景优美,大都会物产丰饶,美味荟萃。石泉有许多好吃的,陕南地界有的美食这里都有,而且做得都很不错,如五香豆腐干、红豆腐、魔芋、腊肉等等。而最为特别的、已经是网红级存在的,就是极具特

色的石锅鱼。

做石锅鱼得有好鱼。横贯全境的汉江以及境内大大小小的子午河、饶峰河、池河、中坝河、富水河等,为鱼类提供了丰富的滋养,各类野生和养殖的鱼类不一而足。而其中肉质紧致细密的花鲢,则是鱼中的翘楚,也成为石锅鱼食材的首选。

做石锅鱼得有好锅。石泉石锅鱼用的是石锅。所谓"石锅",简单的解释就是用石头做的锅子。这里的石锅是用纯天然的优质耐火石材经专业雕刻而成,质地坚硬,导热均匀,散热较慢,且使用时不粘锅。而做锅的材料富含对人体有益的各种微量元素,这些微量元素有铁、锌等,在加热之后,渗入食材之中,进而对人体有一定的保健作用。

中国人的饭锅经历了由土陶、石头到铸铁,乃至铜锅、铝锅再到复合材料等的材质演变的过程。这些锅各有特色,各有利弊,尤其是其中的石锅,因其制作过程繁累、质地沉重且不够结实等,早已经淡出人们的日常生活,但一直没有彻底消失。在某些烹制环节和环境中,人们依然使用石锅,正是看中了它的优点。现今人们更讲究科学养生保健,石锅烹饪又在一定范围兴盛起来,石锅拌饭、石锅鱼乃至石子馍、白火石氽汤等,也都是延续了"石烹"之道。尤其在饮食文化深厚的陕西,这些都是成系列地存在着。

回到石泉石锅鱼本身来。这道使用古老炊具烹饪本地鲜嫩食材的美味,在这个地方兴盛繁荣,有很多缘由:

一是石泉传承的饮食历史底蕴。石泉隶属陕西,是从元代开始的,在这之前其隶属蜀地,所以此地从风俗到语言等,都还有一定的川味，具体到饮食上，浓厚的川蜀味道依然氤氲。再从另一个角度讲，这里还是当年"湖广填四川"的大规模移民的接纳地，许多人家就是从湖北、湖南一带迁入的。不用展开说，只具体说石锅鱼这道菜，其制作方法也有湘菜的风格，尤其是其中的鱼头，像极了湘菜的味道。上述这些历史因素，使得这里的人们在饮食风格上继承了川味、湘味的特色，并和谐地予以融合，于是能在陕西烹制出川味、湘味来。这样一说，大家可能会恍然大悟。

二是石泉南北交融的人文特色。陕西的安康、汉中，都具备这样的特征。既有上述的移民因素，也有行政区划调整的因素，自打这里划归陕西，虽然横隔秦岭，但政治的凝聚力和经济的向心力，使得这些地方与关中的交流大大增加。这样的南北交融，使得包括石泉在内的陕南的许多地方，有了较为明显的北国风格，这种交流交融也极大地促进了这里的发展。于石泉而言，当地开发的旅游资源，更多的是关中人在消费，大量拥入的游客带火这里的饮食业，肯定在情理之中。

正是上述因素，让石泉石锅鱼有了兴盛的底蕴，有了繁荣的基础。但这些都是客观的原因，根本还在于这道石泉石锅鱼的精心制作。

新鲜的花鲢刚从河里捞上来，便被宰杀腌制。这样做的原因有两个：一个是用作料增加鱼的底味，初步去腥；另一个重要的作用是保鲜。当地气候潮热，但凡新宰杀的畜禽鱼类，如果不马上下锅，那就一定要及时用盐、花椒、生姜等腌制，否则很快会腐烂变质。

那边厢腌制了鱼，这边也没有闲着，要炒制酱料，这也是制作石泉石锅鱼的关键。锅里放油，下豆瓣酱、火锅底料、花椒、辣椒，旺火爆炒，再加入提前制好的高汤，这些共同成就了酱料的基础。之后捞出残渣，酱料盛起备用。锅中再加入色拉油、花椒油、香油等烧热，再炒花椒、辣椒等，片刻后将之前捞出残渣的酱料全部倾入，熬制片刻，最后画龙点睛的是加入一大包包括各色中药材的秘制调料包。这中药材中，基本的有党参、陈皮、甘草等，各家配伍不一，秘不外传，但原理相同，都是中和之道。经过恰到好处的熬制，石锅鱼的酱料大功告成。

鱼、调料，汇聚在石锅之中，氤氲着万千滋味的酱料锅，烹煮着鲜嫩的鱼块，用不了多少工夫，一锅其声鼎沸、其色绚烂、其味热辣的石锅鱼即成。

夹起一块鱼来，虽然已经被氤氲的香气诱惑得馋涎欲滴，但一定不能着急，心急吃不了热鱼！慢慢地吹口气，再咬一小口，慢慢享用，方能既保持吃相，又避免口腔灼烫。

这石锅鱼大的味型属麻辣口，各种烹制手法和作料的中和，让鲜香的万千滋味融合到位，真正是味蕾的饕餮盛宴。紧致而细密的肉质，让你咀嚼出筋韧的美感。如此美味，怎能不感恩自然丰美的馈赠和厨者精妙的技艺？

吃过的都说好！这里各家售卖石锅鱼的生意都很火爆，食客操的南北口音，以及长衫短打的不同层面的消费者，已经为这一美味做了极好的注解。

随着石泉交通的便利、旅游资源的开发以及管理服务的到位等，这里的旅游业已经相当红火，每到节假日，一房难求不说，吃一锅鱼也要等许久。

　　如果平日里有暇，不妨避开节假日，则可以更加惬意地享用这道石泉石锅鱼。除了吃鱼的欢畅，那凭窗可望，似乎触手可及的河景、山景，一定更会让你流连忘返。

　　这道石泉石锅鱼，不去尝试一定是憾事一桩。

也说紫阳蒸盆子

"紫阳蒸盆子"这道名菜,近年来随着旅游业、餐饮业的发展而兴盛起来,不独在紫阳、安康,就是在西安的安康、紫阳餐馆以及其他陕菜馆子里,都可以很方便地吃到这道名之以"紫阳蒸盆子"的菜。

为什么要啰唆地说吃到"名之以"紫阳蒸盆子的这道菜?其实是因为现如今到处可以吃到的已不是原本意义上的蒸盆子。

紫阳蒸盆子,原本是河里走船的船夫们打牙祭的"一锅烩"的菜肴,就如重庆的船工们的火锅一样。这些出大力流大汗,需要补充营养但又收入低微,生活条件简陋的人,就地取材、因陋就简,制作出的果腹、解馋乃至慰劳自我的食物,没承想本是下里巴人的东西,竟成了阳春白雪。

紫阳是陕西各县中"南方"气息较为浓厚的县,这从它的地理位置、气候特征、生活习俗乃至方言俚语等都能见出端倪。它位于大巴山北麓、汉水之滨,南临四川,北依秦岭,因道教南派创始人紫阳真人张平叔在此面壁悟道而得名。这里万山综错,河溪密布,汉江自西北至东南横贯全境,任河由西南向西北注入汉水,"三山两水一川"是其概貌。特别是流量丰沛的河流,使得这里的河运兴盛至今,所以船夫是这里一直存在的一个行当。船夫整日劳作生活在江河上,过去和现在都是一个比较辛劳的职业,所谓人间三大苦,"撑船打铁磨豆腐"。尤其在饮食上,船夫们受到制作场所、食材获取、作息时间等的制约,往往会比较简单而又凑合。这里的凑合,是指这一拨"下苦人"没有条件细细铺陈,于是就将能够取得的食材一锅聚拢,进而蒸煮炖烧。另外,江河之上风雨飘摇,气候潮湿是必然,于是他们就更多地就着锅边吃饭,从而能够吃到热乎的食物。

情形也许是这样的:辛苦一大阵子,船夫们用水上的漂流颠簸换取了散碎银两,也可能有了片刻的休憩时间,于是,首先想到和去做的一定是改善伙食。吃点什么呢?不能再是平日里的简单凑合了,虽然日子清苦,但咬咬牙也得打打牙祭吧!于是,买只鸡来,再来点猪蹄,这都是既美味又滋养的硬货。还有随手可及的莲藕,以及储备着的香菇、木耳等干货,再拔几棵水萝卜。哈,这看起来够丰盛了!怎么做呢?红烧、清炖,还是煎炒烹炸?好倒是好,可哪来那么多锅子和柴火呢?再说一个一个地弄够折腾的,好不容易有点闲工夫全搭在做饭上了。那怎么办呢?要不要一锅炖?哎哟,稀里糊涂地煮成一锅"糊涂",那能好吃吗?那你说怎么办?嘿,要不这样,咱把这些东西蒸上一大锅,那样的话不会稀烂黏糊,还能把香味串一串呢!要得么,那就整起!

于是,上面罗列的软硬食材就被一层层码放在一个大盆里,之后上锅蒸。这个办法好,就让它们慢慢地蒸吧,大伙睡一觉起来就能开吃了!于是,那一个大盆子里,猪蹄垫底、土鸡在上,再之上是莲藕、香菇等一应干菜,最上面就是那白白的萝卜了,一层层垒摞起来，真是个富贵团圆哟！

那个大盆是用古老的办法烧制的陶土盆，上了乌黑的釉，这里的方言称为"乌盆"。这种大盆平日里可能用来盛放一群人的饭，最是能装，此刻包容着这品类丰盛的食材，倒真是包罗万象了。这盆不独能装，而且极耐蒸煮，它导热虽慢，但导热均匀且散热慢，此刻最是合适。

那一锅的食材里，最绝妙的搭配是那整鸡和猪蹄了。这两种单独蒸煮起来就滋味香浓的食材，放在一起蒸煮，更可以互相融合成就，成为经典美味。如江淮菜中的肚包鸡，就是猪肚与母鸡共同炖煮的结晶。更近一点就是西安的葫芦头，那一锅浓白的汤，一定是老母鸡与猪大骨共同炖煮的升华。而在这个蒸盆子里，猪蹄与土鸡共处一锅，共同接受蒸气的滋润，各自的脂肪与芬芳慢慢渗出，氤氲蒸腾，互相成就，万千滋味在其中。

当然，那藕断丝连的优质莲藕，此刻先是充当了脂肪的和事佬，那猪蹄与土鸡渗出的油脂，被多孔而又厚实的莲藕吸纳，因此那汤不会太油腻。而原本清淡的莲藕，此刻被油脂浸润，也变得充实而富贵了。至于那木耳、香菇等，此刻被蒸腾得圆润饱满，早已没有了干枯寡淡，已经是半荤半素的感觉了。当然，那萝卜，是要中途再加入的，它来感受一下已经很是炽热的氛围，也中和自我。

猪蹄、土鸡、莲藕、干菜、鲜菜在蒸腾之中，已然发出咕嘟的鸣响，那是在呼唤上面的又一层点缀与丰美吗？是的，这一大盆各色食材，实在应该再来点美丽的点缀。于是，鸡蛋和肉馅加入了，那鸡蛋用铁勺煎成薄皮，化身为饺子皮，那提前拌和的肉馅被包裹进来,成为金黄的蛋饺。这蛋饺做成元宝状吧,祝大家财源滚滚!也可以做成鱼身状吧,咱们整日里也与鱼儿为伍,这时候讨个吉祥,愿大家如鱼得水、一帆风顺吧!

这一大盆的食材汇聚齐了,切莫着急忙慌哟,慢工出细活,好味道要时间的哦!好吧,船夫们尽可以甜甜地睡会儿,梦中的周公也化身美味了吧,不然怎么会在熟睡中仍馋涎欲滴呢?……

这一睡就是大半天,之前的疲累总算是缓了一缓。睁开眼睛之前,先是一阵香味飘进鼻子里,哦哟,快睡糊涂了,都忘了还在做饭哟!快掀开锅盖嘛,看看肉咋个样了?

哗!先是一大团蒸气喷薄而出,一群人一下子被香雾笼罩,这还没吃呢,就香死个人了!这盆子里的肉呀菜呀被蒸得这么热腾腾、香喷喷的,硬是要得哟!这么好的菜叫个啥子名字哪?蒸猪蹄、蒸土鸡,还是蒸莲藕……干脆,就叫它蒸盆子吧!

这个蒸盆子的香味在河面上飘荡着上了岸,那河边山中的人们也地羡起来,咱们山来个蒸盆了吧!费东西、费工夫,哪有那么多的钱哟!那过年的时候做一次吧,一年到头总得犒劳一下自己,也是欢庆团圆,好吧!

好嘛!过年了,蒸盆子走起!于是,这个蒸盆子渐渐成为紫阳人的年夜大餐。日子慢慢地好了,有贵客要来,也来一次蒸盆子哟。老人过寿,孩子们都回来拜寿了,来个蒸盆子哟。后来日子过得更好了,那想吃的时候,就来个蒸盆子。于是,蒸盆子就在紫阳固化下来,成为年夜等喜庆日、团圆时的大餐,更成为人们生活欢愉时对自我的犒劳。后来,紫阳蒸盆子就进入了食肆,就有了文首的说道。

以上关于"紫阳蒸盆子"的创制场景,是一种美好又有一些根据的猜想,算是一种文学意义的描绘吧。其实,这道菜蕴含的饮食科学以及烹饪技巧,倒真值得好好说一说。

前面说过它的食材有猪蹄、土鸡、莲藕、木耳、香菇、萝卜、鸡蛋、肉末等,从营养成分的角度看,有脂肪、蛋白质、维生素等,不靡费但很周全;从各种食材的搭配比例来看,没有一家独大,反倒是各种食材都有一席之地,合理而和谐;从食材的配伍来讲,猪肉与鸡互相成就,是烹饪传统中较多的组合方式,

两者共同蒸煮,能够产生更加美妙的滋味。

前面也提到了它的烹饪时间,一般说来要四个小时以上,其中武火上气、文火慢炖,其中的万千滋味,都在时间的流逝中得以释放并融合,进而得以升华。

当然,必须要重点说它蒸的方法。所谓蒸,指把经过调味后的食品原料放在器皿中,利用蒸气使其成熟的过程。世界上最早使用蒸气烹饪的国家就是中国,并贯穿了整个中国农耕文明。由于蒸具将食物与水分开,纵令水沸,也不致触及食物,使食物的营养价值全部保持于食物内,保持食物的原汁原味。因此,每吃一口,感觉就像把所有的营养都吃下了肚一样。而且,比起炒、炸等烹饪方法,蒸出来的菜所含的油脂要少得多,非常健康。一定程度上,如果没有蒸,人们就尝不到由蒸带来的鲜、香、嫩、滑之滋味。

而且更为重要的是,蒸菜对原料要求极为苛刻,任何不鲜不洁的菜,蒸制出来都将暴露无遗。原料必须新鲜、气味纯正。从这一点来讲,敢于蒸的食材必然是一流的新鲜与纯正,这也是紫阳蒸盆子的底气。

紫阳蒸盆子,一道费料费时的大菜。对于包括它在内的一些大的菜肴,到底是只应该在特定时候用特定方法去做,进而成为有浓厚仪式感的食物,还是应该简化改良进而让更多人品尝?就如满汉全席,它就是一种文化符号,你非得让它飞入寻常百姓家,显然不合适。饮食中的"火候"是至关重要的,"待他自熟莫催他,火候足时他自美"。"火候"不足,也就是没有了耐心,人没有了耐心,食物也会跟着浮躁。

亦茶亦汤亦饭的略阳罐罐茶

略阳县,是秦岭南麓西段陕、甘、川三省交界处的一个小县,位于嘉陵江上游、汉江北源,江河水丰、山高林密、植物茂盛。丰沛的水资源和山势高陡的地形,使得这里气候潮湿润泽,云遮雾罩。明代《游寺记》载:"时过午,即不见日,盖山高云障,此略阳之得名也。"虽然现代关于县名的来历采用了别的说法,但我还是觉得这个更贴切些。

有了以上的气候特征，就会有相应的饮食习俗。一般说来，在比较潮湿甚或阴冷的地方，人们的饮食多采取锅边即食的方式，比如火锅之类。而在略阳，适应或者化解气候潮湿的方式，是熬制罐罐茶。

早先，这里的人们在堂屋中设置常年不熄的火塘，一来御寒去湿，二来烹煮食物。这种烧火取暖、做饭的方式在山村很常见，特别是在昔日生活方式较为原始的时候。熬制罐罐茶的习俗，其他地方也有，但略阳人熬制的方式更讲究、内容更丰富、滋味更丰美，千百年来形成了独有的罐罐茶制作方法，并且选入非遗名录。

略阳的罐罐茶已经超越了单纯饮品的范畴，早已经形成了一种茶、汤、饭一体的综合性美味。

先说略阳罐罐茶的熬茶，其实在这个环节就显现出与一般熬茶的不同来。首先，略阳罐罐茶用的茶叶基本上以茶梗为主，大概因为茶梗耐熬煮，就像真正爱喝茶的人，偏好老叶子和茶梗，他们觉得这样的茶叶熬煮或泡起来更有"内涵"，不独耐泡，而且味道更醇厚；其次，略阳罐罐茶的茶叶要先炒，这个"炒"不是普通的鲜茶炒制的概念，是要把以茶梗为主的茶叶加油炒制，并加入茴香、花椒等作料，让其彻底去除生涩并充分入味。炒制过的茶叶再放进罐罐里熬，那茶香、爨香已经初步显现。

其实，到这一步，罐罐茶就可以饮用了。但略阳人不满足，他们还要进一步深入和推进，让这罐罐茶更加显现出不同来。

他们熬煮罐罐茶的第二个步骤就是给茶汤加入面糊。这个面糊就是普通的白面糊，并不是炒面。加入白面糊其实是用心良苦

且科学养生的,中国古代中医医治人们肠胃不适时,就有吃白面糊这样简单的良方。将面糊徐徐倒入沸腾的茶罐里,稍加熬煮,再加入新鲜的藿香叶、生姜片等,掌控好火候,最后加入盐调味。这时候的罐罐茶已经演进为"面茶",过滤掉残渣,其实就是一碗既能饮用又能果腹的面茶汤了。

过滤掉残渣的面茶盛入碗中,这时候重点来了——将提前准备好的炒腊肉丁、鸡蛋碎、核桃碎、豆腐丁、土豆丁、小麻叶等配料一样一勺地加入碗中，最后撒上香葱碎，这一碗罐罐茶才大功告成。

配料可繁可简，可多可少，质地重一点的沉在碗底，中等的在中间，身轻一点的漂浮在上。按照当地人有趣的说法，这些配料的层次称为"楼"，最基本的上、中、下三种，谓之"三层楼"，再丰富一点的称为"五层楼""七层楼"。虽诙谐幽默，但也很有讲究，过去各家各户依着家境，也按客人身份的尊贵程度，端出不同"楼层"的罐罐茶。如果能喝到"七层楼"，那说明你很受欢迎，当然，主人的家境也很不错。但在清苦的岁月，如果只有"三层楼"，那也可能是主人已经倾其所有，倒不一定是客人受了轻慢。

经过炒茶、熬茶、熬面糊再添加配料的略阳罐罐茶，到你手中的时候，实际上已变成了一餐饭——有茶有面、有肉有蛋，有豆类、薯类，油香四溢、茶香氤氲、面香熨帖、植物清香，可称得上是一碗综合的美味。

这样的一碗罐罐茶，可以消渴，可以果腹，更能饱口福。精心烹制、配料丰富、程序烦琐的制作过程，把这里人们对生活的热爱、对自然的理解、对客人的热情展现得淋漓尽致。

制作罐罐茶，更多的是为了抵御阴冷潮湿。火烤胸前暖，风吹后背寒。单纯的烤火取暖，温暖的是表皮，而一碗滚烫的充满热量和能量的流质食物，最能温暖五脏六腑。这碗因地制宜应运而生的罐罐茶，是劳动人民在生命长河中的发明创造，他们就地取材，再加上对各种食材的充分认识和巧妙烹制，进而给清冷阴湿的日子注入了无限的温暖。可能就是因为一碗罐罐茶下肚，人们通体舒爽、力量倍增，于是精神抖擞，投入生产生活之中，这碗罐罐茶也成了这里的人们的精神图腾一样的存在。

社会在发展，条件在改善，罐罐茶因大众喜爱，于是也下了山，进了城。虽然不再会有火塘上罐罐熬煮的热火，改良之后的做法，依然得其精髓。如今在略阳的城镇，随处可见罐罐茶的招牌，如果有幸路过，切莫以为只是一盏茶，它不仅仅是茶，更是融合了茶之精华的一种综合性美味。

略阳罐罐茶，较其他罐罐茶要丰富得多，可以看作是罐罐茶的顶配版。同时，它又与陕西境内众多的"油茶"有相似之处，但又各有特点。比如西安的油茶，那是牛骨髓炒面熬制的；比如关中的"拌汤"，那是在熬制的面糊糊中加入各种配料。这几种东西吃起来有一点相似，这里罗列一下是想更好地说明略阳罐罐茶的不同之处。它们在一定程度上可以算作异曲同工吧，都是有面糊糊成分的流质美味。

前几天有一个精于厨艺的朋友到略阳旅游，当地朋友热情地请他早餐享用罐罐茶，算是见多识广的他竟然是第一次见，并热情而赞许地发了朋友圈。许多地域性美味，因缺乏宣传推广，在一定程度上还算是养在深闺。恰好自己了解这个略阳罐罐茶，于是草成此文，为这个大山里的美味扬名。

其实，略阳罐罐茶已经开发出速食方便包装，买回去自己冲泡即可食用，虽然比不上现场制作的，但精髓还在。

略阳罐罐茶，愿你早日进军长安，乃至出潼关，闯九州，香飘万里。

南北融合的汉中浆水面

汉中是个好地方,"汉水上应天汉。汉中,据有形胜,进可攻,退可守,秦以之有天下"。汉中,原本是蜀地的区域,元代后划归陕西辖制,地方没动,上级变了。在这不变与变之间,汉中便在保留了小南国的地貌、气候、物产的基础上,又吸收了许多北方的文化,变得更加丰富多彩起来。

反映到饮食上,那就是南北融合,既保留了川味的精髓,又接纳了许多秦味。比如在面食上,就表现得更加突出。

一般人的印象中,汉中的饮食充满了川味色彩,主食米饭,佐以川菜,这似乎是主流。但近年来这里比较出名的特色饮食却首推面皮,这个用大米磨浆后制作的食物,怎么看都是对小麦面条的模仿或替代品。从这一点来看,肯定有人文交融的因素。设想许多北方官员、士兵乃至商贾等,常驻此地,必难割舍喜食的面条。但这里主产大米,几乎没有小麦,单纯依靠外埠输入也比较困难,要知道古诗中的"蜀道难,难于上青天",指的可就是关中到汉中的路途。在这种情况下,只有从当地的物产里找寻变革的办法,用原本"粒食"的大米,制作出"粉食"的食物,于是,面皮就在这里诞生了。许多人一直纳闷,汉中的大米制作的凉皮为什么不明确地称作"米皮"而要称作"面皮"？这很可能就是过去喜欢吃面的北方人的发明。说来好玩，就在前几天，一位在汉中行政执法部门工作的朋友就讲了自己亲身经历的事情：一个南方的"职业打假人"电话举报，说自己网购的汉中面皮是大米做的！这不是骗人吗？他要索赔。这位朋友亲自接的电话，口干舌燥地解释了很长时间，对方才罢休。

其实，汉中的饮食里，"面"的色彩是南北交融的。也就是说，这里的"面皮"是"面条"模仿品，而这里真正的面条，基本就是"浆水面"。

浆水菜在中国很普遍，这是一道非常接地气的、价廉的却具有食疗作用的民间智慧菜。一般说来，浆水菜在西北、西南都比较多见，但要说相对讲究的，还是汉中的浆水菜。

汉中的浆水菜好，主要缘于两点：一是原材料好。按说一般绿叶子菜都可以用来做浆水菜，比较常见的有芹菜、花白等，但汉中人就地取材，用来做浆水菜的有两种东西，一个是山油菜，一个是一种芥菜，当地人称"花辣菜"。这个"花辣菜"本身就具有其他浆水菜食材所不具有的脆生、味浓的特点，所以用来做浆水菜就显得比较特别和出色。二是汉中的水质好。有了这两点，汉中人就把浆水菜做得出色，这就为后续用它制成的"浆水面"奠定了坚实的基础。

再来说说汉中浆水面里面的"面"。前面说过，汉中是南地北辖，人文色彩里早已渗入了许多北方元素，特别是关中意味，具体到面食制作上，就有了几分"面都"特色。面条的制作汲取了关中

面条的优点,面条可以细而薄,但肯定比较筋道。

汉中浆水面比较好吃的另一个原因就是，在浆水菜的炒制、浆水汤的煎制上,秉承了川菜的上好手艺,浓烈的辣、恰到好处的酸,以及荤菜元素的加入,大大提升了浆水菜的品质。

有了以上元素,汉中的浆水面就变得非常好吃。

而汉中人南北兼具的饮食特性,又让他们在"粒食"的同时,对"粉食"也情有独钟,这从他们早餐吃面皮的习惯里就能看出来。在早上吃面皮、中午吃米饭之后,晚餐恰到好处地来一碗浆水面,不独慰藉味蕾、利于消化,而且也为一日的饮食画上了完满的句号,如成就了一个闭环一般。

汉中人每每提起浆水面,都会说到"幺儿拐"。"幺儿拐"是一家老字号,做浆水面有上百年的经验,一碗食材简单、做法简单的浆水面,被他们做得炉火纯青,让一众食客欲罢不能。

如果去了汉中,在好客的朋友一通猛劝礼敬之后,酒意必酣,这时候记得要一碗浆水面,不但会缓解你的不适,而且会让你感受到多种美味食物融合得那么熨帖、舒适。

韩城臊子馄饨的情与意

馄饨，大众食物，东西南北皆有，通常的释义是：用清水和面做皮，皮内包上菜或肉等，用水煮熟。最早见于典籍记载的是西汉扬雄所作《方言》，提到"饼谓之饨"。其中的饼，有蒸饼、汤饼等大分类。蒸饼大概就是馒头，而汤饼就是面条。至于馄饨，应该也是汤饼的一种，差别在于其中夹了馅。也有说古代人认为"馄饨"密封，浑然一体，样貌"混沌"，由此起意，将它称为"馄饨"。其实在早期，馄饨包括如今的饺子、馄饨，自打唐朝起，才正式区分了馄饨与水饺。

后来，馄饨名号繁多，制作方法各异，鲜香味美，遍布全国各地，深受人们喜爱。其中著名的有四川的拟人化称谓的"抄手"、上海一带的能够替代饺子的"大馄饨"，以及广东人读转了音的"云吞"等。据说新疆乌鲁木齐一带还称之为"曲曲"，并多以羊肉为馅。

陕西的面食门类齐全、品种丰富，许多面食是独特而经典的。但"馄饨"在陕西不是特殊的存在，就是一种大众的连汤带馅的点心类食物。但要是往深里挖掘一下，就会发现，馄饨在陕西的一个地方却是一个相当独特的现象级的存在。这里的馄饨，在一定意义上颠覆了馄饨的传统形象，表现出特立独行来。这就是司马迁故里韩城的臊子馄饨。

  首先，韩城的臊子馄饨还是大概念上的馄饨。"用清水和面做皮，皮内包上菜或肉等……"从这个意义上讲，臊子馄饨没有"离经叛道"，只是从具体的包制过程来看，它就显得独特了。一来它的皮很小，顶多一寸见方。依着这里的礼俗，越小越巧、越小越"敬"，小到极致时，甚至称为"针尖馄饨"。用针尖类比当然是夸张，但足见其小巧。至于为什么要做得这么小，倒有些说道。在关中东府一直就有招待贵客用小盘子、小碗、小馒头的习惯，只有这样的精巧，才显出主人的好客，才彰显客人的尊贵。而这小馄饨，应该也是顺了这样的礼俗。二来它的馅很少，少到根本不会用筷子、拨子等往里面装馅，只是用食指和拇指捏一点点馅即可，甚至还有省却了装馅这一环节，直接"空包"的。这又是为什么？不是说好客吗？切莫着急，看了后面的内容，你会明白主人的用意。

  其次，韩城的臊子馄饨的熟制方法是蒸。没错，确实是蒸。小巧的馄饨包好后，在笼屉里摆放整齐，之后开蒸，个把小时后熟透揭盖。经过蒸制的馄饨，必须即刻快速抖散，然后晾晒。待晾干之后，收纳进合适的容器之中，比如瓦瓮这样隔潮又透气的传统容器。此时的馄饨已经是熟食，但并不会直接食用，它会被贮存预备起来，待客人上门，再进行第三道工序。

  再次，也就是第三道工序，原本晾好并贮存好的馄饨，此时要经历焖的过程。注意，是"焖"而不是"煮"。也就是说，原本已经干结的熟馄饨，此时不能贸然用开水煮，一来不需要，二来如果用开水，会很快烫软表皮，热量难以传导进里面，会外热内凉，或者煮成"糊涂"。正确的做法是，水烧热即可，不要煮沸，这时将馄饨放进去，盖上锅盖，不再加火，用锅里的热气把馄饨慢慢地焖透。此时的馄饨里外皆柔软热乎，最是恰当。

最后，在焖馄饨之前，就要准备臊子。这臊子说起来也很讲究，但并不异类，大概念上就是陕西人准备臊子的基本做法。要说得"文化"一些，无非是用到的食材最好五色俱全，比如红的西红柿、黑的木耳或海带丝、绿的韭菜、黄的木耳以及炸豆腐丝等，还可能再加进去其他食材。这些食材有丝有段，有条有片，再用肉汤

烩制，便成了臊子馄饨的臊子。

前面四个程序进行完了，接下来的吃法你就明白了：把焖好的馄饨盛在碗里，之后浇上臊子，此时臊子馄饨即成。

较一般吃法更讲究的是过桥臊子馄饨，也就是把焖好的馄饨用一只大碗盛了，放置在桌子中央，客人每人一碗汤臊子，之后把大碗里的馄饨再分盛给客人，类似于过桥米线的吃法。这种吃法更讲究，更费事，但更隆重，是招待最尊贵的客人的，比如招待"新亲"等。

看到这里，你应该明白了什么叫作臊子馄饨了。

我们来尝尝这碗臊子馄饨的滋味。

其中的馄饨是蒸制的，既然是蒸制的，就有了更筋韧的口感。尤其是这馄饨蒸制后又晾干，此刻再焖得软糯，于是这馄饨与一般的现包现煮的馄饨或者饺子相比，最大的区别就在于筋韧的口感。从这个口感来看，有没有泡馍的感觉？陕西那么多的泡馍，其中的馍，可不就是烙得干酥再用水浸润变得软糯嘛！这种繁复或反复的程序可不是折腾，它是因循着食物的干湿软硬规律的。不信你品，你细品。

泡着馄饨的臊子是汤臊子，油香咸鲜，汤汤水水，荤素兼备。不独可以喝汤，更能吃到可口的菜蔬，这感觉是不是又隆重了一层？谁说陕西人不吃菜？实际上陕西人"吃菜"的形式更多，有时候还在有意而无形之中呢。

这样的馄饨，这样的臊子，这样的结合体，就与汤面条有了区别。最大的区别还是口感，当然也在于肠胃的感觉。如果是汤臊子面，那就是呼啦哗啦地吸进去，没有臊子馄饨逐个吞食的感觉，也少了一些仪式感。与酸汤水饺这样的同类比较,这小巧的馄饨似乎只是点缀,完全不会有吃几个就顶胀的感觉,尽可以慢条斯理地享用。当然其中内容相当丰富的臊子,也比酸汤水饺上升了几个档次。至于与大众概念上的馄饨相比,这样的臊子馄饨更具有嚼劲,更具有丰富感,也更具有仪式感。

说完这臊子馄饨的滋味,自然要聊一下这个独特食物的由来。据说它以前是祭祀食物,所以小巧精致而郑重讲究,后来被引入民间的喜庆节日或接待贵宾的礼仪中。除此之外,如果要论及臊子馄饨在韩城诞生并长久流传的原因,可能还是这种食物的精巧。这个"精巧",除了上面所说的特征,还有比如馄饨里只包一小撮馅,且这馅极简,一般就是白萝卜末,顶多放点盐和五香调料。但这极简可能就是极致,也可能是大智慧。正是这样馅料简单甚至没有馅料的馄饨,才可以再浓墨重彩地加入内容丰富的臊子,简朴与奢华的结合,方能成就中和的滋味。如果馄饨的馅料丰富,再加入丰富的臊子,那就有些堆砌或过分了。唯有这样的一张一弛,才是万全的文武之道。

韩城的臊子馄饨更多的是节庆、婚嫁或是庆生等喜庆日子的待客饭。尤其是在春节——这提前制作好的馄饨,在春节一定是招待客人的早饭。客人冒着寒气进家了,那赶快焖馄饨、热臊子,片刻便会有一碗热气腾腾的汤汤水水的饭食送上,不独果腹,更是暖心。

现如今的韩城臊子馄饨更是在市肆上兴盛,许多店家已经不再亲自制作馄饨,类似于关中许多卖凉皮的并不蒸凉皮,卖泡馍

的并不打馍一样,他们都是到专门的作坊去批发。也就是说已经实现了分工的细化,专业的人干专业的事。韩城有许多专门制作馄饨的作坊,他们采取半机械半人工的办法加工馄饨,之后批发给食肆。这些食肆的任务就是制作臊子,再组合成臊子馄饨。

  臊子馄饨的制作技艺已经入选省级非遗名录,可见其科学性、养生性与文化底蕴等非同一般。为了让大家更好地了解陕西地域饮食文化,我相对细致地叙说了一番臊子馄饨,看了之后,你的感觉如何?有没有想去吃一次的冲动?走吧,一种好吃又有文化的独特美味,一起去尝尝!

陕菜里的雍容华贵——奶汤锅子鱼

食不厌精,脍不厌细。煎炒烹炸、九蒸九晒、精工细作,并非奢华糜费,而是对饮食文化的另一种提升。

学习了几年饮食文化,尝试着写了一些宣传陕菜的文章,得到了一些首肯与鼓励,我非常感谢。写得多了,就有朋友半是玩笑地说,怎么净是些面条、泡馍、凉皮、夹馍的,就没有一些菜吗?其实也有,我写过带把肘子、葫芦鸡,甚至八宝辣子、青柿子炒青椒等。但还是有人说,你这陕菜看起来都很朴素或简单。实际的意思是不够铺排甚或豪华,似乎没有大菜的感觉。

其实,陕菜里的大菜肯定有,而且很"大",大到用料非常讲究、工艺异常繁复,匠心独运、精彩纷呈,甚至吃的时候也是场面宏大的。是吗?有这样的陕菜吗?不信?来,看看这道大菜——奶汤锅子鱼。

所谓奶汤锅子鱼,归结到底,就是一道鱼。不是说陕西人,特别是关中以北的人不大吃鱼吗?这些地方在一般人的印象里也很少有鱼。但是,诸君别忘了"八水绕长安",当年要不是河水汤汤,何能建都千载?曾几何时,这里水网密布、蒹葭苍苍、鱼翔浅底、碧波荡漾,当年人们食鱼,应该是很方便的。即使后来水势式微,但依然保留了食鱼的妙方,这一道奶汤锅子鱼据说就是千年前的一道宫廷官府大菜。

而所谓"奶汤",实则与"奶"本身无涉,不是牛奶之类的汤羹。称为"奶汤",是取其形象、外表,也就是熬煮后的色泽与质感和奶相像。这汤可不一般。一般说来,大凡近庖厨的人都清楚,动物的骨肉熬煮得法,其汤可呈乳白色,也就是"奶汤"。但这里的奶汤,是极见功夫、极用心的,它不是单纯的一种动物肉骨,而是用鸡、鸭、肘子、排骨、火腿、海米、干贝等炖成的。当然,其中的配比、火候的拿捏,那是要有精细的章程的,以汤色乳白似奶、汤面乳黄似金、汤汁浓厚、汤味醇鲜为上品。

之后的锅子,也就是容器,也不是一般的锅。这个锅子一定是紫铜火锅,是可以提前加热且上桌后可以再行加热的。紫铜火锅导热快,利于加热。另外,铁锅钢锅煮的时候都会有铁器自己独有的味道渗出,而用铜锅煮不会有异味渗出。当然,这奶汤锅子鱼的锅子也要美观才相称。

奶汤锅子鱼的概念基本清楚了,接下来看看基本的烹饪过程:用鸡、鸭、肘子和骨头等煨成乳白色的奶汤备用;将活鲤鱼去鳞开膛清洗干净,切成瓦块形状,与葱姜一起翻炒,再加入奶汤、火腿片、玉兰片、香菇片等,烧几分钟后,盛入紫铜火锅上席;上席时紫铜火锅内加上好白酒烧沸,食用时,从火锅中攒出鱼块,蘸姜醋汁食用。

这样的丰富配料,这样的精心烹制,这样的讲究吃法,足称"大菜"了吧?当然,食物的最终享受是滋味而绝不是虚张声势的

排场,这样的一道大菜也不会只是"看菜",更不是为了显摆,它一定是既夺人眼球又撩人味蕾。

奶汤锅子鱼的滋味如何?经过翻炒的鱼块,已然氤氲出香馥,渗透出浓香,而加入奶汤与配菜烹煮之后,则是又上一层楼。此时的鱼块,既有煎炒的焦香,又有汤汁的温润,变得更加适口。这一道烹煮工序,是一次绝妙的提升,更是科学的中和,让鱼本身的味道更加浓郁而温润。

此时,更重要的步骤来了,那就是面前一碟姜醋汁的介入。经过煎炒烹煮过后,鱼的滋味浓郁醇厚,但一定意义上又显膏肥脂浓,此时入口,难免有荤腻之感。于是,解腻的、去腥的姜醋汁登场,与这浓汤之中的鱼块融合,共同成就一种美味。

食物的烹制技法,一定是长期、反复的尝试之后固化的。就如这奶汤锅子鱼的制作,类比陕西人做面食时把面团和硬再调软的技法，其用心基本相同，那就是于看似反复之中求得最佳，而绝非程式化的折腾或表演。奶汤锅子鱼据传是千年名菜，千年历史传承，传统赓续延绵，其中的科学与智慧必然是一种经典。

曾有人言，好的食材，往往只需要最简单的烹饪方法。此言不谬。"大道至简"，同样也是烹饪的科学之道。但正如布衣草履能体会出舒适随性，美服华靴一样可以感觉出华美灿烂，二者并行不悖，方为大道。具体到食物的加工之法，可以有最直接的炙烤，同样可以有三翻六转，成就美味，那才是真正的全面而周到。具体到奶汤锅子鱼的繁华雍容，当属此理。

这道奶汤锅子鱼的技法，一定程度上体现了陕菜的所谓"高端"。高中低端并存、简洁与繁复并用，可能才是一种完整的风格。

当然，一道大菜或一道名菜，它的制作定然费料费工费心思，于是也就不多见。就如奶汤锅子鱼，知道它的陕西人不会多，尝过的可能更少，这很正常，有几个人尝过"满汉全席"呢？如今日子好了，能够稍微讲究一点了，看了上面的介绍，您不妨把它从线上变为线下，把纸上的感觉落实到舌尖上。

户县摆汤面

户县,今西安市鄠邑区。这里有一道美味,谓之"摆汤面"。

户县摆汤面的妙处,在于面与汤,或者说是面条与汤臊子在食用前的分离。也就是说,摆汤面实际上也是臊子面,但之所以会有另外的名头,就在于面条出锅后,并不与臊子结合,面条没有泡在臊子里,臊子也没有浇在面条上。

制作摆汤面时,面条出锅后,会盛在放了温水的碗里,注意,是温水而不是面汤。而提前调制好的汤臊子,此时也单独占据一个碗,就放在食客的最近处。吃的时候,从面碗里挑出少许面条,在汤臊子碗里蘸、涮一下,之后入口下肚。这样的吃法,直观地说有点像是吃火锅,面条好似从锅里捞出的菜,而汤臊子此刻类似于蘸汁或油碟。

为什么要这样铺排呢?把面条直接泡在汤臊子里,或者把汤臊子浇在面条上,不就大功告成了吗?为什么要这样费事,多一道工序呢?

也许,这正是摆汤面的特色所在。既然是一个延续多年的名小吃,这样做肯定有它的考量与用心,不妨简单猜度一下:

刚出锅的面条,捞出后盛放在温水之中,可以让面条变得更加爽滑。虽然说原汤化原食,但那原汤可以在吃面之后再喝,此刻应该让面条的质地更加利落爽口。

提前做好的汤臊子,此刻单独盛放在碗中,待吃的时候再与面条结合,可能是不想让臊子过早、过多地包裹、浸泡面条。如果提前混合,虽然可能更入味,但汤臊子的热度可能会让面条的质地变得软糯,有损于之前擀面的用心。

另外,把面条一筷子一口地夹出,再放入汤臊子中蘸和涮,可能更能够让面条充分被臊子汤所浸润,汤臊子中的五滋六味能够更加完整地包裹在面条上。这时候的面条更有滋味。

想来,摆汤面的用心用意就是如此。

只是,在"面条王国"陕西,为什么只有在户县这个地方有摆汤面?

这就要夸户县几句了。虽然户县撤县改为西安市鄠邑区已经好几年了,但许多人还是习惯称之为户县。户县是个好地方,过去因为农耕基础好,被誉为"银户县"。这里丰富的农业出产和悠久的文化传统,奠定了它饮食发达的底子,秦镇凉皮、辣子疙瘩、户县软面等,都是耳熟能详、脍炙人口的名小吃。说白了,这是个一直富裕又有文化的地方,做起事情来肯定更讲究。饮食之外,户县农民画也蜚声国内外。

说了摆汤面的可能的来头,再回头来看看它的基本做法:

一是擀面。户县摆汤面的面条是"韭叶面",一定是手工擀制,一定要薄而筋道,宽窄大致就是韭菜叶的样子。这样的面条实际上是关中面条的基本版——薄而筋道的质地、不过细也不过宽的体形。放在过去,这样的面条是不用婆婆特别叮咛的,正常版的就是这个标准。之所以形成这个标准,是因为这是面条的最佳模式,那就是薄而筋道,吃起来口感好,下了肚易消化,当然调和的时候也容易入味。多说一句,其他的像裤带一样宽的,或者像裤带一样薄厚的面条等,都是这个基本版的变形,断不是主流。

二是制臊子。最后成就户县摆汤面的是汤臊子,但与别的种类的面条臊子一样,制作也是从"㷄"干臊子开始的。它的干臊子,核心也在于那锅肉臊子,原料以三分肥七分瘦的猪前腿肉为最佳,先下肥肉再下瘦肉,之后"激"醋,此时的工序不繁复,但要紧的还是掌控时机、拿捏火候。除肉臊子外,摆汤面的臊子里还必须要有木耳、黄花、油豆腐的加入,即所谓"素臊子"。只是这几样一般要单独炒制,并不与肉臊子提前混合。一般有这几样就基本到位,有人愿意放点西红柿进去也可。待肉臊子、素臊子齐备,再准备一锅高汤,这摆汤面的前期准备工作便告就绪。

要吃摆汤面了,好,那厢下面,两滚之后捞出,盛放在已经注入温水的碗中,面条在水中随之舒展;这厢准备汤臊子,先放入肉臊子,再放入素臊子,然后抓一大把切碎的韭菜放入,再捏少许生葱花撒上,这碗中的干物就齐了。这时候,加一小勺臊子油,再浇上一大勺滚烫的高汤,碗中各色物料此刻便分散开来,有沉底的,有在中间的,有漂浮在上面的。如此,用于蘸、涮面条的汤臊子即成。

将面条与汤臊子分左右手同时端了,递给食者。但见食者熟练地把汤臊子放到近前,把面条放在稍远处,然后用筷子在汤臊子里稍加搅动,更多的人会再加一勺油泼辣子,嚯,红绿黑黄的一碗蘸汁即成。这时候,从面条碗里夹一筷子面条出来,放入汤臊子之中,前后左右"摆动"一番,之后将面条吸溜入口。酸辣鲜香、筋韧滑爽,这感觉就是丰收之后的幸福哦!

上面说的"摆动",有人说就是"摆汤面"得名的缘由,因其"摆"的动作而命名,倒也贴切。

但是,这个"摆",可能不限于面条在汤里面的摆动,还有摆放、单放的意思。也就是说,之所以称为"摆汤面",可能更雅致的意思是:把"汤"单独摆放,之后与面条结合。

说到这里,就要说说中国饮食中相似的吃法了。比较有名的过桥米线,即与此相像,都是先期面与汤分离。一直以来的说法是,过桥米线,是妻子为丈夫送饭要过一座桥,因而她创制的这个吃法被称为"过桥"。实际上,在过去这种吃法应该称为"过浇",也就是说,拌制面条的浇头之前,先吃下酒的菜肴,待酒意已定,才将这碗"浇头"浇在面条上吃。"过浇",后来读音混转,谬之为"过桥"。那么,摆汤面是否也是"过浇"的一种?无从考证,但有可能。

不管怎样,摆汤面就这么存续了下来,并且一直受追捧。在户县,即如今的鄠邑区,这种面条是广受欢迎的大众美味,随处可见的食肆便是明证。当然,在这一带,逢家有大事,隆重待客的饭食之中,一定也少不了它的身影。

一种面条的别致吃法,可能就是一种地方文化、传统、民俗、民风的写照。虽然基本上大同小异,但食物的细微区别能最大程

度地带给人们欣喜与满足。所以,我们要对每一种地域特色浓厚的小吃,给予大大的关注与支持,唯其如此,才能别开生"面"、"面面"俱到、爨香四溢、百花齐放。

世界上唯一论根卖的面条——杨陵蘸水面

精巧的四川食客在买小面的时候，向老板说的话几乎都是"二两小面"！当然有二两就会有三两，依着食量而定。而豪放的老陕面馆里，统一的对话似乎只有"大碗小碗"，至于大碗有多大、小碗有多小，似乎并没有人刻意计较，食量大的吃大碗面，食量小的吃小碗面，约定俗成。

但在陕西的一种面馆里，老板一定会问食客"要几根"，熟知的食客一定会给予"两根""三根"或更多根的回应，而不熟知的食客则一头雾水："什么几根？"见惯了的老板则会笑言："我们的面条论根卖，一根就是二两左右。"

这就是杨陵蘸水面，现在也称"杨凌蘸水面"。

杨陵是隋文帝杨坚的陵，其所在地也称杨陵。后在此建立国家级大型农业示范区，就将示范区的名字叫作"杨凌"。现在的"杨凌"几乎就是陕西的一个地市区域概念，而"杨陵"的地名也还在用，一定意义上，"杨凌"驻地"杨陵"，"杨陵"为杨凌下辖的一个区。所以，原本的"杨陵蘸水面"又被称为"杨凌蘸水面"，实际是一回事。

杨陵蘸水面的最大特色就是面条宽且长，宽四五厘米，长一米五左右。一根面条为什么做得这么长、这么宽？我觉得应该是出于以下几方面的考量：

一是麦子好，所以面好，才能够做得这么长、这么宽。杨陵是后稷教民稼穑之地，农耕圣地，且土厚水深，尤其盛产优质小麦，所以给了人们把面条做得如此长和宽的底气。但凡面粉的筋度不够，要做出较长且宽的面条，都是非常困难的。而杨陵地界的面粉，在不加碱面的情况下，只需要一盆面、一撮盐，即可成就筋韧度极强的面团，之后醒发到位，再施以熟稔手法，便可连擀带拉带扯，足足拉扯到两臂伸展的极限长度。那两个手臂要是能再长一点，说不定面条长到三四米也有可能。

二是这样做好吃。陕西的面条从形状来说就五花八门，长的短的、厚的薄的、粗的细的、条的片的，几乎你能想到的各种形状都会有。之所以不厌其烦地把面条做成各种类型，是因为这样有所变化，进而在长期吃面的情况下，不至于单调。文喜看山不喜平，生活也要波澜兴。吃面，咱就变着花样吃，这样才更有兴致，才丰富多彩。于是，面条可以做得细如发丝，也可粗如筷箸；可以切成寸段，也可以放开来长到极致。这样不同形状的面条，再加上不同的调制手法，才让陕西成为面条的"百花园"。

具体到长而宽的杨陵蘸水面，先是满口的充盈，口唇一下子被宽大的面条全面占据，几乎每一丝感知神经都被触动，这种感觉非常满足而奇妙。人的唇齿会有多种感觉，丝丝缕缕是一种精巧，而满口充盈则是一种豪迈，就如这宽宽的面条带给你的感觉。其次，长长的面条会带给人一种兴奋感，眼见长不见头的面条被一次性地控制在唇齿间,那种丰盈感、充实感,甚至富贵感会在心头漾起。

最后是约定俗成的仪式感。陕西的面条,在几乎每一个县域甚或乡镇,都会有自发形成的一种风格。比如杨陵周边,就有面条细而长的臊子面、短而粗的削筋面,乃至面条更加敦厚的驴蹄子面等。但杨陵这个地方,就兴盛起这种长而宽的面条。如何形成的？何时形成的？有各式各样的说法,但没有定论,因为食俗本身就是在漫长的岁月里渐渐形成的。成因可能是有人偶一为之,大家群起效仿;可能是经反复实践,发现此种形式为大家所喜爱。在各种主客观因素的作用下,一种特色食物渐渐有了自己固定的形制,有了相对统一的做法。后来,这种食物也就成为人们犒赏自我、款待宾朋的首选。杨陵蘸水面应该也是如此。

杨陵蘸水面的蘸水也是极其有特色的。

这蘸水从大概念上讲就是蒜汁和西红柿鸡蛋汤的复合体,再加上油泼辣子。即使是这样干巴巴的描述,也可以想见那种酸辣的感觉。当然,做起来是很讲究的。蒜末用热油浇泼,充分激发蒜香,备用。起锅烧油,下入葱、姜、干辣椒爆香后加水烧开,加入盐、醋以及酱油等调味,再下入西红柿、木耳、黄花等菜蔬,熬制一会儿,将西红柿的味道融入汤中,再将蛋液徐徐倒入,最后撒上生葱段。此时,前面所述的大概念上的西红柿鸡蛋汤即成,再将这汤浇泼在小碗里已经用油泼过的蒜泥上,则蒜香又一次被激发,味道也被融合。如此,一碗碗蘸水即成。当然,九成的食客喜食辣椒,于是放上红艳艳的辣椒油,这蘸水就齐活了。

以上是杨陵蘸水面蘸水的传统做法,近年也有许多店家改良,比如其中的鸡蛋先用油炒,或是在蘸水中加入提前熬制的大骨鸡架汤等,各自特色鲜明。但万变不离其宗,核心是西红柿鸡蛋,突出的是蒜香。

有了面条,有了蘸水,便可以成就蘸水面了。这宽而长的面条在拉扯后旋即入锅。还有一个必须强调的重点,那就是水开后下入菜蔬。这面条里的菜蔬虽说不是画龙点睛,但一定不可或缺。按照这里的食性以及出产,这下锅的菜蔬首推苜蓿,如果不当季,替代物则多是嫩的芹菜叶,或者菠菜,或者野菜里的灰条条、荠菜等,总之都是鲜嫩清香的。这下入锅的菜蔬会与面条一并捞出。

捞出来的面条一定是放在提前舀进面汤的盆里的,不用想就知,一根长度一米多的面条,必须盛放在阔大的容器里,否则难以装下。另外,也要泡在煮面的原汤里,这样面条不至于粘连。当然,那下锅的菜蔬此时也在面盆里,成为一种色彩的点缀,也让口味更加丰美,当然也让面汤更加有清香味。

一根、两根、三根面条,就那么在面盆里被端上桌,此刻,一同上桌的就是那碗蘸水了。这一大一小两个容器,一定前后放置,蘸水在近,面条在远,但两者基本紧紧贴合,好为接下来的结合拉近距离。

要吃蘸水面了,比较正宗或科学的方法是,夹住面条头部,之后拉进蘸水碗里,每次进到蘸水碗里的面不宜太多,更不宜全部进入。基本的方法是,拉一段进来,蘸一下,入口,再拉一段进来,再蘸,再享用。

此刻桌上的情景很有豪迈感和仪式感:硕大的面盆里白绿相间,又长又宽的面条浸润在有一丝绿意的面汤里。一个青花瓷的

中等碗,里面红绿黄黑相间,丝丝缕缕地飘散着酸香、蒜香、辣香、油香。然后,那长长的面条被一点点、一段段地挪移到蘸水里,裹上各种滋味之后,被送入唇齿之间……

要的就是这个感觉哦,面条一定要筋韧耐嚼,蘸水一定要调制到位,之后两者的结合,充盈着碳水与菜蔬交合的新感觉,让原本的寡淡变得香润,让原本的浓烈被中和,于是,这吃面的经历,让你心意缠绵、心满意足。

杨陵蘸水面是个有着传统特色的饮食品种,不独在杨陵,现在几乎在关中的大小城镇都能看到它的身影了,足见其为人所喜。随着声名日隆,随着市场拓展,当地已经有规划有动作,打算让它产业化,并有了不低的市场销售预期,这是大好事。如果这种传统的面食能够跨入餐饮产业化的行列,守正创新、用心用力,那一定会前景无限。

有机会试试这滋味十足、论根卖、世间独一无二的杨陵蘸水面,看看你能吃"几根"。

豪迈通透的辣子蒜羊血

辣子蒜羊血应该是西安比较古老的流行小吃。记得三十多年前我刚参加工作不久,与单位里的一位已经五十多岁的老同志闲聊,他说他新中国成立前就在西安的药铺里当学徒,那时候最兴奋的事就是,手上有一点钱,就去南院门的摊子上吃一碗五分钱的辣子蒜羊血,那个香啊。前两年热播的电视剧《装台》里面,张嘉益扮演的刁大顺说,小的时候,在西安大差市有一个老汉摆摊卖辣子蒜羊血,一毛钱一碗,印象最深的是老汉那一声吆喝:"辣子——蒜——羊血!"从这两个时间点推算差个三四十年,价钱涨了一倍,相信味道应该是始终如一的香辣通透。

虽然辣子蒜羊血是很早就有的西安小吃,但如今的知名度似乎比不上泡馍、夹馍、凉皮之类,就连与它的姊妹粉汤羊血相比,似乎也逊色了些。其中的原因,可能还是宣传推广的欠缺,就连现在许多生活在西安的人,对它也不是很了解。不了解就少了尝试,不尝试怎么能知道它的好啊?

羊血是个好东西,按照中医理论,羊血是用来保健的,羊血具有止血、散瘀、解毒等功效。后来羊血成为食材的一种,羊血的做法也是循着它的药用价值和保健功能而来的,"羊血性平、味咸,入脾经",含有五分之四的水分,其他则是多种蛋白质,以及少量磷脂、胆固醇等脂类及葡萄糖、无机盐等。

对动物血的食用,在国人饮食中比较多见的有羊血、鸭血之类,其他动物血也有食用,但以这两者居多,并创制出了出名的吃法,如南京的鸭血粉丝汤、西安的粉汤羊血,当然,还有这道实为经典的西安辣子蒜羊血。

制作辣子蒜羊血的第一步,当然是取得羊血血块。这一步实际上很重要,制法也很讲究:新鲜羊血,过筛去杂,之后掺入等量的盐水熬制,凝结即成。此一步的科学做法就是加入盐水,一为去腥杀菌,二为奠定底味。这一步骤一般由专门作坊来做,更多地售卖辣子蒜羊血、粉汤羊血的店家只需趸取即可,此是专业分工,也是"专业的人干专业的事"。

第二步是制作料汁,这也是辣子蒜的由来。将辣椒面、蒜泥以及少许芝麻放入碗中,锅中炸过葱姜花椒的热油,此刻浇泼其上,激发辣味蒜香。再加入上好的香醋、酱油之类,料汁即成。

第三步是准备羊血块。提前趸得的羊血,切成边长为一两厘米的立方块,之后重要的一步是下料汤"泖"透。这所谓的料汤,是一锅熬好的,里面加了花椒、小茴香、桂皮、八角等十味左右香料细末的汤。这汤烧得滚烫时,用笊篱盛了羊血块,在锅中充分浸泡,让热气深入其中,让滋味氤氲其身,此之谓"泖"。泖透的羊血块复盛入碗中。

第四步是羊血与辣子蒜的结合:撒上盐、味精,再来一撮小香葱,把调好的料汁浇泼其上,便大功告成。此时的辣子蒜羊血名副

其实，艳红碧绿清白的料头，包裹住暗红的羊血，卖相已是勾人。

　　看得出来，这样的辣子蒜羊血，一定是给重口味的人准备的，就如正宗的老式重庆火锅一定是重辣重麻的一样。其中有一个铁律，那就是，但凡下水成就的美味，一定是重口味，比如北京的卤煮火烧，陕西以及其他地方的羊杂碎，乃至川味的肥肠等。其中道理不言自明，重味遮腥臊去异味是其一，其二就是它最初的食客，大抵是出大力流大汗的劳力，非重口味不足以开胃。

但就是这样的重口味,渐渐地也影响到"阳春白雪"一族,比如让满大街的空气中都弥漫着辣香味的川味串串之类,食客十有八九是青春靓丽的帅哥美女。其原因,有尝鲜的冲动,也有追求味蕾刺激的食性变迁。

辣子蒜羊血的滋味是复合的。辣,当然不是燥辣,而是秦椒固有的香辣;蒜味浓烈,老陕爱吃蒜,不独在吃面时,在许多凉拌热煮的菜肴中,蒜都是常客。此时的蒜,不独可以提供辛辣刺激,还有遮腥的作用。麻,陕人嗜麻,这是被许多人忽略的。悠久的花椒种植历史,以及对花椒祛湿功效的了解,使得秦地不但有"椒房贵妃",还有许多地方饮食的"花椒出头"。当然,此时的麻,是已经融入料汤再氤氲进羊血的麻香,麻得口唇微颤,让人依然难以停箸。

当然,这辣、蒜、麻,以及充沛的油香、咸香等,辅佐或包裹的主角肯定是羊血。这羊血此时的口感略硬于豆腐,筋韧而不梆硬的感觉,最是适口。至于其中隐含的一丝荤香,也是介于荤素之间,最是恰到好处。

一碗辣子蒜羊血,能够让人吃出豪迈来。将原本可能弃之不用的、有"茹毛饮血"之说的材料作为食材,这本身就体现了一种胆略。之后的大开大合的加工制作方法,则

显现了一种凛然的胆气。而几种重口味调料的叠加，更是显现出蕴含的智慧。当然，更纯粹的豪迈在于食用之后的感觉，那就是一碗下肚雄赳赳，世上能有几多愁？

一碗辣子蒜羊血，能够让人吃出通透来。那热乎煎活劲，实际上是麻婆豆腐一般的"烧心"的感觉，滚烫的滋味有时也是慰藉心田的良药。至于那辣椒的香辣、蒜汁的辛辣以及花椒的麻香等等，哪一味不是刺激味蕾、诱发唾液分泌的妙方？这些滋味，直让你口舌生津、汗液蒸腾，乃至热血沸腾、精神提振，是不是会有其喜洋洋者矣的舒爽？于是，瘀滞顿通，烦闷消散，敢上九天揽月也！

一碗辣子蒜羊血，当然也可以吃出营养、吃出美味、吃出满足来，这更是食物的应有之义。

这道辣子蒜羊血，早先就是"空口"吃的小吃，也就是说吃它就是吃它，并不用来下饭下酒之类，就是单纯奔它去的。当然，后来上了餐桌席面，被当成了一道菜，也是一种更迭与延续。

现如今，单卖辣子蒜羊血的已经不多见了，更多的是粉汤羊血店的第二主打，或者是酒席上的一道菜。这其实也是一种进步，是物质大大丰富之后的丰盛，也适应了人们对饭食多样化的追求，就像如今的火锅店也会有凉菜一样。

只是许多原本好这一口的食客，还是想念独自一人面对一碗的感觉，看着桌上众人共享的那一盘辣子蒜羊血，总有揽过来大快朵颐的冲动。于是，咱们悄悄说一声：要过瘾的时候，趸进小店去，占角落一隅，放开整一把，那感觉真是没谁了！

陕北的黄馍馍

陕北的黄馍馍是被央视的《舌尖上的中国》带火的,但是它肯定存在了很长很长时间,它的主要食材的种植和食用历史就可以证明这一点。

黄馍馍的主要食材是糜子,辅料或馅料是红枣和红小豆,这几种东西的种植历史都不短,而且都耐寒耐旱耐瘠薄,所以在陕北这块土地上多种优生,当然也多食用。

之所以称之为黄馍馍,首先是"黄"。糜子磨成面后颜色金黄,这里的人也称糜子为黄米,用黄米蒸成的馒头称为黄米面馍馍,简称"黄馍馍"。当然,也可能是想从颜色上与金贵的白面馍馍、清苦岁月里用黑豆等物蒸成的黑面馍馍作个区分。至于馍馍,就是馍,就是馒头。"馍馍"是陕北、晋北乃至甘肃一带人们对馍的称谓,两字叠称,以示亲近,如同"娃"与"娃娃"一样。也有人说这些地方小麦短缺,能够正经八百蒸馍的时候不多,所以把馍看得更金贵,故而称呼起来也更亲切。也有人说这地方的人亲情更浓厚,性格更淳朴,语言更柔和,这个说法倒应该先被认同。

黄馍馍起初应该就是单纯地用糜子面做的馍馍,里面并不包馅，否则就应该称之为"黄米豆沙枣泥包"了。如今包馅的黄馍馍，应该是原来的黄馍馍的升级版，也是日子过好了的写照。

北方人的馒头情结根深蒂固，但凡能够粉食的，几乎都尝试着做馒头。麦系列的，比如小麦、大麦、燕麦乃至荞麦等，米系列的，比如黄米、小米等，豆系列的，比如豌豆、黑豆等，都经常用来蒸馒头或做成馒头的变种，比如糕之类。其中做馍的主力军肯定是小麦无疑，但小麦挑地挑时，且生长期长，所以不是什么地方什么时候都充裕的，于是其他食材也就被"模仿"着做馒头。其中的原因，一来是食性，人们喜欢吃这些谷物的固化物；二来馒头是干粮，可以一次制作，分次食用，能节省时间，也便于携带。一个个地方，根据当地的出产，总是会想方设法地做馒头，进而满足生活生产的需要。具体到黄馍馍上，可能就是这个道理，虽然用糜子面做的馒头并不是精细的食物，但能果腹，这就足够了。

如此说来，黄馍馍原本不是什么稀罕宝贝，几乎就是清苦岁月里果腹的食物罢了。但斗转星移，随着人们生活水平的提高，黄馍馍的劣势不再，反而显现出非常大的优势来。

首先，看看黄馍馍的主要食材——糜子。糜子，又名黍，淡黄色，磨米去皮后称黄米，俗称"黄小米"。黍米再磨成面，俗称"黄米面"。糜子及糜子面可以制作多种小吃，风味各异、形色俱佳、营养丰富、食用方便、历史悠久。比如北方的驴打滚、炸糕、枣糕、年糕、窝窝等小吃，食材大多是糜子。陕北人又把糜子分为软糜子和硬糜子，口感不同是软糜子和硬糜子最明显的区别。软糜子也叫大黄米，黏性较强，口感软糯，有浓郁的米香，是一种特别适合用

来煮粥的米类食材,用它煮的米汤特别黏稠。硬糜子的口感则比较硬,不适合用来煮粥喝,人们多会把它磨成面,再制作不同的食品来食用,比如蒸糕或者窝窝。

　　陕北人做黄馍馍很有心得,原本单纯用硬糜子,但为了使馍馍的口感更松软,如今会加入三成左右的软糜子,软硬结合,把糜子的软糯香甜与黏结筋硬融为一体。这样,黄馍馍就已经向着享受的层面提升了,而里面被裹进馅料,则更是黄馍馍的升级。这馅料就地取材,陕北的大红枣、红小豆都是珍贵的植物品种,品质俱是上乘,蒸煮之后拌为馅料,不但让黄馍馍有了豆包的感觉,而且把糜子、红枣与红豆这三种自然馈赠的美物深度结合,互相渗透,共同成就了上乘的美味。

黄馍馍一定要趁热吃,一来是为健康考虑,二来是其中的食材口感,冷热之间就是云泥之别。热腾腾的黄馍馍,原本已经干结炸裂的表皮,此刻松软香糯,口感很是温软。而里面的枣泥、豆沙,也在热气的蒸腾中散发出香甜,一口糜子、一口枣泥、一口豆沙,那是什么样的神仙感受?

黄馍馍于今广受欢迎,人们实际上已经拿它当作点心与调剂品了,整日细米白面,吃点粗粮,换一下口味,感觉不错。而它大火的另一个原因,是人们对健康的重视与用食物调养的需求,多吃粗粮有益健康,这个观念早已深入人心了。当然,许多人还会有念旧的情结。

原本只在陕北制作和销售的黄馍馍,如今也通过各种形式和渠道,进了长安,出了潼关,为更多的人所了解、尝试,但凡吃过的,都会夸一声好。如果你有机会去陕北,一定会遇到它,那里的人们肯定会把它端上餐桌,你可要多吃几口哟,那滋味诱人、口感温润,实在是尤物一样的存在。

如今陕北人日子过得好了,发展现代经济的同时,也用新的、丰富的方式制作推广许多传统美味,于是,即便没有机会去陕北,也有很多渠道让你尝到它,那金灿灿、热乎乎、香甜软糯的黄馍馍,你一旦吃过一定会爱上。

传承两千年的合阳踅面

合阳,关中东府的一个县,最有名的是洽川湿地。"关关雎鸠,在河之洲。窈窕淑女,君子好逑"即源于此,这是我国最大的湖泊型湿地。

这里最有名的美食是合阳踅面。

合阳踅面制作技艺,是陕西省级非物质文化遗产,是传说有两千年历史的美食。它的名气原本够大,似乎不用再吆喝,但酒香也怕巷子深,多说一下也无妨。更何况它的色泽外观、食材搭配等,似乎都显得与现代"洋"化了的饮食相悖,如果不细细说一下,很可能又被归为"黑暗料理",所以还是很有必要追根溯源、条分缕析乃至科学理性地说一下,好为这个好东西再扬扬名。

如果要用类比法,或者说借助一个名气比较大的近似类型的食物说一下合阳踅面,那就借名气非常大的武汉热干面,蹭一下热度,也更直观和形象。

这个合阳踅面与武汉热干面类似的地方,或者说十分相像的地方大致有两点：一是吃之前要"沏"。所谓"沏"，就是把原本已经或接近全熟，但已经冷却的食物，快速地放在沸腾的汤锅或开水锅里浸泡一下，让蒸腾的热气瞬间传导到食物上，从而使食物快速变热。这合阳踅面，与制作武汉热干面时提前准备好的煮熟凉凉的碱水面类似，它原本已经是在鏊子上烙熟的大煎饼，之后切丝备用。要吃踅面了，就把一碗有分量的踅面丝放入沸腾的开水锅中，只瞬间工夫便捞出，此刻这踅面丝就热腾而柔软，这与热干面几乎如出一辙。二是调制合阳踅面的主要作料，是油汪汪的大油辣子加清油辣子，这是一碗踅面的灵魂，这不就像是武汉热干面的那勺芝麻酱吗？正是这一沏或一烫，再加上大量油脂，共同成就了两者的美味。所以，这样类比一番，不大熟悉的朋友可能一下子就有了感觉。宣传工作有时就是如此，名气小的借助名气大的，搭个便车，这样容易被人了解并接受。比如，前些年不是有人说陕西的肉夹馍是中国的汉堡、三明治吗？那时候肉夹馍在陕西之外名气不大，只能如此说，但如今在国外许多地方也有了肉夹馍的身影，也很少听到有人说肉夹馍是中国的"汉堡"这样的话了。所以，借名扬名不是欺世盗名，而是为了更快更好地为人所知。

合阳踅面的主要食材是荞麦。荞麦最早起源于中国，栽培历史非常悠久，最早的荞麦实物出土于咸阳杨家湾四号汉墓中，距今已有 2000 多年。悠久的种植历史让陕西人积累了丰富的吃荞麦的经验，创造了多种花样吃法，比如从陕北到关中都有的吃法各异的荞面饸饹，而另一个吃荞麦的典范就是"合阳踅面"。原本被当作饸饹食材的荞麦在这里变成了面条。这可能与食性有关，这里的人更喜欢吃面条，而且口味更喜筋韧；另外，也可能与这里同时出产大量小麦有关，毕竟踅面是用荞麦和小麦共同制作的，按照现在的比例，大概是三份荞麦面兑两份小麦面。

当然，现在很多人认为踅面与韩信当年在此领兵作战有关，说是为了解决军粮问题，从而发明创制了此种吃法。这个是传说也罢，有典籍记载也罢，都大可不必较真，真假都无妨，只要这样的做法能果腹，口感更好，更能吃出营养健康来，就能够站得住、立得起、传得久。

合阳踅面的调制方法中最为独特的是大油的介入，这一点相当重要。大油食用历史悠久，史料记载，从周代开始，人们开始大量食用动物油脂，其中以猪油为主。这种能提供较高热量又具有特别的荤香的食用油，曾经是中国人重要的油脂来源。即便今日，往前追溯不长时间，大部分中国人也对猪油的食用记忆犹新，无论是海派的猪油拌饭，还是北派的猪油包子，都是人们正确认识、正确食用猪油的典范。许多小伙伴肯定还记得，那时候家家户户都有个猪油罐子，北方吃馒头的孩子们，往热腾腾的馒头里抹上猪油，再撒点咸盐，那滋味就是过年过生日时才能享用的。后来，不知道从什么时候开始，也许是食物丰富了，也许是多吃少动了，也许是受人蛊惑了，许多人开始忌惮猪油，这个话题值得认真思索甚至反思。总而言之，适量食用猪油，还是利于健康的，万不可弃之如敝履。

合阳踅面的调制，一定要精心准备大油辣子，简单来说，是用炼好的大油熬辣子，就是比较讲究的油泼辣子的感觉。但这个过程中有许多窍门，掌握好了荤香扑鼻，为一碗踅面奠定味觉的灵魂，掌握不好只会徒留荤腥。

之所以要用大油辣子，除了上面所说的原因，还因为用大油能中和荞麦稍微粗粝的口感并补充其中欠缺的油脂，毕竟荞麦是粗粮，用当时当地上好的大油相佐，也能提升踅面的口感。

至于为什么叫作踅面，有许多说法，但比较可信的是缘于其制作过程中呈现出的动作特点：把和好的面糊倒在硕大的鏊子上，用摊煎饼用的刮子顺时针刮拨，让面糊均匀地占据鏊子的表面，从而形成一张圆形的面饼。这个动作不用说，就是摊煎饼，只不过这个煎饼太大了，它原本也不是当一般的煎饼吃的。而且这个摊煎饼的刮子，依着这里的古语，就叫"踅子"，"踅"就有"转来转去"的意思。陕西方言里，左右前后来回走动或者转圈圈的又带点鬼祟色彩的动作，就叫作"踅摸"。所以，"踅面"的名称就是由其制作时摊煎饼转踅子的动作而来的，类似于擀面、拉面、扯面、削面。

合阳踅面，曾经是清苦岁月里打牙祭的东西。小时候就听村里的老人说，他去合阳吃过踅面，那一勺大油辣子，能把人香死！可那掌柜的就是不愿意多给，等有钱了，他要自己弄一碗大油辣子放开吃！可就是这样想"放开吃"的好东西，后来却令很多人谈之色变，说是大油荤腻，吃不下，还说大油吃了发胖，甚至引发身体不适，等等。于是，连带着对合阳踅面的向往也淡了许多，特别是一些从来没尝试过的人，听到或看到那黑红的大油辣子，十分忌惮，于是对饸面近而远之。

其实，吃任何东西都要适可而止。世界上也没有任何一样好东西可以不加节制地吃，吃多了都适得其反。那么，对于这些蕴藏着先辈智慧、充满了营养科学而且滋味香馔的好东西，完全可以尝试一下，偶尔为之，必是口福。

看那售卖合阳饸面的店家，把一碗饸面丝倾入沸水锅内，瞬间捞入碗中，一撮咸盐、一勺大油辣子、一勺清油辣子、一勺醋水，再撒上切碎了的生葱花或蒜苗……这时候，一碗原本底色褐红的饸面，点缀上翠绿的葱蒜，已然五颜六色、秀色可餐，赶快接过来吧！搅拌均匀，你会吃出面条敦厚筋韧的嚼劲、大油的荤香、辣椒的辣香，还有那生葱生蒜的凛冽刺激。于是，唇齿留香、肺腑滋润，待额头微微沁出细汗时，你一定会心满意足、得意扬扬，哦，原来这卖相"黑暗"的东西是这般好啊！

日子越过越细发了，合阳人在饸面里又点缀了一味好东西，那就是红苕面鱼鱼。可别往别处忖啊，这"鱼鱼"不是荤腥活物，但嫩滑润口——那是合阳人用当地出产的上佳红苕，打浆过滤沉淀出淀粉之后，再熬制而成的凉粉状的东西。只不过这个凉粉不待冷却，即用漏勺或滤网漏出小鱼状的凉粉，因其玲珑剔透、小巧可爱，故爱称为"鱼鱼"。这鱼鱼会少量掺入饸面之中，让你在咀嚼粗粝筋韧的同时，感受细嫩爽滑，两相中和，共同成就美味。

还是要唠叨一句，合阳饸面还是缺乏宣传推广，故而偏居一隅，屈居小众，如果更多的人知道了它的好，那它的声名，与"热干面"媲美，进而"大众化"，也不是妄言。

渭南时辰包子是有大智慧的

时辰包子,本来是专指渭南的一种有特制馅料和专门制作技术的包子。是一种,不是一类。如今许多挂着时辰包子牌子又售卖各色荤素包子的,是借了时辰包子的名头而扩大化的。这些店里卖的包子,不都是时辰包子,有的店里甚至没有时辰包子。说来说去,除了"那一个"包子,其他的包子都不是时辰包子。

时辰是古代计时单位,把一昼夜平分为十二段,每段叫作一个时辰,合现在的两小时。当然,后来也泛指时刻或时间,比如"不是不报,时辰未到"。原本这十二时辰是用十二地支命名的,所谓子丑寅卯、子时卯时等。汉代又将这十二时辰分别命名为夜半、鸡鸣、平旦、日出、食时、隅中、日中、日昳、哺时、日入、黄昏、人定。其中的食时,又名早食,对应的就是原本的辰时,也就是如今的七点到九点,古人也谓此时为"朝食"之时,也就是吃早饭的时间。从中医传统理论来讲,到辰时,胃经值班了,此时最适宜吃早饭了。

渭南的时辰包子就是这时候的早饭。之所以这时候吃,那是顺应自然规律和生理规律的;而之所以这时候吃这样的包子,那也是有养生保健的深刻道理在其中的。

按照一般营养学规律,早餐应该有动物蛋白,要有一样荤食。从这一点讲,时辰包子是很符合这一规律的,这从它的食材构成就能看出究竟:时辰包子的馅料是以猪板油为主的。

猪板油是猪腹腔内长的一层带油膜的块状脂肪,猪肾被包裹其中,出油率高,熬出来的油有一种特有的香味。因其是很大一张,呈板状,故谓之"板油"。每100克板油含可食用部分100克,热量约900千卡。从这些表述不难看出,用这样的油做包子馅料,一是取其特殊香味,二是取其较高热量。特别是在古代,在食物短缺而劳动强度较大的情况下,一种能够提供很高热量的食材,一定是食物的上等选材。如果说以上是理性的考量,那么从感性的角度讲,时辰包子也是满足口欲的食物。

看看馅料的拌和。做馅的猪板油,要用猪腹腔里的那两块板油,不用花油,而且要精心贮存一年后再用。油去膜,切成黄豆般的小粒,用菜籽油浸泡,然后加入多种调料,腌制一定时间;之后,将渭南华县(今华州区)赤水的大葱,去掉根、叶,仅取其中段,切成葱花拌入。赤水大葱种植历史悠久,品质上乘。然后还要拌上面粉,这面粉不是生面粉,而是在锅里炒熟的。这样做一是确保熟度、避免夹生,二是增加香味。这样,时辰包子的馅料就准备停当了。

看看面皮的包裹。做包子皮的面,要选上等小麦,用传统的石磨细磨细罗。渭南的小麦是世界一流的,高筋高强,历史悠久,是制作上等面食的首选。光有上等的面粉还不行,接下来的和面、醒面、揉面环节也都十分讲究。在不同的季节,面与水的比例、水温、酵头的多寡等均有所不同,这是制作包子皮的长久心得和深厚经验。许多包子的皮要么梆硬,要么松塌,其实都是发面、揉面经验不足的缘故。包子皮做好后,就可以包包子了。时辰包子是包成僧帽状,也就是略呈扁圆状、顶端有一条小棱的帽子。记得济公的帽子吧?就是那个样子。做成这样的形状,是为了更好地包裹油大的馅料,不致外漏,也是为了与一般的包子的褶子相区别。其形状小巧玲珑,形制独特。上等的面粉使得包子表皮洁白,蒸熟后渗出的油汁让包子的底部金黄,煞是玲珑可人。

看看食用伴侣的选取。按照原本的规矩,吃时辰包子时必定佐以大葱,蘸黄面酱。生的大葱可以解腻。而传统的以熟馒头为主料的面酱,此刻中和生葱的辛辣,也起到帮助消化的作用,古人云"酱为将也"即是此理。而一杯浓茶本是时辰包子的液体伴侣,解腻兼助消化是其考量,但如今人们更愿意用稀饭、豆浆之类作为伴侣,更多考虑的是讲食需要。

看看如此用心、用情、用意、用料、用巧,这时辰包子一定是前人在长期生产生活实践中,综合运用医学、营养学、动物学和植物学等理论进行的食物创制活动,或者说是一项发明也不为过。这样的创制或发明,一定是在不断的摸索探求中,再不断地改革创新,从而定型定制。时辰包子一定是经历了若干代人的实践,运用了各种智慧才得到的一种食物。所以,任何食物的诞生都不是偶然的,一定有它的必然性,即便看似偶然,那也是必然中的偶然。而且,这时辰包子断不是某家人的专利,肯定是集体智慧和群体经验的结晶。

这样一说,你是不是对时辰包子有了相对清晰的了解?

不知道你吃过时辰包子没有,吃过的有没有想再吃的欲望?没吃过的是不是也有了尝试的向往?尝尝吧,好东西,一定会让你难忘。

大荔炉齿面

炉齿面是陕西大荔县于今仍然盛行的一种非常别致的面条。

与别的面条有很大区别的是，这种面条的名字很令人费解，关键点在于，很多年轻人会纳闷：什么是炉齿？不知道炉齿为何物，当然就会对炉齿面不明就里。

炉齿，原本是炉子火膛内安置在底部的一个铸铁的架板或隔挡，形状大多是圆形，中间有几道长条形的镂空，其作用一是支架炉膛内的燃煤或柴火，二是从镂空处漏下燃尽的煤灰或柴灰。因为这几条镂空像是间隔疏松的牙齿般，故形象地谓之"炉齿"。有了这个炉齿，炉膛内不但能燃起熊熊大火，而且能及时清理灰烬，当然，更能从镂空处不断供给燃烧所需的氧气。炉齿在柴火灶、燃煤灶中是不可或缺的，它是灶膛或炉膛的重要组成部分。现如今柴火灶或燃煤灶慢慢淡出了，许多年轻人或许根本就没见过，所以就不明白什么是炉齿。

大荔的炉齿面，外形就极其类似这炉膛的炉齿，故有此名。

只是人们一般做面条，要么宽窄粗细，要么扁平圆方，基本都是一条一条的，这里怎么冒出来个特立独行的炉齿形状的面条？

先不要着急，咱们细细看一下炉齿面的制作过程，相信你就会恍然大悟。

做炉齿面要用盐碱水和面,当然,这里的"碱"是食用碱。这样和出来的面,筋韧度会增强,可以发挥厨师的最大功力,把面条尽可能地擀薄。陕西人吃面可厚可薄,但比较喜欢、比较讲究的实际上是筋韧意义上的薄,比如岐山臊子面等名面的说道就是"薄筋光"。所以,细发的人家吃面的时候,大多数要把面擀薄,薄而筋的面条吃起来最舒爽,这样的面条也更好入味。炉齿面明显是细发的,它要擀得很薄,薄到什么程度呢?那就是几可透明。验证的办法是,擀好的面片用擀面杖挑起来,把手掌贴上去,从另一面能够看到手掌的形状。这样的面片是精致的作品,待下锅煮熟入碗后,一定会给人舒适的感受。

但问题来了,这么薄的面条,下入沸腾的锅之后,一定会因经不起热力的考验而萎缩的。也就是说,如果这薄的面片被切成一条条的入锅,极其容易松塌黏糊。那样的话,之前擀面的功夫白费不说,也无法享受到薄而筋的面条的口感。怎么办呢?难道因噎废食,就不把面擀得薄薄的,就不追求口感的极致了?圣人有训:"食不厌精,脍不厌细。"为了有更好的进食体验,为了吃得更好,人们就会认真想一想:这薄的面条下锅后容易软烂,原因不是在于一条条的面条单打独斗、势单力薄吗?那咱能不能不让它单打独斗,不让它势单力薄,不让它细化为一根一条?哦,那怎么办?怎么才能让它身强力壮起来?嗯,这样行不行——

咱把面擀好之后,不像一般的面条那样切成一条条的,但也不能就把一大片面片直接下锅,那能不能用菜刀在大面片上切上那么几刀，但并不贯通，这样的话，大的面片还是一整张，可以整体下锅，但捞出入碗后，则是完全可以分离成一根根的。而这整张入锅的面片，因为"团结"，可以承受烧煮而不至于散乱疲沓，可以保持自身的筋韧！好啊，试一试，就把这擀就的一整张面片，用菜刀简单切几下，切记两头都不切断，之后整张下锅。来，下面！水一开即可捞出，好，捞到碗中，那面片可以从切开的缝隙处挑开来，一样是一条条的面条了，而且，那么薄的面条保持了筋韧舒爽，口感好极了！

这可能就是做炉齿面的初心。原本是为了解决某些弊端想出的变通之策，这一变通，一下子变出个美味来。炉齿面就这样创制出来，就这样成了大荔一带的美味，并且广受欢迎，吃过的都说

好。当然,这个"好"首先是面条好,还有就是它的汤头,也就是臊子味美。

炉齿面必然是汤面,那么薄的面条,那么个形状是不适合干拌的,当然,原本之所以要擀得那么薄,就是为了吃到一口上好的汤面条。

炉齿面的汤头的调制很有讲究,这一点,从用到的食材就可见一斑了:五花肉、鸡蛋、油炸豆腐、鲜豆腐、笋瓜、黄花菜、木耳、粉丝、咸面酱,以及香菜、蒜苗、大葱等提鲜之物。光是用到的油类,就有辣椒油、葱花油、菜籽油等。不光食材配制豪华,做法更是讲究。先将菜籽油烧至七成热,下葱段略煸,再下五成熟肉丁急速翻炒,然后依次下豆腐丁、油炸豆腐丁、笋瓜丁、精盐、咸面酱、酱油、五香粉,再加肉汤及黄花菜、木耳、粉丝等制成汤臊子。这样的汤臊子,也就是外地人所说的浇头,够丰富有味了吧?还没完,再将鸡蛋摊成蛋皮,切成象眼片,与香菜段、蒜苗段等制成花臊子,这个"花"是美好的比喻,它将在调制面条时让味蕾"绽放花朵"。这些都做好了,就可以下面了:取炉齿面煮熟,装碗,放入少许精盐、醋、酱油,再浇上汤臊子,撒上花臊子,最后淋入辣椒油、葱花油即成。

这样的一碗面端上来,先喝口汤,那酸辣咸鲜融于一处、和谐一体,一定会让你的唇齿、喉舌乃至肺腑顿感舒爽!这时候你再挑起面条,依然是一个圆片,但已经被煮透并浸润,你可以把它们逐条分离,用箸头送入嘴里。那原本团结在一起的面片,此刻已经完成自身的使命,转变为别致的、薄筋的、透亮的面条,与你的唇齿

温润地接触，为你送来温婉细腻的抚慰。

这就是大荔炉齿面。

此种面条，原本就是点心一般的稀汤类的食物，如果单纯用它果腹显然太过铺张，或者说不能满足大食量的关中汉子，怎么办？别急，和这面条一起上桌的，还有更"硬"的美食，首推的就是这里的月牙烧饼夹卤肉了。于是，你吃着温润的面条，喝着酸香的面汤，再大口咀嚼那别致的肉夹馍，嚯，有干有稀，有菜有肉，碳水、脂肪集于一处，这一餐就可恣意地享用了！

西安人骨子里的腊牛肉情结

腊牛肉,一定意义上是西安特产,更准确地说,应该是腊牛羊肉。这个腊牛羊肉,与四处皆有的腊肉以及西安的腊汁肉等,完全是两回事。它几乎就是西安独有的加工牛羊肉的一种方法,与别处的也称作腊牛羊肉的产品不太一样。

不知道多少年了,西安以回民为主的经营者,长期大量地制作腊牛羊肉,并且做出了特色,成为西安人餐桌上不可或缺的美味。为了说清楚,不妨简单地描述一下做法。

制作腊牛羊肉,要选用上好的关中黄牛和陕北绵羊,宰杀后配以青盐、八角、桂皮、草果、花椒、小茴香等调料,经制坯配料、卤制和上色等工序制成。腌肉时将肉皮面相对折叠摆放在大缸内,添入井水,撒进青盐,根据季节腌两三天不等,腌透。煮肉时先将老卤汤倒入锅内,加入等量清水,放入调料包,用旺火烧开后再酌量加青盐。锅中的肉用重物压紧,改用小火焖煮三四小时,至肉烂骨离时捞入盘内,再用原汁汤冲洗肉面,去原汁,用净布沥干即成。选料考究,工艺复杂,其中的许多诀窍、秘方因人而异,制作出的成品质量也就大相径庭。

腊牛羊肉的滋味好极了,它的口感介于酱牛肉与炖牛肉之间,不是很筋韧,亦不软糯,软硬适中,冷却后可切片为菜,热腾时可剁碎夹馍,冷热皆宜,老少咸宜;它的滋味是悠长的、丰富的,历经几天的腌渍,咸香的底味已渗透肌理,从里到外都匀称而彻底地着味;它的外观也是值得称道的,在秘制的调料为其着色之后,透出鲜亮的褚红色,先是在食物的色香味之首的"色"上诱人、讨人喜,这也是它能占据餐桌冷盘C位的底气。

有了这样的色、香、味,西安的腊牛羊肉成为待客有面子的用心菜,成为孝敬老人的有心菜,成为合家团聚的中心菜,也就有了道理。当然,腊牛肉是主流,比腊羊肉多得多。

西安回坊有许多制作历史悠久、工艺上乘、口味上佳的腊牛肉店家,有许多店家已经是老字号,生意兴隆。

西安的腊牛肉有多受欢迎?有缘到售卖最集中的回坊走一圈就知道。它可能是售卖店家最多的一个美味,几十条曲里拐弯的

巷子里，都少不了它的身影。当然，有随时都排着队买的，也有不温不火你来他往切几块的，其中有质量高低之分，更有口味偏好之别。但凡是在西安住了几年的人，一定有自己喜好的那一家，有的店有几十年的铁杆"粉丝"都很正常。

春节前最是火爆：有一家在十字路口的店，最夸张的时候几百人在排队，以至于有许多人专门维持秩序。之所以这么集中地购买，原因就是要过年了，必得买了它当年夜饭不可或缺的菜，或是当年货、礼物带回老家。甚至有许多人买了立即赶火车，于是就有了那句顺口溜"左手火车票，右手×××"，这个"×××"是一家腊牛肉店的字号，与"火车票"三字押韵，为避广告之嫌，姑且隐去，但知道的都懂。

一口肉，能够成为一个饮食文化非常发达的地方的人们必不可少的主菜，这里面的道道真值得念叨一番。

一是西安人的饮食历史。都知道，从张骞出使西域开始，丝绸之路形成，一直到大唐鼎盛，长安的饮食文化非常发达，且与西域等地的饮食习俗互相交流融合。长安乃西北门户与枢纽，不独自身牛羊成群，而且不断有牛羊走进，于是，这里食用牛羊肉风行，而且食用形式多样，加工制作技术上乘。可以说，包括牛羊肉泡馍、腊牛羊肉等在内，都是西安人的福分，也是对世界饮食文化的杰出贡献。如此说来，西安人食用腊牛肉就是题中必有之义，渐渐地变成骨子里的喜好也是必然。

二是腊牛肉的魅力所在。牛肉是好东西，过去是稀缺之物，现在被推崇为健康食物，而腊牛肉作为上乘的牛肉加工产品，为人们所喜好就是肯定的了。更何况腊牛肉的滋味在前面已经讲过，那就是口感介于筋韧与软糯之间，有嚼劲、咸香出众、五味调和。色泽诱人的卖相、可以摆盘亦可零食的形态，也让西安人多了喜爱的理由。

　　三是消费心理的养成。一方水土养一方人，一方美味勾一方魂，你可以见到豆汁就捏起鼻子，却挡不住北京土著趋之若鹜；你可以鄙视成都人啃什么兔头，却架不住人家驱车百里去饕餮；你可以笑言河南人就知道喝胡辣汤，但人家几千万人吃得快乐健康。正如很多人小瞧西安人的面肚子，但西安人就着腊牛肉吃着油泼面生活得喜气洋洋。所以说，任何一个地方的饮食消费心理的养成，都有它的历史渊源、人文背景乃至气候特征的影响，就像西安人年节的餐桌上，尽管琳琅满目，但没有一盘腊牛肉就觉得不够完美。这种消费心理来自长久的消费习惯，已然是物质和精神双重层面的。尤其是老一辈的西安人，多少年就好这一口，尽管现在日子过好了，山珍海味也不是奢望了，但就是离不了腊牛肉。当然，渐渐成长起来的西安年轻人，耳濡目染，也把腊牛肉当成心中的宝，就算是过年去"见家长"、拜师长甚至为远方的朋友送去祝福，也把腊牛肉作为必选了。

　　吃饭是天大的事情。要想俘获一个人的心，先从他的味蕾着手。爱的表达有时候就是一顿可口的饭菜、一味美好的食物。腊牛肉绝对值得你去尝一尝。

两股齐开燕尾张，玉指镂出新花样
——剪刀面

剪刀，曾经是主妇们最趁手也最离不开的工具，这东西一般是放置在蒲篮里的，针头线脑碎布头之外，一定有一把或几把大大小小的剪刀。

这剪刀主要的功用是日常做针线活，年节喜庆的时候绞窗花。当然，最不愿意看到的是用剪刀作防身武器，大大小小戏剧影视作品里总是会有那样的桥段，坚贞不屈或大义凛然时，从怀里掏出的一定是剪刀，这是题外话。

一把剪刀，除了做针线活、绞窗花等，还有一个重要的作用，那就是被应用在厨房里。关中道一带制作面花时，其中用以塑形的工具都离不开剪刀、梳子之类，当然，前提是无比洁净的。

除了面花的塑形，剪刀在厨房里还有一个别致的用途，那就是用来做面条。这基本出现在以面食为主，且面食花样繁多的北方，又基本集中在关中以及它的辐射区。

对于几乎天天离不开面条的关中人，除了在面条的臊子上下功夫变花样，还把面条加工成各种形状，这既是手艺的展示，也是爱意的表露，更有对生活的无限热爱。面对一团面，今日擀薄切细，明日刀下铡剺，可粗可细、可条可片，不一而足、层出不穷。忽一日，主妇看着和好、揉好、饧好的面团，正好手边有那万能的剪刀，于是，左手托起面团，右手执起剪刀，嚓嚓嚓，手起刀舞，面花纷飞——原本一大坨的面团，此刻被剥离出许多的子嗣一般，一条条小鱼状的面条脱开母体，跳跃进沸腾的锅镬之中，成就了又一种新的面条形态——剪刀面。

上述情景是一种推想，是基于生活阅历的一种想象，但肯定不失为一种可能。许多生命历程里的场景就是如此，虽无统一号令，也无前期求证，更无典籍记载，但对于生命和生活，人类总是会有一些共通点，这可能就是人的本性、本能和本领吧，本性追逐丰富，本能积极尝试，本领成就幸福。所以，剪刀面与其他的面条类型一样，都是人们在长期的生产劳作实践中，在对生活品位的追求中，在对幸福岁月的向往中，在饮食上发明的一种"小确幸"。

回归理性探讨一番，为什么会有剪刀面？

应该还是缘于对不同口味的追求。就面条本身而言，在把

它当点心的南方，更注重的是浇头的花样繁复。而北方人，特别是四季以面条为主食的陕西人、关中人，则会同时在浇头的滋味和面条的形状上下功夫，忌讳千篇一律，厌倦一成不变，要的就是花样百出、丰富多彩，所以才有了包括剪刀面在内的、无法准确计数的面条形态。有了这林林总总的面条形态，口感得以满足，口味得以调剂，口福进而纷至沓来。

剪刀面是区别于手擀面、拉面、扯面、旗花面等形状的面。后几种面都是宽窄薄厚不一的片状或条状，当然，这也是面条的基本形态，一定程度上，这些形状的面条更容易咀嚼和消化。但"文似看山不喜平"，对于口感的追求，是烹饪不变的努力，否则就不会有新的食物形态出现。这些片状条状的面条见天吃着腻烦了，于是想换个花样，追求一种更筋韧润滑的口感，便有了剪刀面这种相对敦厚的面条。所以说，剪刀面是口感的变化，是一种革新。

剪刀面是有别于麻食面的。麻食面是把小面疙瘩捻成厚片的一种面食，是圆坨状的面条，也是丰富口感的追求，按说与剪刀面追求筋韧有相像之处。说来也是，已经有麻食了，为什么还要有剪刀面？其实不然，这剪刀面还是与麻食面有很大区别的，单就形状而言，前面说过，剪刀面的身形似小鱼，两三寸长，两头尖中间粗，比起麻食面单纯的敦厚，剪刀面肯定更滑溜，口感更独特，于是也就有了存在的意义。

剪刀面的筋韧也区别于陕西特色的驴蹄子面、削筋面。流行于宝鸡、咸阳一带的驴蹄子面、削筋面，其实也是这些惯吃细面的地方的人变化口感的结果。这两种面条其实差不多，都是在面条擀到半截的时候，就着厚厚的面片切出来的厚墩墩的面条，口感皆为筋韧。当剪刀面在由面团变为面条的时候，是不需要案板的，无论是形状还是口感都与这两者有区别，于是也就有了存在的必要性。

说了半天，似乎都是在给剪刀面寻找一个诞生与存在的理由，其实半是戏谑半是玩笑，哪里有那么多的说道。说白了，就是人们的一种智慧，就是对面条制作手段的恣意而喜乐的尝试，其实就是为了吃得更加丰富的一种努力，这就够了。

上面聊了剪刀面里"面"的诞生，其实还有重头戏在后头，那就是剪刀面的调制——

剪刀面当然可以像一般的面条一样，油泼、加臊子皆可，但，更精彩的做法是这样的：

一定是一锅有些黏糊的菌菇汤最为合适。前面说过，这剪刀面可圆可方，尽可以油泼热炒或加臊子，但一个食物总是有它最合适的调制方式，剪刀面用稍微黏糊的汤羹相配，似乎才是最佳组合。不知是实践的总结，还是多年智慧的结晶，这剪刀面用汤羹烩制最为适合。一锅提前烩制好的菌菇汤，里面的各色菌菇，不独形状与剪刀面相近,那烩制之后的爽滑感,也几乎是剪刀面的绝配。现在食肆之中售卖的剪刀面,主打的就是这一款——各色菌菇精心烩制成汤,加入剪刀面之后,面条本身包裹的面扑融进汤中,那汤就变得不浓不淡的舒适了。这样的菌汤剪刀面,汤喝起来黏黏糊糊,滋润舒适,那面也被浸润包裹得更加香馩,如此吃吃喝喝,口味上乘,肠胃舒服。

在此基础上,有店家又加入海鲜、丸子等,这些鲜物与菌菇配伍,成就的汤羹也更精彩。

顺带说一句,在这样的汤里捞面条吃,面条润滑顺溜又滋味丰富,而汤液也不会澥掉,自始全终都是黏糊糊的温润状态,最是抚慰肠胃。

剪刀面以前市面上卖得少,记得七八年前一位朋友在微信群里感叹,西安城墙内西南角有一家剪刀面,偶尔遇上了进去尝了个鲜,不承想一下子被惊艳到了。这位应该是见多识广的朋友连连感叹,太好吃了!记得当时自己悄悄"呵呵"了一下,心里默念,这东西在关中东府早就有了。从东府还传到了黄河那边呢,我早就知道,早就吃过,只不过在西安出现得晚些罢了。

以前没在意,那次之后似乎是应验一般,西安经营剪刀面的越来越多了,有好几家还是连锁经营。于是呼亲唤朋一起去吃了多次,大人小孩都很喜欢。

说起来,那一碗煎煎活活、黏黏糊糊、配料丰富、面条舒爽的剪刀面,还真是冬天里的好物。去吃一碗剪刀面吧,不惟滋味香馩,而且舒适熨帖、滋润肺腑、温暖身心。

枣沫糊

食物的滋味，既有浓烈热灼与清雅沁凉，也有铁马秋风与和煦丽日，更有柔情暖意与委婉细腻，传导的则是至纯至真的关切与爱惜。

说起枣沫糊，思绪总会被牵入曾经的场景，眼前幻化出外婆、奶奶慈祥的面容，鼻子嗅到一缕香甜的气息，口中浮泛起一汪温暖的津液，喉头也连带着有了丝滑的蠕动。那个场景，像从一个著名的电视广告里看到过的那样，一个满眼笑意的阿妈，给一个孩童的碗里加了一勺芝麻糊，再用手指为孩子刮去嘴角的汁液……

待猛然间一激灵清醒过来，才想起，那枣沫糊该是北方孩童幼年的记忆，再定位准确些，分明就是陕西关中一带的充满爱意与柔情的美味。

也是，单就"沫糊"一词而言，目前了解到的，只有关中一带的人这么叫，说广泛了，就是面糊糊，但关中人愿意称之为"沫糊"。

至于枣，虽然从西北到华北、中原都有枣树，但陕西似乎更早种植枣树，可信种植历史已越 3000 年。陕北佳县的古枣园是世界上保存最完好、面积最大的千年枣树园，现存活各龄古枣树 1100 余株。"大红枣儿甜又香，送给咱亲人尝一尝"，陕北红枣曾经是中国革命的有力补给。历经沧桑,陕西的红枣久盛不衰,现如今种植面积更大,品种更加丰富。这么多又这么好的红枣,给了陕西人食枣的深厚底气,而悠久的饮食文明史,也让陕西人把红枣吃得丰富多彩。

要说红枣,它真是个好东西,从医学上说,味甘性温、归脾胃经,补中益气、养血安神,老少皆宜、天然保健。其中,佳县大枣很早就入了同仁堂药典,所谓"佳州油枣入药可医百病"。药食同源,又药又食,从滋味、口感上说,红枣从生脆到干结,从生到熟,都是人们非常喜爱的食物。陕西著名小吃里,有许多主打红枣的,比如耳熟能详的甑糕等。

前面说了沫糊和枣,为叙说枣沫糊分解了一番,这下合并起来,看一看枣和沫糊融合后成就的那个香香甜甜的好滋味。

取干结后的陕西红枣若干,上笼屉蒸透,而后取出,置于盆中。此时,分解红枣的时候到了。这蒸透的红枣已然圆胀松软,于是便可以用趁手的工具捣,把整个红枣和核分离开来,待到一定程度,加些许水再捣,直至变成泥状。之后,把这泥状的枣盛入眼孔极细的笊篱中,连挤带压,把细腻的枣泥滤出,把粗粝的枣皮以及顽固的枣核留下,如是者几,便得到纯粹的枣泥。枣泥加适量水,稀释成糊状,便成为熬制枣沫糊的枣糊了。

再取秦地产的上等面粉若干,加水和成糊状,之后架锅烧水,待咕嘟冒泡时,倾入枣糊、面糊,轻柔均匀地搅拌,让二者充分融合。掌握好火候,不久,一锅暗红的、甜甜蜜蜜的、散发枣香面香的枣沫糊即成。

尝一口，哦，这就是枣沫糊——入口绵润，那是已经碾碎之后的两种植物最细密的状态了，几乎没有任何颗粒感的面粉与枣泥，此时充分融合，共同体示出细腻与温婉；入得口来，不用咀嚼，满腔充盈的是甜甜蜜蜜，那是充分散逸的枣子的甘甜，但并不齁腻，拜面糊所赐，已然中和了许多，此刻适中适宜；待咽下的那一刻，用一个用烂了的词语，那就是"丝滑"。先是暖暖的，后是润润的，之后便是一种舒适、熨帖。

一碗枣沫糊下肚，得到的是精神与身体的双重享受。如此一种食物，便是爱意的传递、爱心的表露，是爱的沐浴了。

此种食物，在关中由来已久，很早就在当地百姓家中的锅里咕嘟着，它的香味在食肆里飘散着，它的美好已经渗入了关中人的生命里。记得一位老者曾念及他幼时尝到的几种美食，味道浓烈的要数炒凉粉、辣子蒜羊血,油香的是那泡馍、夹馍,而温暖甜蜜又滋养的,就是那一碗枣沫糊。

现如今,食肆里以枣沫糊为主打产品的却不多见。曾经与一位年长的餐饮从业者论起,他说主要是费时费力又卖不上价,说到底,不就是一锅稀饭吗?能卖几个钱?所以经营的就少了。不无道理,经营逐利,天经地义,不能苛求。比如西安回坊人家的萝卜泡馍,极其美味营养,但很少公开售卖,只有熟客登门,才能享用到。店家的理由如上,说到底是没有肉,所以卖不出好价钱。但实际上,食物的价格,肯定不全是以食材贵贱定的,那费时费力又费心的食物,一样可以有更大的溢价空间。就如枣沫糊,看似做法简单,实则在食材选取、前期加工制出枣泥、后期熬煮的火候掌控等环节上,很费时费力,又较难把控。单说熬煮的火候把控,稍不留心就会煳锅,那可就是焦苦了。

当然希望食肆里售卖枣沫糊,可以让人们便捷地品尝,也能积极地推广。但如果有心,自己可以在家里尝试一下,其实少量加工也简便,是很容易出精品的。所以,有机会尝试一下,一样可以感受那份温婉甜蜜。如果怕孩子吃枣误吞枣核,怕枣皮不好消化,怕单纯吃枣甜腻,就可以做一碗枣沫糊,那可是一举几得的好饭呢。

冬日萧瑟,天阴欲雪,愿一碗热乎香甜的枣沫糊,让你心头荡漾起浓浓的温暖与爱意。

蛋菜夹馍里的用心与智慧

最是人间家常味,抚慰凡夫心肠肺。食物的制作,根本与初心在于播撒爱意、润泽人心,据此用情着意,方可烹得小鲜成大道。

西安的夹馍家族里,有一款饱受年轻人喜爱的蛋菜夹馍,经口口相传,声名鹊起,央视和地方电视台对店家做了专访,再加之网络传播,如今名气大得很。

说它是备受年轻人喜爱的,有一个明证:朋友的女儿在澳大利亚留学几载未归,待到要归来时,在电话里央求父母接她时就带上蛋菜夹馍。据朋友说,女儿刚坐上车就大快朵颐,实在是馋这一口了。原本售卖蛋菜夹馍的是西安回坊的个别店铺,生意大火之后,榜样的力量带动追随者,如今有几十家店都专卖或兼卖蛋菜夹馍,生意也还都不错。至于那家曾经被电视台采访过的店家,之后在招牌上就醒目地标注"央视专访推荐"的字样,据说生意最红火时,一天能卖三四千个夹馍。

细细看了一下,这蛋菜夹馍的组合里,馍是现打的坨坨馍,里面夹有煎鸡蛋、鸭蛋黄、玫瑰咸菜、油炸花生米,还会有各家秘制的酱料。如此说来,这蛋菜夹馍的全称应该是"煎鸡蛋鸭蛋黄咸菜夹馍",简称为"蛋菜夹馍"。

这是一款十分贴心的小吃，家常的意味很浓，里面的内容都是日常经常吃到的，且都是一些比较香爨、开胃之物。这些蛋啊菜啊，一般上不了大席面，却是家里面奶奶给孙辈、妈妈给子女准备的可口的家常饭，而这些好东西再组合起来，就更能体现浓浓的亲情爱意了。可能这鸡蛋鸭蛋加咸菜的组合，原本是为了让挑剔口味的孩子好好吃饭，不承想一下子成了一种新的美味，孩子们和其他的家人也都时常要吃，于是这家长灵机一动，觉得这东西是不是可以当作商品卖？于是，市面上也就有了这一款家常美味。

把里面夹的内容抖出来，一个个琐碎地念叨一下：

煎鸡蛋，是鸡蛋烹饪中的一个经典，东西方的人都愿意用这种简单的方法做出美味鸡蛋。这种用热油煎制的鸡蛋，油香蛋嫩，

油脂与蛋白质火热接触后,衍生出营养与口味都不错的美味。只是西方人更愿意把鸡蛋煎得嫩一些,东方人愿意把鸡蛋煎得浑圆得像荷包,这是体质与食性使然。煎鸡蛋更多出现在早餐之中,在有限的时间里,油炸油煎总是能提高效率。而在陕西,煎鸡蛋出锅后,更多的时候会再与碳水结合,被夹在烧饼或馒头里,煎鸡蛋夹馍本身就是一款经典小吃。

鸭蛋黄,是腌制的鸭蛋里面的精华,这油香油香的鸭蛋的核心,是食用咸鸭蛋时最大的享受,咬一口冒油,那股自带的油香很是迷人。许多人吃鸭蛋就是冲着鸭蛋黄来的,一些过分的人甚至会把鸭蛋白扔掉,这太不该、太浪费了。但有没有可能把鸭蛋黄和蛋白分离开来,只吃鸭蛋黄?原本这可能也是撒娇的孩子的央求,慈爱的母亲满足了孩子,也许自己把鸭蛋白吃了,只把油香的鸭蛋黄给孩子,孩子自然是眉开眼笑。于是,在食肆销售时,就剥去了鸭蛋白,直接把鸭蛋黄夹进了馍中。

玫瑰咸菜,是咸菜里很用心的一种。在腌制芥菜,也就是大头菜时,为了中和纯咸的口味,里面加入了糖和玫瑰精,从而使得这款咸菜在咸之外,多了较为温馨温润的口感。食用咸菜本是中国人传统的养生之道,这种看似简单的小菜,实际上就是为了帮助肠胃消化吸收而创制的,并非为了保存。只是后来许多对西方饮食之道盲目崇拜的人,诟病咸菜的盐分超标,甚至拿出化学元素来说事,实际上大多中国人都喜欢吃咸菜,这一是习惯,二也是好口福。陕西人尤其喜欢玫瑰咸菜,一直有许多厂家、作坊产品的上佳,极受欢迎。而用咸菜入菜在陕菜中就有经典,比如蒲城的八宝辣子中咸菜就是主角。当然,喜欢吃馍的陕西人最简单的夹馍形态,其实就是咸菜夹馍。简单,有时就是纯粹和经典。在蛋菜夹馍中,玫瑰咸菜其实可以算作核心内容呢。

当然要再说说油炸花生米。这款老少皆喜的油香之物,本就是油料,再经油炸,油上添油,更是香馥异常。原本油炸花生米是下酒菜,但被夹进馍中,与馍同时咀嚼,那是别有一番风味,于是它也被囊入蛋菜夹馍之中。

有了鸡蛋、鸭蛋黄、咸菜加花生米,这馍里面夹的内容够丰盛了,但是,还必须再整合一下,用一款酱料垫底是最好的选择。于是,精于厨艺的奶奶、妈妈们,把自家平日里炒制的豆酱拿出来,在馍的内里抹上一层,这鸡蛋、鸭蛋、咸菜花生米什么的,就又在各自的滋味之外多了一种酱香,味道真是太好了。

于是,蛋菜夹馍诞生了。

当然不能漏了夹馍的馍,这馍须得是刚刚出炉的坨坨馍。别小瞧了这坨坨馍,必须用上好的小麦面,严格掌握好烫面发面的时间,之后打馍时再掌控好火候,方能得到麦香四溢、外焦里嫩,既有嚼头又有回味的好馍。好的坨坨馍,一定得亲口吃过才知高下。西安回民街里有几处排长队的,竟然都是买这种馍的,这家的就是好吃,别家的一比就分出高低了。

煎鸡蛋,咱煎到位,要有焦香的感觉,里面的蛋黄可不能溏心,这是铁律;鸭蛋黄,当然是自家腌制的最放心,如果生意好了,那就精心找一家专业的供应商,一点都不能马虎;至于玫瑰咸菜,陕西人吃一口就知道正宗不正宗,千万不能马虎,这咸菜要没有

淡淡的玫瑰香味，要是不脆生，那就不能用；至于炸花生米，更是考验制作经验，一定不能夹生、不能焦煳。这些都齐备了，还有自家秘制的酱料，这可是多年智慧经验的结晶，秘不外传，是看家和挣钱的法宝呢。

于是乎，待食客上门，便探身取出热腾腾的坨坨馍，麻利地用小刀剖开，之后先抹酱料，再夹入那些一应之物，手脚麻利点，没看见那顾客已经馋得流口水了吗？呵呵。

拿到手中的蛋菜夹馍，咬一口的感觉是奇妙的，最先蹿入鼻腔的实际上是坨坨馍的麦香，之后沾染唇齿的也是它的香甜。再细细咀嚼，那焦香的煎鸡蛋、油香的鸭蛋黄、酥香的花生米、鲜香的玫瑰咸菜，既是一层层的不同口感，又是叠加的丰满的综合美味！哦哟，这分明是一顿小型的盛宴嘛，哪里是一个夹馍的意味所能涵盖的？

这一款从家里面走进食肆的小吃，其实推出没有多少年头，也就是十年左右吧，但已经深入人心，俘获了许多人的胃，当然，也香润了不知多少人的心田。

小吃不小，它其实只是呈现出来的形态小，内里装填的乾坤可是广大而深厚呢。这款蛋菜夹馍，就是一个鲜明的写照。

吴起风干羊肉剁荞面

吴起,本是人名,战国时期名将。1819年,清朝在靖边县设立吴起镇,相传因吴起曾在此驻兵戍边,为纪念他而命名此地为吴起。1935年10月19日,中央红军与陕北红军在此会师,长征结束。1942年,设立吴起县,后改名吴旗县。2005年10月19日,又更名为吴起县。吴起县人不多,地很广,人口密度只有每平方公里30来人,人均占有土地面积近50亩。这样的情景,可以想见当地耕地面积虽然不大,但发展林牧业的条件得天独厚,于是,这里过去大量放养羊,如今舍饲养羊的规模也不小。羊多,品质也好,所以羊肉就多而好,人们也就很会吃羊肉。

吃羊肉,常见的方式是现宰现吃,但还有一种别具风味的吃法,那就是风干羊肉。新鲜羊肉吃不完的,或者是为了贮存,或者是为了寻求另一种滋味,于是把新鲜羊肉自然风干,之后的一段日子里,随时炖煮享用。较之新鲜羊肉,风干羊肉自有它独特的风味,经过秋冬的阴干,肉中的水分散逸,留下的都是精华。之后再与水结合,便获得另一种极佳的口感,更加有韧劲,更加干香。做风干羊肉的优势,一是羊肉资源充足,二是地域辽阔,便于风干。这些条件吴起都具备,这里本就海拔较高,黄土高原的风,在时间的流淌里,成就了吴起上佳的风干羊肉。

荞面,当然是荞麦粉身碎骨后的状态。这里广种荞麦,荞面成为日常口粮与风味小吃主料也就是自然而然的事了。荞麦本身的营养价值与食疗作用早有定论,所以直到粮食相对充裕的今日,依然是许多人的心头好和嘴中香。陕西的北部,包括陕北和"渭北黑腰带"区域,广种荞麦,并且都把荞麦吃出了花儿——荞麦花很清丽淡雅,陕西民间有谚语"荞麦地里刺荆花,人家不夸自己夸",意思大约是原本更有价值的荞麦静静地以素颜示人,而杂草却要显摆。

荞面较为粗粝,黏合度不强,所以与小麦面相比,它所能成就的面食,一定是从自身资质出发,制作方法不像小麦面那样恣意。其中最多的是压饸饹,就是把相对松散的面团挤压使其紧致成形。吴起人当然也这样做,但饸饹与面条还是有很大区别的,毕竟面条的口感更好,吃起来似乎更上档次,所以这里的人们很多时候是用荞面擀面条的。

荞面擀面条,也许现在会掺一点白面,以前可供掺和的白面肯定不多。那么相对纯粹的荞面面条,在擀制和切的时候,就有了它的局限性:一是不可能擀得太薄,毕竟是粗粮,为了之后经水煮不糊塌,所以必须擀到一定程度,也就是面片比常规的面条要厚很多。注意,这可不是口感的追求,几乎纯粹就是出于"安全"的考虑。所以,剁荞面的面片,本身是比较厚的。

二是切制的方法必须独特。面擀出来,怎么变成条?一般的办法就是切——面片叠垒,一手摁住,一手执刀下压,一丝一缕即成；另一种是剺，这是陕西人做面的独特方法，也就是整张面片摊开，用擀面杖压着，切面刀顺着擀面杖，由近及远划过去，是为剺。陕西有一种风味面条，直接就叫刀剺面，这几年很有名气。这基本上就是把面片变成面条的手法，或切或剺。

但荞面脆弱，经不起叠垒，三折两窝的，可能就影响质感了，所以不大适合切，也不适合剺。怎么办？难为这里的人们想到一个办法——剁。一般把稍微用力地用刀分割东西，称为剁。既然不能切，也不能剺，那咱就剁吧——

剁荞面可不是剁肉剁骨头，咱得细发点，得保证剁出来的面条均匀，还得便于操作。于是这里的人们发明创制了剁荞面的专用刀——二尺来长、巴掌宽窄的横刀，两头各有手柄。这是剁荞面最佳的工具了。工欲善其事，必先利其器，有了这把刀，再看看剁荞面的美妙画面——干净利索的主妇，擀好面片后，爽利地双手执起那把刀，人在案板边稳当地站定，之后稍微躬下身，从面片的远端开始剁面。眼睛就是尺子，千下就是规矩，掌握好宽窄与平直，一条一条的面条被剁下，再顺势前推，这面条就脱离了面片。如此反复，倏忽间，案板上那一大片面片便变成了面条。

剁荞面的画面感太强了——两手紧握横刀，手起刀落，刀刃剁下面条和撞击案板的声音敦厚、连贯，当当当，如有音符相佐，节奏连贯分明，十分悦耳动听。再看那主妇，满脸雅静持正，双手坚定而灵巧，前倾的身腰随着节奏俯仰，而那站立着的双腿，踮脚踩踏、膝腿屈伸，从侧面望去，感觉在轻巧柔曼起舞，而伴奏乐曲就是那当当当的撞击声。这时候的女人，即便是姿色平平，也一定是无比动人的,那是劳作的欢畅,更是爱意的流淌……

荞面剁好了,下锅,三番两滚、点水搅拌,不大工夫,这剁荞面便会被盛在蓝花瓷碗中,端上炕头的饭桌,那里是饥肠辘辘、期盼已久的老人、娃娃,当然,还有那最"受苦"的当家人。

哦,那风干羊肉,更早的时候,已经炖煮得香味四散了。关于炖羊肉,陕北西北部的人们最精于此道,那么好的羊肉,那么好的地椒草,在耐心的煎熬下,已然肉烂汤香了。

那就结合吧!你可以把羊肉连肉带汤舀一大勺浇在剁荞面上,拌两下就喝汤、吃肉、吃面,三个动作顺序大致如此,都是舌尖上的盛宴。你也可以舀一大碗羊肉羊汤,之后把面条夹进来,然后也是上面的程序,这样的吃法更奢侈些,当然也更舒展些。但不管怎样吃,都是羊肉与荞面的结合,是脂肪与碳水的融合,是美味的叠加,是自然的馈赠,是人们辛苦劳动的成果……

这一碗风干羊肉剁荞面,真真切切地有了八十多年前的红色记忆。初到此地的革命先辈们,尝到这一碗美味,味蕾肺腑为之熨帖,而心

头荡起的,是对这一方热土的热爱与赞许。于是,这一碗面也有了"长征第一面"的莫大荣耀。

吴起在过去是个苦焦之地,曾经经济落后、人民生活清贫。可如今已是换了人间,社会不断发展,加之石油能源开发输出,这里已然变作富庶之地。但吴起风干羊肉剁荞面还是这里的美味,只是已经由昔日的打牙祭,变作今日随时可以大快朵颐的特色美味,更是款待宾朋的必然选择。

人间风云变幻,美味飘香千年。这一碗好滋味,滋味还是那么好,而人们的生活也更加有滋有味……

陕北的摊黄

陕北有一种黄灿灿的饼子,谓之"摊黄"。之所以如此命名,可能源自两点:一是这种饼子是摊出来的,二是这饼子颜色金黄。啰唆一句,所谓摊,是中国饮食的一种制作手法的专用称谓。这种制作手法,是把原本糊状的食材均匀地散布开来,并用工具使其成圆形。这就与烙有了区别,烙的食材一般是凝固状的。

这摊黄用的食材是玉米面或小米面(黄米面),无论是哪一种,原本的谷物颜色就是金黄的,制成糊状依然如此,成品更是黄灿灿的。关于这个黄色,也有说是陕北人区别粗细粮的一种形象的表述,小麦面、大米是白色的,一般倒不称"白",但其余的杂粮,玉米、小米乃至糜子,都是黄色的,于是把用这些杂粮做成的馍馍、发糕等称为"黄儿"。到了摊黄这里,加了一个区别的动作——摊,再省略掉"黄"后面的儿化音,于是定名为摊黄。当然,也有叫作摊馍馍等,但主要的名称还是摊黄。

制作摊黄用的是鏊子。关于鏊子,陈忠实老师的经典著作《白鹿原》里有入木三分的描绘——"白鹿原成了鏊子了",借以喻指斗争双方反复缠斗。鏊子在中餐的锅具里的地位和作用都很独特,专用来烙、摊、煎等。其正宗的或原本的材质是铸铁,且一般锅底和锅壁都较厚。鏊子,是铁锅的一种,它是国人烹饪食物的传统厨具,一般不会氧化。有人认为用铁锅烹饪是最直接的补铁方法,用铁锅加热食物的过程中,微量的铁会溶解在食物内,为人们补充铁元素,起到了防止缺铁性贫血的作用。这个有待考证。

摊黄用的鏊子,实际上还是鏊子里的袖珍版,它不像一般的鏊子可以一次性烙摊许多食物,它是单饼单锅,每次只能成就一个摊黄,这就让摊黄有了固定的形状。这鏊子锅底隆起,而周边有较高的圈沿,这样有利于摊黄成形。当然,少不了的是它厚厚的锅盖,厚墩墩的帽子形状,手柄也较长,足够一手把握。

食材有了,锅具有了,开始"摊""黄"吧!

玉米面、小米面,早先就是这两样,有单独纯粹的,也有两掺的。无论是单独还是两掺,最最关键的一步其实都是发面。先用热水烫一半面,用温水和一半面,之后将二者揉到一起。这样做是因为面粉有遇水后饧发的特性,或是烫面,或是起面,或是死面,都是由面粉的特性和将要制作的食物的品类决定的。前面说的面糅合之后开始饧发,这一步的时间掌握至关重要,时间太长必然发酸,太短则口感生硬不够柔软。有经验的厨者一定会勤谨地关注饧面的过程,根据季节、温度、分量的多寡等,随时关注,见好即收。饧发好的面,加入清水,进而将凝固状的面团搅拌成糊状,这糊的稠度,以舀起来倒下去不断线的状态为最佳,这是长久的经验。

那边的鏊子已经预热了,揭开盖,用刷子在锅底刷薄油,防止粘锅。之后从盆中舀出一勺面糊,从锅底隆起的最高端,也就是鏊子底的中间部位匀速注入,此时面糊往周边流去,再被鏊子的高沿阻挡,这一流一挡之间,一张圆形的饼成形了。这时候盖上那厚厚的鏊子盖,把火调好,约莫两分钟工夫,一张厚墩墩、黄灿灿、软乎乎的摊黄即可出锅。

出锅的摊黄,会先被一个个单独摆开,此时不可沓叠,不然原本干结松软的摊黄会"回润",进而变得黏糯,那口感就差了。只待放置一段时间之后,摊黄的表面不再烫手了,便可重新整理。这时候的整理也不是将它们一个个叠摞起来,而是先一个个对折,好似把圆饼变成饺子或合子状,呈现出漂亮的月牙形,之后就可以随意地叠放或摆放了。当然,这折叠起来的摊黄,也就有了"荷叶饼"的意思,之后可以单独吃,也可以夹着菜吃,甚是方便。

想知道摊黄的滋味吗?好,那就趁着不太烫手之后赶紧尝尝吧。你一定会先嗅到纯粹的玉米面或小米面的清香,那是不添加任何非自然元素的纯纯的谷物香气,这清香瞬间传给你的,是大地的慷慨的赠予,是太阳光合的成就,是质朴而又幸福的感觉。于是你一定会迫不及待地咬一口,哦哟,软糯而不粘牙的咀嚼感、清香里带着的一丝清甜,让人惊艳。随着咀嚼吞咽,你感觉吃下去的分明是秋日无边的绿色和温暖呢。

这样的摊黄,自家可以做,但是去街上的摊点食肆购买更方便,无论是哪种方式,人们都一定会多多地囤一些。锅边的"锅气"没了之后,再上锅蒸馏一番,或是在现代化的烘烤工具里再走一遭,那摊黄原本的滋味一定又会回来。有了这样的存储和再加工的便捷,这摊黄早已是馈赠亲朋的伴手礼。

这样的摊黄，说起来就是对玉米、小米的稍微精细的加工，工序看似不烦琐，过程也不繁复，但成就的滋味是独一无二的。

不是吗？那我们来看看，就说这玉米。玉米的吃法有多种，整个颗粒的就可以吃，稍加粉碎可以熬粥，当然也可以粉碎成玉米面。但玉米面纤维较粗，颗粒的黏结度不够，所以蒸馒头很费事也不大好做，勉强蒸出来的也不太受欢迎。于是中国人给予了玉米面各种变样的吃法，比如贴饼子、蒸发糕等。而陕北的摊黄，则是巧妙地利用了玉米面的特性,经过发酵,又再度糊化,借用厚墩墩的生铁鏊子,让它变成比馒头松软、比贴饼子更适口的软硬适度的固化食物,实在是智慧的结晶。

至于小米或者黄米、糜子乃至荞麦等杂粮的制作,其实也是上述道理,人们不想光单调地做粥,于是巧妙地加工出各种固化食物,既改善了口味,也储备了干粮,一举两得。

至于陕北这地方为什么会特有这种做法,可能与军旅、战争乃至气候有关。这地方过去战乱频发,且天气清冷,于是这种简便而热乎的食物应运而生。当然,陕北这地方盛产杂粮,把杂粮加工出各色花样,应该是长期实践的结果。

其实,包括摊黄在内的许多粗粮细作、杂粮变花样的做法,都是清苦岁月里人们与饥饿的抗争,都是为了果腹并提升幸福感的尝试。只是到了如今的幸福岁月,这种杂粮,这种绿色食物,符合人们对健康养生的追求,以及人们想吃得更加丰富的愿望,一下子又成了团宠,这其实是大好事。

了解一下摊黄的名称、由来与滋味,我们可以吃得更好。于是,再遇上摊黄,你一定会高兴地吃两个,或是带许多回家去,把这金黄灿烂引入你的生活,生活一定会更加丰富多彩、香甜润人。

陕北的摊黄,柔嫩柔和,柔情柔意,快去尝尝。

陕西的大肉泡馍

在陕西的泡馍家族里，大肉泡馍应该是一个比较重要的存在，但总觉得它被误解或忽略了，于是想为大肉泡馍说几句。

所谓"大肉"，是陕西人对猪肉的雅称，应该是为了避讳"猪"字。也有人认为猪肉是最好吃的肉，故谓之"大肉"。前一阵和一位资深总厨交谈，他还有个观点，说猪肉是不是因为是大众肉而被称为"大肉"？也有道理。陕西泡馍的众多种类里，带肉的有牛、羊、猪等。在现今的食肆里，羊、牛居多，甚至占了绝大多数。但大肉泡馍，仍然顽强地存在着，而且牢牢地抓住了一众土著的心。

说大肉泡馍抓住了土著的心，是说在大肉泡馍馆子里，食客基本都是本地人，而且以在西安生活时间比较长的老西安人为主。这是为什么呢？原因可能有两个：一是大肉泡馍是个资格比较老的美食，已经被"老西安"所喜爱、接纳；二是大肉泡馍后来有式微之势，店家不多，了解的人不多，故而只有一些有老情怀的人了解并喜欢。

其实，还是像前面说的，大肉泡馍被误解、被忽略了，实在太可惜。

来说说大肉吧。"黄州好猪肉，价贱如泥土。贵者不肯吃，贫者不解煮……"东坡先生为猪肉的美味不被富人看中，又不被穷人懂得如何煮而感慨。猪，又名豕、豚，因饲养简单，又具有筋少、肉多的特点，为日常食用最多的一种肉。但又有说辞："猪，所用最多，唯肉不宜多食……"猪肉一方面作为使用最多的肉，另一方面又被认为不可多吃，这就让一般人左右为难，不吃忍不住，吃了又忌讳。如此一来，猪肉在很多时候是受争议最多的。

但是，在现实生活中，人们还是大量食用猪肉，而且大多数时候还将所谓的忠告抛诸脑后。在人们经常把"养生"挂在嘴边的情况下，这是为什么呢？可能还是因为一个字：香。什么是"香"呢？大约是食物味道好、吃东西胃口好等。而猪肉让人们感觉香，可能表现得更突出一些，许多有经验的厨者，在烹饪许多菜肴的时候，喜欢放大油或肥肉作为增香的重要手段，更是对猪肉香的进一步阐释。

有点扯远了，回到大肉泡馍上来。大肉泡馍，在陕西更多地被叫作三鲜煮馍、红肉煮馍以及码子煮馍等。这种泡馍，与其他泡馍一样，也是精心准备一锅汤、一锅肉，之后再与坨坨馍进行有机组合。从这个概念上说，似乎没有什么特别的。

但为什么大肉泡馍的推广范围不大呢？

第一，可能还是对大肉的认识不足。接着前面的话讲，既然猪肉很香，在别的菜肴中广受欢迎，那为什么进入泡馍界就有了局限呢？究其原因，可能就是那一份肥腻。在许多人看来，猪肉虽香，但比较油腻，如果做成菜肴，甚至是肉夹馍之类，可能还不是太油腻,而一旦与泡馍挂钩,那一锅油汪汪的汤可能就让人难以消受。于是,许多人可以大快朵颐肉夹馍、红烧肉,但怯惧于大肉泡馍。这一点,其实还是归结于对猪肉的理解,甚至是一些误解与曲解。

曾经,"羊肉膻气牛肉顽,想吃猪肉没有钱",那时候猪肉供应紧张的原因,一个是人们想吃肉,另一个是人们想拿猪肉炼油,所以对猪肉的需求量很大。但后来不知什么时候,忽然说大肉大油容易导致"三高"等,于是许多人对猪肉,特别是对肥肉谈之色变、退避三舍。其实已经有许多研究表明,猪肉油脂对人体有益的成分更多。但舆论一旦形成,消弭起来就需要一定时间,给猪肉"平反"需要较长过程。

说到大肉的油腻,那是一定的。油腻本身就是个"度"的问题,适度的油腻实际上既能提升口感,也有利于健康,此言不谬。而为了化解大肉的油腻,大肉泡馍的制作也是想尽了办法、做足了功课。陕西饮食文化博大精深,本地就有许多好办法,所以说,做得地道的、遵循传统的大肉泡馍,已经在减轻油腻方面做得相当好了。

第二,是对于大肉泡馍的做法了解不多。一般人认为,泡馍嘛,那不就是一锅汤几片肉的事情,大肉泡馍应该也如此。但实际上,大肉泡馍,或者三鲜煮馍、红肉煮馍、码子煮馍等,是在一般概念的泡馍基础上,又有许多提升和丰富。一般的大肉泡馍,或者说它的基础版,那就是掰好的馍块,被滚烫的肉汤"䬤"过之后,再加入烧肉、响皮、丸子这样的配料,最后调味。这也就是俗称的"三鲜"。

但讲究的大肉泡馍，一定是在此基础上再加入菜肴，进一步丰富内容、提升口感的。就一般的大肉泡馍店来说，常见的配菜还有莲菜炒肉片、辣子鸡丁、宫保鸡丁、红烧大肠之类。这些配菜有一个形象的名字，叫作"猴戴帽"，也就是另外炒制之后，盖在泡馍顶端，好似给泡馍戴上帽子一般。如此来，既可以如一般的方式吃泡馍，又可以同时吃到许多炒菜，说起来是双重的享受。而且这些所谓的配菜，吃起来不但没有任何的违和感，反而会有更上一层楼的感觉。

从这个意义上了解大肉泡馍，会对其多一层新的认识。这种吃法，其实并不是近年来富足以后才有，而是从前就有的。陕西人从做大肉泡馍开始，就着意于把这碗泡馍做得丰富多彩、口感丰美。绝不是一碗大肉汤、几片大肉片再加一个坨坨馍那样简陋。只是曾经有一度，人们生活清苦的时候，有过这样的凑合而已。但就是这样的凑合层面的，也是十分美味的，这美味缘于那锅汤。那锅泛着乳白颜色的汤，一定是高度拿捏火候、把控时间之下，将上好的肥瘦相间的大肉、大骨头、老母鸡一起熬煮。这个熬汤是说起来简单做起来复杂的活,前提是念头要正、用料要鲜、清洗要净,哪一个环节都不能马虎。不然,必然像种庄稼一样"人哄地一时,地哄人一季",哪怕你只是没把调料洗干净,那锅汤也不会给你好脸色。汤不给厨者好脸色,顾客也就不会给店家好脸色,这是公道。

这锅汤,是大肉泡馍的灵魂。有了这一锅拿捏精准的汤,之后

的食用体验就基本到位了。当然，后期肉的处理、菜肴的炒制等，也是一个环节都不能马虎。就是那用来泡馍的坨坨馍，也最好是自家打的，这样才放心。九成起面一成死面的坨坨馍，是大肉泡馍的最佳伴侣。汤好肉好馍好菜好，这一碗大肉泡馍才会有了底气。

说起来还有一个细节，这也应该是多少代人实践摸索总结的结晶，那就是大肉泡馍汤里面的韭黄味。韭黄有韭菜的鲜香，但去除了韭菜的浓烈，有个性，但温润，这才让一碗大肉泡馍不是一味地浓烈。有了韭黄的加持，一碗鲜香而不刺激的泡馍，滋味就显得温婉细腻、醇香饱满，让你能在这碗泡馍中吃出豪迈，也能吃出细腻。

人啊，很多时候人云亦云，很多时候随大流，这很正常。但是，总要有一些自己的见识和见解，这就需要经常去尝试一些自己不了解的东西，这样的书斋加田野的认知才是最科学的。就如这大肉泡馍，如果没吃过，如果只是望文生义，如果只是空生忌惮，那就不合适。这种认识上的偏差，对自己来说，可能会少一种美好体验，对一件事物、对一种食物，也是一种不公平。

大肉泡馍，老西安基本都喜欢的一种泡馍。如果你有机会看到"大肉泡馍""三鲜煮馍""红肉煮馍""码子煮馍"等招牌，不妨进去尝一尝。一般情况下，尝一次就会有第二次，许多人会成为其忠实的拥趸。

西安稠酒与陕北米酒

西安稠酒与陕北米酒都是陕西饮品中的佼佼者,都很有内涵,很有历史,也很有名气。

之所以要把这两者放在一起说,缘于前一段时间看到省外某个专家的保健讲座视频,其中提到"陕西的稠酒",但说的却是陕北的米酒。如果把陕北的米酒称作"稠酒",也不是不可以,这种浑浊黏稠的酒,本就有一个别称,叫作稠酒。但是,如果只把这种陕北的米酒称作"陕西省的稠酒",则有些"以偏概全"了,原因是陕西还有另一种一直用"稠酒"作为第一称呼的酒,那就是西安一带的"稠酒"。为了厘清概念、矫正视听,我想把"西安稠酒"和"陕北米酒"放到一起细说一下,让这两种好东西各正其名、各得其所,也让饮者能寻味循名而饮。

西安稠酒,历史悠久、名头很响。有文献记载的酿造史,肯定在唐朝以前,而在大唐尤为兴盛。当年的"贵妃醉酒""李白斗酒诗百篇"等,就是饮的这种酒。这种酒用糯米酿制,酒精度也就15度左右,如果饮到迷醉的状态,应该是喝了不少。不过这种酒确实质地细腻、入口绵润、口感香甜,但凡饮者,忍不住就会多喝。刚喝下去感觉很温柔,但越是低度酒越是后劲大,等酒劲散发的时候,饮者往往还不自知,之后便无法自控了。不过话说回来,这种诱惑力很强、表面又很具有"欺骗性"的酒,真的喝多了问题也不太大,断不会有后世的高度蒸馏酒的劲头,所以贵妃还能唱出"海岛冰轮初转腾",李白还能"醉草吓蛮书"。当然,这种被郭沫若先生称道"不是酒,胜似酒"的酒,也是柔中带刚的,不然贵为皇妃的杨玉环也不会失态,诗仙李白也不会狂妄到让高力士脱靴的。

这种稠酒,在西安一直没有断档,应该一直在酿制、在被享用。现在有明确记载的是在民国时期,其中几个片段很有意思,比如有记载鲁迅当年暑期到西安讲学期间,饮用此酒后曾再索;著名革命家、书法家于右任先生亲笔为西安一家知名的稠酒作坊题匾;新中国成立后郭沫若、宋庆龄先生到西安视察期间对西安稠酒赞赏有加;一些到访西安的外国政要也对西安稠酒赞不绝口;等等。这些,都说明了这个酒的品质上乘。除了这些政要文人,有一位曾经广受喜爱的艺术家——在春晚上以多个小品带给人们欢乐的赵丽蓉奶奶,曾经在西安一次豪饮几碗,老人家非常欣喜有此好物。

西安民间饮用稠酒也很盛行,家庭朋友聚餐,善饮或不胜酒力的人对稠酒都能接受。西安稠酒到现在还是节日里馈赠亲友的名贵特产,许多人会把它当作礼物送给亲朋好友。所以,西安稠酒一直保持一定规模的生产,并且随着现代生产技术的提升,加之注重传统,稠酒的品质一直很稳定。

西安稠酒很多时候被称作"黄桂稠酒",那是在稠酒中加入了黄桂。

　　黄桂稠酒色泽白中微黄、质地细腻绵密、米香桂香相融、味道微甜甘爽,是一款文人雅士和贩夫走卒、豪爽汉子及矜持淑女都能接受的饮品。

　　陕北米酒,应该就是"滚滚的米酒捧给亲人喝,咿儿呀那么咿儿呀"那首脍炙人口的信天游里唱到的酒。陕北出产优质小米类谷物,其品种很多,可以

细分为多个类型，其中有一种叫"糜子"。糜子又分软糜子、硬糜子，软糜子酿酒，硬糜子做糕，是陕北人赋予这一植物的美好用途。

北宋范仲淹曾任陕西经略副使兼延州知州，这位"先天下之忧而忧"的政治家、文学家在此期间曾有词《渔家傲·秋思》："塞下秋来风景异，衡阳雁去无留意。四面边声连角起，千嶂里，长烟落日孤城闭。浊酒一杯家万里，燕然未勒归无计。羌管悠悠霜满地，人不寐，将军白发征夫泪。"其中的"浊酒"当是陕北米酒。

陕北米酒，也被当地人称作"甜酒""稠酒""浊酒""混酒"等。但主流叫法一直是"米酒"，也许是为了与已经约定俗成的"西安稠酒"区别。

陕北米酒，色泽是小米般的金黄，气味是小米的芳香，口味与稠酒有异曲同工之妙。但有别于西安稠酒的是，由于小米与大米质地及体积的不同，所以米酒的过滤不如稠酒彻底，这也就使得米酒的口感不是非常顺滑，但在这不顺滑中又似乎可以咀嚼到小米的糯香，也是乐事。

相对而言，陕北米酒在陕北的市场更广一些，但凡宴席欢聚，总能看到它的身影。一碗黄米米酒、一盘黄米糕，如果再能来一个硬糜子做的黄馍馍，则就是一餐黄小米的盛宴，黄土高坡的亲切质朴也会扑面而来。

把西安稠酒、陕北米酒给你简单聊叙一下，希望能让你更好地饮用。喝了这两碗酒，你也会吟出"一杯浊酒尽余欢"，感叹美好的滋味遍秦川！

当年邂逅米脂驴板肠

偶尔翻出过去写的文章,有一篇记叙陕北风情的,落款处记录了时间——1992年。整整30年过去了,还好记忆力尚可,还能依稀记得当时的情景。

那是去陕北公干之余,在米脂县城的无定河边散步,其时大约是春三月时分,河流几近干涸,只剩下中间一条水线,其余的河床都裸露了出来。这样的河岸、河流、河床本无甚景色可言,因为干旱少雨的陕北此时基本都是这番光景。但这里裸露的干河床此刻热闹异常——人们在河床上做起了买卖,这里俨然成为一个开阔的市场。

市场里零零散散地散布着服装、百货摊点,也无甚奇特。只是在偌大的河床的一隅,却集聚着一大群牲口,其中最多的是驴。远远地看着系着红头绳的牲畜,甚觉有趣。尤其是其中身材不高大,但看起来很有精神的毛驴,听到它们发出的叫声,一行人竟有人玩笑着要学,顿觉莞尔。

晚饭的桌上就有了驴肉。"这是不是白天在河床里看到的驴?"有人戏谑地问道。"不是,市场上买卖的驴都是干活的,咱这饭馆里用的是肉驴,不上市场,有专门的人干这事,或是专门养的,或是不再能使役的驴,有人收了给送来的。"哦,是这样。驴肉是红烧的,味道很不错。"天上龙肉,地下驴肉",看来这话不假。说实话,那时候的饮食还是比较单调的,能够吃到驴肉的机会不多,这也算吃了个新鲜。但接下来上的一盘菜,却让人先是惊诧,后是欢喜,再之后就一直忘不了了。

那是一盘肠子。那时候人们刚刚解决温饱问题,心思还在大鱼大肉上呢,现如今人们喜好的这些下水杂碎什么的,那时候觉得上不了席面。就说肠子这个东西,西安人吃的梆梆肉就是猪大肠,但那时候也是偶尔为之,卖得也不贵,有钱的更多地吃肉了,谁能想到这东西现如今卖出了高出猪肉三四倍的价钱。上的这盘肠子,不是猪大肠,那是什么呢?西安人吃猪大肠,陕北人好的可是这一口——驴肠子,叫"驴板肠"。

为什么叫个"驴板肠"?我们陕北人夸人的高级词叫"板正",说这个人"板正",就是长得周正排场、做事大气豪爽。把驴肠子叫个"驴板肠",也是夸赞呢。你可以理解为整个的、浑全的、上乘的,就是这么个意思。哦,能这样称呼,首先应该是喜爱吧。

上桌的驴板肠看起来暗红油润,被精心地切片装盘,整整齐齐地码放着,卖相不错。但对于这种从未尝试过的下水,我心里头还有一丝恐惧,处理干净了吗?吃着不腥吗?毕竟是第一次见,毕竟未吃先想象出驴的具象,所以下筷子很是犹豫,但碍于情面,怎么着也得动哦,不然太没礼貌了。一边的几个主人看到这道菜上来,表情变得兴奋甚至有些自豪起来,看来这道菜是今天的主角或是特色了。于是乎,我们一行人犹犹豫豫地伸出筷子,夹一小片慢慢尝试……很快,急速转换一般,我们的筷子频频伸向这道菜,似乎连起码的客套也没有了,哦,太好吃了!

那是一种筋韧又不皮顽的咀嚼感,咬起来质感很好,但丝毫不费牙,既让你有嚼头,又不会嚼不动;那是一种不腻不柴的口感,没有满口流油的肥腻,也没有一丝的下巴,唇齿传输给大脑神经的是一种恰到好处的愉悦;那是调和得恰到好处的味道,肉的荤香、调料咬合到位的馥香,把一段段肉肠包裹得既丰润又爽口。哦哟,这是个好东西哦。看到我们的吃相,主人们一下子放下心来,脸上也荡漾起更多的笑容来。

"这东西好啊,怎么做的?什么时候有的?以前怎么不知道你们这里还有这好东西？"

"好吃就好，真怕你们嫌弃吃不惯呢。也不是什么好东西，说白了，就是下水。过去咱们陕北穷，吃不起肉，穷人就捡人家不要的下水，这驴肠子就是，不管咋的，也算是口荤腥啊。"

"哦，那做起来很麻烦的，光是清洗就费事得很。"

"可不是！好在咱们那时候河里有的是水，就把这肠子翻过来，口扎紧，反反复复地洗上个十来遍，这才基本差不多。当然，后来有人弄点盐、弄点醋，再用个硬刷子刷，咋个也得把这弄干净不是？光是洗还不行，还得在锅里煮一阵，再把那煮肠子的水倒掉，这才真正放心。弄干净了，再烧水放调料煮，这才入了味。"

"是的是的，那重庆火锅可不就是这样来的？富人吃肉，穷人吃下水。不过这一来二去的，这穷人弄的东西倒成了好东西了。"

"是啊是啊，也算是无心插柳柳成荫，原本为填饱肚子，凑合着吃口肉的事，没承想倒发明出一种美味来。"

"对啊，也许这是天意，这些下水原本是好东西，只是有的人不大会做，所以就扔了。偏偏有不嫌弃的人捡回来当宝贝，这三拾掇俩摆弄的，倒成了好东西了，是不是上苍就这样分配食物的？"

"哦，有道理有道理。"

大家你一言我一语，倒像是一场饮食研讨会了。

"不过，其他地方应该也有驴，怎么没见他们做这个驴板肠呢？"

"哦，你算问对了，咱这地方驴好，佳米驴知道不？佳县、米脂一带的驴品种，可能是水草、土壤、气候的原因，咱这地方就出好驴。有了好驴，自然有好驴肉，也就连这肠子也好，板板正正的，成了咱的特产了。"

"听说老早就有人这样吃了。传说咱们老乡杜聿明那时候派飞机来运过这好东西呢。哦，说起杜聿明，那就还得说说咱们米脂的名人，貂蝉、李自成，美人英雄都有呢。李闯王当年估计吃过这好东西，吃了驴板肠，才把皇帝拉下马呢。当然，认真说起来，驴肉、驴肠都是入药的好东西，据说里面胶质多，肠属金，金生水，再加上咱米脂能出油的小米，貂蝉才出脱得'闭月羞花'呢。"

"有道理有道理，还真不是玩笑。"

这一顿饭吃下来，知道了这个驴板肠，还学到了不少知识，收获满满。之后，很长一段时间会想起这个好东西，再有机会上陕北的时候，一定要吃上一口。再后来，要吃到驴板肠就更容易了，陕北富了之后，大量的陕北人"下西安"来，也开了许多的陕北饭馆，里面就有这个驴板肠。

现如今，又知道并尝试了驴板肠的更多吃法：下酒、拌面、夹馍，不一而足，很是享受。今儿个翻到过去的文章，勾起了回忆，于是乎草就了这些文字。写着写着，嘴里似乎又浮泛起馋涎，哦，想那一口了。那还犹豫什么？赶明儿趸进陕北馆子，大喊一声："来一盘驴板肠！"

饮食文化融合的结晶——陕北羊肉面

在我过去的印象中,陕北人是不怎么吃面条的,原因很简单,那里的土地不适宜种植小麦。曾经听说,勉强种下去,能收回种子就不错了,天旱地瘠。据说陕北一个市的十几个县,在歉收的年份,夏粮总产量还抵不上关中的一个大镇子。好在天无绝人之路,上天关上了这扇门,又打开了秋粮那扇窗,陕北的各色杂粮、豆类很是丰盛,于是人们用多产的小米、黄米、糜子等创制了丰富的食物。再加上满坡遍原的羊为陕北人提供了更加丰美充足的食材,于是,陕北的小吃主打炖羊肉,其次是各色杂粮的干稀制品。

这猛一说起陕北羊肉面,似乎还有些突兀。其实不突兀。面条,同为北方人的陕北人,自然也是十分喜欢的。再加上陕北独有的上好的羊肉,于是在这里创制出面条的独特吃法——羊肉面,其实也是一种必然。再加上陕北地域遗存的游牧与农耕文化融合的痕迹,以及这里悠久灿烂的文化,所以,把羊肉面做得美味异常,也在情理之中。

陕北羊肉面,标准的配置是炖羊肉和揪面片。

炖羊肉这件事,陕北人是排在前列的。陕北不惟羊的品质好,陕北人炖羊肉的丰富经验、独特调料等,尤其让关中人相形见绌。

同样的羊肉,从陕北"捎下来",怎么也没有就地吃着新鲜,这是其一;其二是炖羊肉的地椒草、红葱等,是陕北特产,似乎也应了"一方水土养一方人"的话,这些炖羊肉的最佳配料,陕北到处有,关中却是无,缺东少西,自然炖不出那个味道来。

一般情况下,陕北人食用炖羊肉就是"恬吃",也就是并不拿它当菜,并不用刻意下饭,吃肉就是吃饭,吃饭就是吃肉,这种吃法最纯粹、最豪迈、最过瘾。曾经有陕北朋友当面揶揄我等,说,你们关中人吃个羊肉就那么几块,再喝一大碗汤灌饱肚子,哪里有俺们陕北人撒脱(方言,意为洒脱)!说这话的朋友娶了关中媳妇,每每跟随媳妇回娘家,几日里的伙食能让他嘴里淡出鸟儿,虽然他岳家日子过得很好,待他这个女婿也宽厚,但两地的食性不同,关中人精心准备的伙食,总让他觉得不过瘾,尤其在吃羊肉这件事上。

当然,陕北人也用炖羊肉拌和饸饹吃、拌和面条吃,那倒不是他们把吃羊肉的豪迈气质变得平民化了,而是即便吃面食,也离不开炖羊肉。就如这羊肉面,相信他们也是在吃面条的时候,觉得关中传统的臊子面、油泼面不过瘾,干脆把一碗炖羊肉拌进去,吃面的同时也不耽误吃肉。

以上这些是对饮食文化背景的稍显戏谑的喜乐描述,也算是对陕北羊肉面的背景做了一番交代。说起来,陕北羊肉面是陕北人把陕北的饮食文化与关中饮食文化精妙结合的一个产物呢。

你看那白格生生的面条,拌上一大勺炖羊肉,撒点葱花、香菜,再来点油泼辣子,那立刻就是白里透红、红绿相间,有碳水,有脂肪,有面的麦香,有肉的荤香,有大块羊肉,还有筋韧耐嚼的面

条，那是多么过瘾哦！

　　是的，的确过瘾。原本作为"面都"的西安乃至关中道，是没有这种吃法的，自打陕北人把羊肉面的馆子开过来，那生意就一直兴隆。吃客里有陕北"下来的"，更多的还是关中土著。这种在陕北传统、在关中算新兴的面条吃法，就正式加入了陕西面条家族。

　　肯定是长期尝试的结果，陕北羊肉面的面条，一定是"揪面片"。把原本长长的面条揪成短片下锅，是为了让它与肉食充分拌和。就如西安的腊汁肉拌面，一定也是用揪面片一样。这种"揪面片"的吃法，除了上述的考虑，还有一个重要的因素是，揪成小片的面片，可以更快捷更方便地下肚。关于这一点，是不是也有往日里人们旅途饮食的痕迹？出门在外，不像在家里可以慢慢铺陈，急匆匆吃完一口还要赶路，于是这揪面片最是合适。当然，有没有昔日里军旅饮食的痕迹？应该也有。

陕北羊肉面由擅长炖羊肉，但不一定善于做面条的陕北人操作，在看似粗枝大叶的手法下，却成就了另一种风格，这也是意外收获。也许，关中的面条大部分是平和岁月里居家过日子的细发饭，细细地擀长切细，再精心地炒制臊子，之后讲究地调和在一起。而陕北炖羊肉是两种饮食文化的结合，更多的是陕北风格的彰显，也含有特定的地理历史背景，于是，显现出别样的风格，也在情理之中。

如今，陕北羊肉面已经成为陕北饮食的一个重要成员，也成为陕北饮食进军关中的主力。喜食面食，同样喜食羊肉的关中人，对这种豪迈爽气的美味，予以充分地接纳，并渐渐成为拥趸。这是饮食文化的魅力，也是陕北人与关中人共同的福分。

荤素和谐的陕北麻辣肝碗坨

陕北的麻辣肝碗坨是用猪肝与荞麦制作而成的一种美味。

所谓"碗坨",实际上已经形象地说明,这种食物是在碗中凝结后形成的坨。坨者,成块或成堆的东西也。因是在碗中形成的坨,于是名之"碗坨"。有人写作"碗托""碗凸"等,实则是"碗坨"的谬误。

制作食物时,把流质的食材盛入碗中,之后加以水蒸,待熟时,便因物理变化而凝结,于是变成固体,比如蒸鸡蛋羹、蒸豆腐脑等。陕西小吃中较多采用蒸的办法,一来是使食物变熟,二来也是为了保持食物的本真味道。比如蒸甑糕,实际上开创了甑的应用,一直沿用至今,而今"笼蒸"的许多方法和食物,一定意义上是沿用了"甑蒸"的办法。

陕北人制作碗坨,是为了更好地食用荞麦。荞麦在陕北、内蒙古南部、晋南一带是种植历史悠久的适生植物,具有耐寒、耐旱、耐贫瘠的顽强品质,在厚厚的外壳包裹下,在其他粮食作物难以适应的条件下,成为这一地域人们的主要粮食作物。收获了荞麦之后,这些地方的人们不断琢磨研究它的特性,成就了许多种类的食物,碗坨就是其中的代表作。

这个碗坨，实际上也可以归为凉粉系列。所谓"凉粉"，是人们用谷类或薯类的淀粉，加水熬制或蒸制之后做成的半固体食物。由于采取的是这些粮食作物中萃取的精华——淀粉，所以凉粉类食物普遍细腻光滑、筋韧适口，精心调制之后，成为小吃门类中的翘楚。

陕北的荞麦碗坨，制作之初也费时费力，需要将荞麦的粗皮去掉，得到颗粒状的糁子之后，再加水泡软，为之后萃取淀粉打好基础。之后，把泡过水的荞麦糁子盛装在布袋之中，再用力揉搓挤压，让其中的淀粉汁液析出，这就是制作"碗坨"的食材了。这些析出的淀粉汁液，会被盛装在碗中上锅蒸制，之后会慢慢凝固。当然，并不是放进笼屉里就了事，中途还需要再搅拌，以使淀粉分布均匀。火候到了，碗中的淀粉就会凝结成坨，于是被形象地称为"碗坨"。

这样的碗坨将会被怎样调制呢？按照一般的调制凉粉类食物的办法加入咸盐、酸醋，再佐以蒜汁、辣油，这就是基本的配置。这样的调制办法其实也可以成为美味，其酸辣滋味，也会让一碗碗坨成为适口之物。

但陕北人赋予碗坨以恰如其分的荤香，让原本清淡的食物变得浓郁起来。这种独特而有地域特色的调制方法，就是用猪肝炒制而成的麻辣猪肝。这个麻辣猪肝的意义在于，既增加了荤香，又不至于过头，更不至于喧宾夺主。另外，猪肝的口感似乎也与碗坨比较相近。于是，不知道什么人发明创制，但一直坚持到现今，这里的人们食用碗坨时，标准的调制方法就是麻辣猪肝，两者结

合后谓之"麻辣肝碗坨"。

　　制作这个麻辣猪肝的方法是先焯水,后炒制,再烩制,这个三段式的方法,充分去除了猪肝的腥气,激发了它的香味,也进一步增强了它的美味。在其中,除了葱、姜、蒜,辣酱和麻酱的介入,让一份麻辣猪肝变得更加酱香浓郁,也更适合调制其他食物。

　　一碗碗坨,在出锅凉凉之后,会被改刀成条或块,然后,调入咸盐、酸醋、蒜汁、辣油,再加入一勺浓香的麻辣猪肝,碗坨瞬间从素雅变得浓香,也让原本清淡的吃食升了层级。此时的麻辣碗坨,有猪肝的不筋不硌的咀嚼感,有酱香成就的荤香感,当然,还有蒜香辣香的复合感觉，单是味觉就已经丰富多彩、层次丰盈。而在这几重的调料包裹下的碗坨，依然保持着细腻绵软、爽滑利口的感觉，再赋以这些锦上添花的味道，那这一碗原本是粗粮的食物，此时已经上升到"细发"了。

一方水土养一方人，陕北地界本就有农耕与游牧两种文化融合的浓重痕迹和遗留，其反映在饮食上，较之关中人就是更喜肉荤。这碗麻辣肝碗坨就是一个代表作，既有农耕特色的谷类食材，又有游牧民族偏好的肉类等。

陕北人制作的这碗麻辣肝碗坨，亦菜亦饭，可以是酒席上的开胃菜，可以是下酒菜，也可以是一种单独享用的小吃。在陕北的食肆，这份美味的点单率很高，人们坚守着传统，因地取材、因物制宜，不管是过去的清苦，还是今日的兴盛，都把生活过得有滋有味。

麻辣肝碗坨，陕北风味的又一样好吃食，有机会定要尝试一番。

香爨柔嫩的陕北抿节

抿节是陕北特有的一种面食，食材是豌豆粉和小麦粉，做法体现在"抿"字上，形状则表现在"节"字上。说得通俗易懂一些，就是一种用"抿"的手法，做出的形状是一小节一小节的面条。

抿，在汉语里的意思有几种，一是刷、抹，如妇女梳头时抹油抿头发；二是收敛、稍稍合拢，如抿嘴、抿线头；三是收敛嘴唇、少量沾取，如抿一口酒；四是擦拭，如抿泣，也即揩拭眼泪。这个"抿"字，应该是使用率比较高的，小时候看妈妈做针线活，经常会用嘴唇抿一下线头，好让线头穿过针眼。还记得过去人们自己缝制棉衣的时候，就有一道工序叫作"抿"，那时候也没细究到底什么意思，现在看来，那就是"合拢"的意思。现在生活中说到这个词，倒多是将喝酒的时候比较文气的喝法，称为"抿一口"。总之，一个"抿"字，给人的感觉很丰富，感觉也比较柔软、细发、和谐。

陕北人做这道面食的时候用到"抿"字，应该是取其第一种、第二种意思，也就是"刷、抹"以及"收敛、合拢"之意，这从后面叙述的抿节的做法就能看得出来——豌豆粉与小麦粉各半，以温水和面。说是如果用凉水和面则太硬，不便于"抿"，开用水烫面

则更不足取。和好的面并不需揉搓，只需饧制片刻，这样的面团看起来须是"糟"的，相对比较软，这都是为之后的"抿"打好基础。

　　锅里烧水，待水开，便将"抿节床子"架上。所谓"抿节床子"，就是一个大号的擦子，所不同的是上面密布的齿孔是平面的，并不是凸出的。当然，这"床子"一尺见方，要比一般的"菜擦子"大许多。架好"床子",便开始抿——拿一块面团,用手用力在床子表面压、推,在这样的力道下,面团便会有一个个的小节节从一个个小孔里漏进锅中,由于受外力作用,这漏下的"小节节"呈两头尖的形状,故而又称之为"抿尖"。上面压、推,下面水煮,待一块面团"抿"完,锅里的"小节节"也就基本熟了。用笊篱将"小节节"捞出,盛入碗中,便进入吃抿节的第二个环节——调制。

陕北人调制面食本来首推的是羊肉汤,这抿节的调制自然少不了,于是有羊肉汤抿节;当然,也有人喜欢大肉臊子,那就用骨汤打底,准备好大肉臊子汤,于是有肉臊子抿节;有喜欢素食的,自然是一碗素臊子汤,里面土豆、豆腐、胡萝卜等自然不少,也不寡淡,别有一番滋味。

上面的这些调制方法,其实也是陕西人调制面食的常规操作。倒是要认真说一下近年陕北人把抿节调制发展得丰富多彩的做法,那就是接近自助的一种食用方式。准备十几样小料,包括荤素臊子、西红柿鸡蛋、蒜泥、辣椒油、葱花、香菜,乃至陕北特产"泽蒙油"等。一碗抿节被端上桌,一个调料盘也随之而来,食客尽可以根据自己的喜好添加小料,让一碗抿节更加丰盛。这种做法附带的还有一种促销办法,那就是付一份抿节的钱,不限量,随便吃,吃饱为止,这种方式很是吸引人,看来陕北人的生意经念得也很不错。

说了抿节的做法与调制,还是要说说它的独特滋味。一是豌豆面的特殊香味。豌豆这种名贵豆类,不仅营养价值高,而且香馥异常,掺入易成形的小麦粉而成的面条,自然多了许多豆香,很是诱人。二是"抿"的手法,让抿节本身柔软又不失筋韧,非常适口,入口光滑且耐嚼。三是这种本身体量较小的"面条",可以用筷子,也可以用勺子,搅拌方便,入口更加充盈,也是面条的一个变种。于是乎,这种陕北风味的"面条",在长安的食肆里也广受欢迎。

说起来,这个抿节,与关中的"搓鱼"形状相似,但相对更柔软嫩滑;与"麻食"的吃法类似,但食材有别、手法有别,故而表现得更柔软可亲;与"饸饹"的做法有相像之处,但手法更温柔,成品也更小巧可爱。

说起来,面食之中的万千变化,原本是人们可着食材特性,本着各自食性而变化或创制的,虽则是一大类,但个中细微区别,便是匠心所在。人们也是在热爱生活的心灵支配下,把面食的形制和味觉变化得不一而足,实在是值得推崇的。

就如这抿节,知其含义、知其食材、知其手法、知其味觉,便多了一种食趣,生活因此也会更加斑斓多姿。

吞糜柔嫩的抿节,大好之物,有机会尝试一下。

黄土高坡的精致美味——子长煎饼

子长,原是陕西省延安市下辖的一个县,现在已改为县级子长市。这里原名安定县,后为纪念民族英雄谢子长,将县名改为子长县。这个县是革命老区,也是中央红军到达陕北后的落脚点,县城为瓦窑堡镇,著名的瓦窑堡会议就是在这里召开的。

子长属于典型的黄土高原丘陵沟壑区,深谷高崖、千沟万壑,较适宜种植豆类、荞麦等耐寒、耐旱、耐贫瘠的作物。一般来说,适宜种植什么就多种植什么,多种就多吃,这是规律。所以,子长的著名小吃都和它的农作物有关,比如子长煎饼,就是这里优质的荞麦的升华美味。

子长的荞麦与关中平原的荞麦大有不同,自然而成的土壤条件和气候因素,让这里的荞麦去皮后几乎洁白,迥异于关中荞麦的褐红色。所以,这里的荞麦煎饼,颜色便是洁白的。

荞麦的吃法有多种,比较多见的是压饸饹,子长的荞麦当然也压饸饹,但它更具特色的是摊煎饼,这可能缘于它的荞麦与众不同的特质。可能正因为这里的荞麦颜色洁白、质地细腻,所以才有了"摊煎饼"这样的粗粮细作的吃法,并且,即便是摊煎饼,它也充分表现出细腻精致的感觉,与别处的煎饼也很不相同。到底

有何不同,且听慢慢道来:

子长煎饼的食材,是荞麦去皮后磨成糁子的萃取物。

这个做法应该是实践中总结出来的最佳办法。一般来说,谷物被磨成粉之后再用水和成糊,之后用作摊制饼类。但子长的煎饼在制作时,并不把荞麦磨成粉,而是将荞麦磨成糁子,之后加水浸泡,松软之后,再将这松软的糁子用纱布包裹起来,再用力挤出其中的汁液,这些汁液是荞麦的精华,之后就用来摊煎饼。为什么不直接将荞麦磨成粉再和水呢?那样不是更省事吗?这就是关键所在。如果将荞麦整体磨成粉,那荞麦中的粗细纤维就混合在一起了,再要萃取起来就比较难。而只磨成糁子,水泡后再挤出汁液,等于是将荞麦中最细腻的纤维提取了出来,这样获取的食材才最精细。

挤出来的荞麦汁液,此时就是摊煎饼的食材,被称为"面水"。

用看似与其他摊煎饼方式无异的面水做煎饼,子长煎饼却显现出极大的不同。一般的煎饼,无论是天津的煎饼,还是陕西关中一带的煎饼,都是舀取一大勺面水,之后均匀地洒布在鏊子上,定形之后翻转,几分钟后便得到圆圆的面饼。但子长煎饼在这个环节表现出大家闺秀一般的矜持,它只用舀取几乎一小汤勺面水,看似随意地在鏊子上从后往前洒开去,再用手铲抹均匀,大致呈一个手掌大小的椭圆形即可。而这第一张煎饼经这两步操作后便被置之不顾,操作者继续上述的两步动作,接二连三地摊制,在同一个鏊子上摊出六七张,之后,再从第一张收起来。这个过程前后也就一分钟左右,六七张煎饼会被依次摊开,再依次收获,动作自然顺畅、一气呵成。

从上述过程不难看出,短时间内成熟的子长煎饼,一定是小而薄的,小到手掌大小,薄则如同蝉翼,提起这煎饼逆光看去,丝丝缕缕,阳光也会透射而来。

如此小而薄的子长煎饼,把精致与细腻表现得淋漓尽致。看到这样的小饼,想到了另一种同样小而精致的美味,那就是贵州的"丝娃娃",这一个西北一个西南的,自然条件都不算太好的,印象中还很粗犷的地方,如何不约而同地创制出同样的美味来?心心相通?我想,这源于人们同样地对生活的精心与热爱。

这样小而精致的子长煎饼,在下一步环节中却是十分丰富多样的:一是卷菜。卷的菜肴有荤有素,最有代表性的是经过煮制的豆腐干,主要用的调料是花椒,这点算是特色,比较少见。最受欢迎的是酥肉,荤素搭配,有滋有味。还有一种热豆腐,是介于豆腐与豆腐脑之间的一种豆制品,趁热夹到煎饼里吃,更香美。当然,也少不了陕北特色,炒土豆丝也是许多人的最爱。二是蘸汁。不卷菜就可以蘸一点精心调制的辣椒醋汁,卷了菜也可以再蘸汁,那滋味就更加丰富多彩。

家常吃子长煎饼,上述这些菜肴一一备齐呈上,各取所需,丰俭由己,荤素搭配,自得其乐。到了商品化环节,店家则分门别类地将其包裹起来,之后装盘出售。但见店家几人分工明确,有摊煎饼的,有卷煎饼的,流水线一般,互相衔接紧密、配合到位,把一门煎饼生意做得红红火火。

还要特别说一点的是,吃子长煎饼是要喝凉汤的,这个凉汤

简单说起来，就是用凉白开水，加些盐，放点醋，放些蒜泥，再放些炒熟的芝麻。但千万不要忽略了这碗汤，煎饼要香，全凭好汤，这汤看似简单，实则内有乾坤，非得高手精心调制方能出味。这碗汤的作用一是以稀化干，二是滋润肺腑，许多带菜带肉的煎饼吃下去，非得有这样一碗汤，才觉得通体舒畅，心满意足。

就这样，个绿色食材、制作细致、配菜丰富、汤汁酸爽的子长煎饼就下了肚，香矍、适口、筋韧、绵软，统统纳入腹中。这来自黄土高坡的精致美食，便驻留在你的心里，不多日，一定还会勾起你的馋涎。

这就是来自革命老区的精致美食，英雄故里的用心之作。如今，西安的几处网红餐饮打卡地都有了它的身影，且都红火地排起队来，有机会尝试一下，一定令你念念不忘。

油香本真的陕北麻汤饭

陕西饭食里,以"麻"为名的有许多,包括麻食、麻花、麻叶等,都与真正的"麻"有关联,但基本上是形似而无其实,食材里面并没有"麻"的成分。但有一种饭食名副其实,它可是实实在在的有"麻"的,这就是陕北的"麻汤饭"。

这里的"麻"指苴麻。苴麻,大麻的雌株,所生的花都是雌花,开花后结实。宋代沈括《梦溪笔谈·药议》:"大麻,一名火麻。雄者为枲,又曰牡麻;雌者为苴麻。"明代李时珍《本草纲目·谷一·大麻》:"雄者名枲麻,牡麻;雌者名苴麻,薂麻。"

这个"麻",曾是"五谷"之首。我国古代关于五谷的说法有很多,主要的说法有两种:一种指稻、黍、稷、麦、菽;另一种指麻、黍、稷、麦、菽。两者的区别:前者有稻无麻,后者有麻无稻。其中的"麻",籽实可食,其茎秆的皮用来纺织、结绳等。

能列为五谷之首,可见"麻"曾经使用的广泛性和重要性。后来,随着许多植物的引进和耕作技术的进步,"麻"作为食物的地位有所下降,种植面积也慢慢减少,但一直没有绝迹,依然出现在生产和生活之中。就如陕北地区,现在依然种植麻,这种植物易于生长成活,所产的籽实后来主要被用来榨取食用油,并且是不可多得的美味本真的油脂。在过去许多年,较少种植油菜的陕北的人们获得植物油脂的主要来源就是麻。

陕北农家小规模榨取麻油的基本方式是熬煮,就是把麻碾碎之后在倒入锅里用水煮,随着温度的升高,依着油轻水重的原理,油脂慢慢漂浮在上面,之后一点点撇取,从而得到美味的麻子油。撇尽油之后,锅里剩下的是油汪汪的汤汁和残留着油脂的麻子,这可都是好东西,断不能弃之不用。那怎么办呢?不能直接食用哦,油汪汪的太腻。那就这样吧,往锅里下入小米、红豆、芸豆、黑豆等,熬煮一锅小米杂豆粥吧!于是,麻汤饭诞生了。

这一锅麻汤饭,打底的是油汤,最宜做成调和饭,丁足,慢火熬炖许久之后,再加以咸盐、葱花调味,其余作料不宜太多,因为已经馪香四溢了,宜删繁就简,只需再加入胡椒粉温胃散寒即可。这就是最基础版的麻汤饭。在文火慢炖之下,麻油的油香、小米的米香、豆类的豆香充分渗透融合,共同成就了一份天然纯粹又丰富多彩的综合性饭食。

如果还要丰富些,那就再加入陕北优质的土豆,则这一锅麻汤饭又多了浓郁的薯香。如果要解腻清口,还有人加入陕北的酸菜,那这麻汤饭就在油香之外又多了一丝酸爽。如果还想让这麻汤饭更能果腹增添能量,还有人会在其中下入面条,那就更有了关中风味的"米儿面"的神韵。

从根本上说起来,这一锅麻汤饭,其实是劳动人民在清苦的日子里,秉持着节俭的习惯,造就的一种美食。这种用锅中残留油脂烹煮饭菜的方式,在许多地方都有,一般俗称"连锅饭"。也就是在炒菜之后，直接在不经清洗的锅里添水煮饭，好让锅底残留的油脂不浪费一丁点。这种烹煮方法看似难登大雅之堂，似乎不大讲究。但是民以食为天，想尽一切办法吃饱肚子，不浪费一个馍渣渣、一星油花花，是许多老年人现在还在坚持的习惯。但似乎是上天眷顾勤朴节俭的人一般，这种原本为了不浪费的烹煮方法，也成就了许多美味。就如这种在有油底的锅里直接加水烹煮粥饭的方法，充分保留了食物的馪香之气，成就了麻汤饭这种大好的美味。

一碗麻汤饭的香馪，是其他许多汤饭难以企及的。首先是麻油的油香，这种植物油脂，其本身蕴含的香气就比较纯正浓郁，油气足而几无异味，香气重而不齁嗓，是难得的优质植物油脂。其次是天然纯正的小米、豆类、薯类的加入，使各种植物自带的香馪在熬煮之下充分释放，多种香型充分融合，加之又都是易于消化吸收且咀嚼适口的食物，于是，这一碗麻汤饭就更加显现出珍贵来。

后来，陕北人的生活越来越好，但这碗麻汤饭还是忘不了，只是熬煮方法又进了一步。他们不再只满足于用炼油后的"水汤"来熬煮麻汤饭，而是直接把麻子炒熟碾碎，之后直接下锅熬煮，这样当然"油水"更大，馪香更浓。如今有许多饭店、农家乐已经提供这样的饭食。与时俱进，为了提高效率，他们在熬煮麻汤饭的时候使用了高压锅等炊具，让成熟的时间更短，好满足客人的需要。

那不用文火慢炖的方式会不会减了"麻汤"的风味？他们说不会，高压锅密闭严实，各种油香、豆香、米香，乃至调料的香味都不会散逸，反倒多了许多馪香呢。看来传统的美味结合现代的烹

饪手法，也是可以传承发展的。

如今在长安城里的陕北食肆有很多，许多原本只能在黄土高坡吃到的美味，现在几乎触手可及，也包括了这锅油香四溢的麻汤饭。于是，你去陕北的时候，记得吃一碗麻汤饭，一定唇颊留香，几日不忘。而在远离陕北的日子里，如果想这一口了，那大街小巷的陕北食肆，也飘荡着麻汤饭的馥香，于是，我们的生活时时处处都会充溢着香气氤氲的幸福。

榆林干炉——北国塞上的久远美味

榆林有一种历史悠久、闻名遐迩的小吃,谓之"干炉"。这是一种归于烧饼系列的面食,之所以称为干炉,大约是因为其在炉内烙烤而出、成品脆干。

这个干炉,原本是榆林镇川镇创制并扬名的,如今说起来,榆林以至周边的人都会津津乐道"镇川干炉"。其后,这种广受欢迎的小吃的制作技艺流传开来,不独在原本的"小榆林"(县级榆林市),就是在如今的"大榆林"(地级榆林市)的许多县区也广为制作,于是扩而大之,名之"榆林干炉"。

说起"干炉",还是应该从榆林的镇川镇说起。这个镇川镇,是陕北的重镇,它隶属于原来的小榆林市,现在的榆林市榆阳区。这个镇子是非常有名的商贸重镇,素有"塞上香港""旱码头"的美称,几乎从秦代开始,此地屡在胡汉之间易手,战火不止。明代,为抵御蒙古骑兵沿无定河川南侵,接应榆林镇,在无定河川道筑土为堡,堡子定名镇川堡,取镇守川道之意。地处边境的镇川,和平年代就成了各民族贸易往来的地方,特别是到清末民初,镇川深处内地,没有兵灾战祸,经济繁荣,镇里店铺鳞次栉比,生意辐射东西南北,诸多生意中皮毛生意尤其繁荣,成为全国著名的皮毛集散地。

有了这样的历史和经济因素,从饮食文化发展演进的角度论,这里创制出有名的美食是一种必然。而这里的美食之中,干炉应运而生,也是与其历史息息相关的。首先来看看干炉的制作,之后再继续叙论它诞生的因由。

制作干炉,要用温水和面,这样的面不软不硬,做出来的食物口感刚刚好,方便咀嚼。用温水和面的特点是,面粉中的淀粉在温水的作用下,有一部分发生了膨胀糊化,蛋白质发生变化,还能形成一部分的面筋网络。通过温水和出来的面,面色比较白,筋度较强,比较柔软,且有一定的韧性,可塑性强,做出来的成品比较柔软,而且变熟的过程中不容易走形。做干炉时,和好的面不发酵,但要饧好需要八至十个小时,这样饧出的面,不但筋道,而且很有韧性,制作时,要特别以面剂子包一撮加了盐的干面粉。之后,将面团置于模子上,用手反复压制成形,再放在鏊子上先烙后烤。掌握好火候,成品出炉后,其形为圆面鼓,颇有些盾牌的样子,而面饼中心鼓起的部分,又盖有红色印章,于是更加像一块小盾牌。

这样的干炉内空外脆,既有嚼劲又不硬生,滋味油香淡咸,做干粮不仅饱腹,而且能补充盐分,更颇耐储藏。从以上特点看,这个干炉妥妥是曾经的一种军粮。我们今天耳熟能详的许多陕西美食,比如锅盔、烙面、饦面等等,在创制的时候都是为了满足行军打仗的需要。这类食物共同的特点就是便于携带、适于存储,加热即食或开袋可食。"秦兵耐苦战",这骁勇善战的"虎狼之师"之所以拥有强大的战斗力,这里面就有这类军粮的巨大功劳。后来,

战争结束之后，这些创制于军旅之中的美食就流入民间，成为和平时代的民间美味，这也是人类不愿意看到又不可避免的战争带来的一丝意外收获吧。这个干炉就这样流入民间，最先充当商旅的干粮，后来也成为民间居家的美味。

一定要说说这个干炉制造的精巧之处。除了在选料、和面、上压杆、分放盐面、手托上鏊、入炉翻烤、出炉等工序上一丝不苟，制作干炉时里面放入的一撮干面粉是重点所在。一般说来，制作烧饼类食物时，要么是纯粹的发面，要么里面加入油酥、果仁等馅料，但干炉里面放入的是干面粉。为什么要放干面粉？这里面的考量是：干面粉没有水分，在烙烤时能分隔开面饼的两张皮，从而让其不粘连，进而形成中空的结构。这中空的结构，一是让干炉可以分层，咀嚼起来口感更好;二是可以让面饼在烙烤时充分地挥发水分,进而让成品的水分更少,这样就保证了它的口感更酥脆,而更重要的是更加耐储存。这个方法应该是多次研究、琢磨、尝试的结晶,看似简单,如果不做出来,谁又能想到呢?这就是所谓的"一窍不得,少挣几百"。

后来,这干炉也成为点心类食品,除了咸味干炉,还有里面放糖的甜干炉,让干炉的品种更丰富,更能满足人们多样化的口味。再后来,这干炉的军旅、商旅功能慢慢淡化了,这是好事,说明一来和平了,二来人们旅途的伙食更有保障了。干炉这种曾经的军粮、商旅干粮,就成了榆林一带的民间美味,不仅居家食用,而且也成为贴心的馈赠之物,走亲访友带点干炉,那也是亲情爱意的表达。笔者总能收到远方朋友蕴藏在食物里的美好祝愿,包括那美味的干炉。那就借着一点文字,为这种历史悠久、美味可口的好东西再次点赞。

丰盈香馕的汉中核桃馍

一般印象中,汉中人是不吃或很少吃馍的,这里的食性具南方意味,以大米为主,除了粒食,还有非常好的浆食范畴的面皮。至于馍,也就是北方人所谓的馒头、饼子之类,在这里肯定不是主食,这很正常,南方大抵如此。但汉中虽然在地理上属于南方,历史上却自元代时即被划归陕西管辖,地方政治中心的北方化势必带来方方面面的变化,向心力的推动和南北交往的频仍,改变了也丰富了许多文化,包括饮食文化。正是在这种背景下,汉中饮食里多了一些北方因素、多了一些南北交融的痕迹。就如汉中之于馍,本来是自己饮食的配角因素,但做出了几样颇具特色、口味优良的馍,比如核桃馍。

核桃馍,顾名思义,是以核桃和面粉为主要食材做出的馍。就冲着核桃满满的油香和舒适的口感,与面粉结合以后滋味就不会差。但如果就此望文生义、简单图解,可能还真委屈了汉中人这一优秀的创造。其实,汉中的核桃馍,是花了心思、用了技巧的,饮食上的智慧与手艺上的考究,才真正成就了这一美味。

看过一次核桃馍的制作过程,简单叙述一下:正常发面、揉面,之后将面团擀成大圆片,然后浓墨重彩地刷上核桃酱,这是常规操作。丰富一点的还要刷上芝麻酱、花生酱。然后卷成长条、揪成剂子，再将这剂子按压成圆饼状，再在表面撒上花生碎、刷上核桃酱，之后上炉烘烤。

烤出的核桃饼却并不称为"饼"，而名之"核桃馍"。关于这一点，一时半刻我还真说不出原因来，因为一般意义上蒸出来的

叫馍、烙出来的叫饼,这核桃馍用的是烙制的方法,按说应该叫饼,但这里的人一开始就称它为馍,这是汉中人的特殊习惯吗?我忽然想到安康的一种芝麻烧饼,汉阴一带做得最好,但人家就称之为"炕炕馍"。甚至陕南还有一种烙熟后胀鼓鼓的烧饼,但当地人称之为"鼓气馍",这样一想,可能就释然了,原来在陕南这样地理上属于南方、区划上属于北方的地方,许多称谓可能是交汇的产物,也可能是模棱两可的说法。也许陕南人就愿意把面粉制作的干粮都统一称为馍吧,天长日久,这个称谓就固化了,你只能称它为核桃馍,而不能称为核桃饼,不然汉中人会笑话你外行呢。

这核桃馍是以核桃烘烤灼热之后释放的芳香物质做主打味道的,兼有花生、芝麻的各种香味,以及这几种油料作物的各色油气,那滋味真是油香、芳香、爨香的叠加。加之核桃、花生、芝麻这几种东西是做成酱之后夹入的,此时酱香被激发,原本内敛的酱味充分释放出来,给这"馍"又添了浓浓的酱香。当然,在这多重的香味之后,还有酥松脆嫩的口感、不糯不硬的咀嚼感,才是带给口腔肺腑充分享受的序幕。

这么几重的油料类添加物的加入,不会有过于香腻的口感吗?不会,这个制作程序叙述起来很简单的食物,真正精粹之处在于几种酱料的准备、烙烤的火候,当然,还有面坯本身和面与饧面的窍门,无一不讲究、无一不老到、无一不走心、无一不诚心,如此方能成就真正好吃的核桃馍。

这个核桃馍原本起源于汉中的宁强县,宁强在陕西西南部,南北交汇、"襟陇带蜀",近年来比较出名的是因文学作品和影视剧火了的青木川。这个地方几省交会,这种地方在饮食上交会感一般都比较强。有个说法是,在清末民初,有一个自天津落户此处的世家子弟,他的家厨原本做些津门特色的菜肴,后来看到宁强广种核桃,便将核桃更多地用于厨中,在原本津门饮食的基础上,做出了这种有一定京津特色的核桃馍。这里的京津特色,就是指在饮食中大量加入芝麻酱、花生酱之类,于今犹然。这个家厨研制出的这道特色,被完整地延续下来,并不断地开枝散叶,慢慢地,除宁强、汉中的许多地方也会做了,当然,也可能是宁强人去了这些地方做的。于是,宁强核桃馍也渐渐扩名为汉中核桃馍,这是一起发展共同富裕的好事,当然,公认的起源地和"正宗"仍在宁强县。

这个馍,因了用料及烙烤等,成品可即食,亦可贮存一段时间,于是,它也就可以看作糕点,一种很别致的点心。它的制作技术,已经被列为"非遗",这对于传承是大好事。有许多汉中人已经把它带进长安城,支起案板架起炉灶,于是,古城也飘散起美妙的多重的香气来。当然,更让人欢欣的是它的口感、滋味与营养。于是乎,撰文以记,为汉中核桃馍鼓呼一番。

"莫衷一是"的泾阳瓤合

泾阳是关中的一个名县,曾经与三原、高陵一起被誉为关中的"白菜心",盖因其耕地平整、土壤肥沃,灌溉条件优越,粮食稳定高产,民众生活富庶,故而有此美誉。历史上这里也出了许多有名的人物,其中富甲一方的"安吴寡妇"以其传奇经历广闻天下,近年又被一系列影视作品追忆捧红。近几十年,这里又恢复发展了历史上有名的茯茶产业,这种昔日南茶北工的发酵茶,如今已经取得了很高的声誉,产业渐成气候。泾阳的美食当然也不错,这从上面叙述的历史、地理、人文特征上就可以看出端倪,这种地方不研制几道美食都说不过去。经济发达,在一定意义上能够兴盛当地的饮食文化,这是必然的规律。

在泾阳美食中,首推一道名称读法一致,但写法一直存在争议的小吃——"ráng huo","ráng huo"是其读音,而写法则有让和、瓤合、瓤和、穰饸几种,似乎莫衷一是。究其原因,肯定不是此地文脉粗浅,也不是汉字的概括凝练能力差,说到底,没有把"ráng huo"本身的内涵弄清楚,所以才莫衷一是。这倒没有妨碍这道美味的制作与品尝,但对其宣传推广还是有一定的影响,所以应该盘根问底、弄清究竟,进而得出个能服众的名号来。

话吃画吃—— 335

要弄清楚"ráng huo"的写法，必须先从它的做法说起。其实，与许多美味一样，其做法的真谛与秘诀在于制作者的手法技法，需要的是智慧与经验，真正是"行家一伸手，便知有没有"。如果技艺纯熟，那就能做出美味佳肴；如果不得其法依葫芦画瓢，那肯定会"一窍不得，少挣几百"。至于字面上的做法，非常简单，具体到"ráng huo"上，那就是选用精猪肉，有肥有瘦，剁碎成泥。再打入若干鸡蛋，加入各色调料。鸡蛋与肉泥拌和之后，再加入蒸馍揉碎后的"馍花"，之后三者相拌，加工成糕状或卷筒状，再上笼屉蒸制，熟后出锅切片装盘，如此而已。这样的"ráng huo"，是大肉、鸡蛋与蒸馍三种主要食材成就的，是脂肪、蛋白质、碳水化合物混合的产物，是营养丰富的食品，是不同口味的食材合并而成的复合型食物。

这样的"ráng huo"，有人肉的荤香、鸡蛋的曩香和蒸馍的麦香，三种香味互相渗透，相互交织、充分融合，又产生了新的口味。这种在制作之初就让几种食材复合的食物，与各自成熟后再叠加在一起的"三明治""肉夹馍"不同，它是"天生"的杂交糅合，是在"娘胎里"就成就的复合

美味。几种食材在制作时的融合，再加之烹饪中最尊重食材的"隔水而蒸"的方式，则可以既成熟食物，又充分促进食物融合，极大地保留了食物的鲜香之味。

这样的"ráng huo"，口感松软，食之有咀嚼"糕"的感觉，有咬着嫩生的肉的感觉，又有食用豆制品的感觉，等等。真正是一举几得，一筷子夹起半个世界，一口吞下去半家库存，所以说，这个"ráng huo"在这里有了"瓤"的感觉，又有了"合"的意味。瓤，有"松软"的意思，也有"内馅"的意思。尤其是当形容词用的"瓤"字，如今保留得完整且应用得充分的就是关中方言，比如说某人性子软弱，可说"瓤"得很。如此说来，是不是可以这样说，"ráng huo"的"ráng"应该就是这个字——"瓤"，因为经过巧手捏合、准确掌握火候等烹饪之后，成就的"ráng huo"，口感软糯，十分适口，此时以"瓤"形容之，当非常贴合。

至于"huo"，第一种可能，依据关中方言的发音与用语习惯，应该是连缀在形容词之后的一个语气词，类似于古语中的"兮"等。比如关中人把感觉舒服称为"chán huo"，其写法尚无定论，但意思都能明白。所以，"ráng huo"中的"huo"首先应该是一个语气词。第二种可能，这里的"huo"似乎应该是"合"字，也就是说，这肉、蛋、馍几种东西共同成就的美味，是一种"复合"，是一种"组合"，所以称之为"合"。作者觉得第一种说法有一定道理，这种可能本来就是民间智慧的创制，本来就没有正式命名一说，民间依据口感赞美之、称谓之，完全站得住脚。但是，作者还是倾向于第二种说辞，盖因这样的说法更利于宣传推广，那就是"几种口味偏瓤的食材的组合"，这样拗口的说辞，可能更利于现代人理解。要说这个食物的精巧所在，我认为，关键点首先在于"馍花"的应用。所谓"馍花"，就是馍渣、馍屑，这样说起来大多数人都能明白。但还是固执地想用"馍花"一词，这个词听起来多舒服、看起来多养眼、想起来多亲切，蒸馍散落后成就的一朵朵小花，"苔花如米小"，这种细碎的花朵是多么可爱。关键在于蒸馍上，这是经过发酵之后的面团成就的"馍坯"经由旺火蒸制的，这个养育了北方人上千年的好物，优点和特长就在于发酵和蒸制。于是，这样的"馍花"，自带功力，在与猪肉和鸡蛋混合之后，从而起到了化合剂的作用，它用自身的力量，让肉、蛋变得更加容易消化吸收、更加松软可口，当然，它也中和了肉、蛋的腻腥，把更多的油香包裹中和，让人的唇齿、肠胃也更加熨帖舒适。

如此说来，泾阳"瓤合"的精华在此。一方水土养一方人，这种看似制作简单的食物，偏巧只有泾阳一带的人得其窍道，就如"泾渭茯茶"须用泾河水一样，这"瓤合"只有在泾阳才更"瓤"。此为"瓤合"之浅见，算是为"莫衷一是"找个"是"处，更多的想法是，让"瓤合"更好地为天下人所熟知并幸福地享用。

"豪迈雄壮"的带把肘子

在西安之外的关中东府一带,年夜饭里少不了的是那道带把肘子。不管你准备了多少鸡鸭鱼肉,如果没有这个,家里的老人都会不高兴,没有"带把"还叫过年吗?看看,人家早已把带把肘子简称为"带把"了,这是多少年的积淀?

带把肘子是大荔人研制的、风靡于关中东府的、在陕菜系列里可以列入头几名的历史名菜。所谓带把肘子,食材是猪的前腿,其中的"带把",特指成菜中前腿骨露出的形态。

这是道大菜,相对于一般人对陕西人饮食的印象,这道卖相颇有磅礴之感的菜肴,绝对会颠覆你之前的感觉。就如吃肉,外地人总是觉得陕西人就是吃个肉夹馍、肉泡馍之类,也就是说只会弄一点不多的肉,与碳水结合,似乎没有大口吃肉的时候。即使是酒席上的菜肴,也是荤素搭配的居多。但等这带把肘子一出席,大家一定会惊讶,哦哟,陕西人也这么吃肉的吗?

这是道老菜,研制的历史不短了,要不然在陕菜序列里它也不会高居头牌。那么,在以面食为主的陕西饮食,特别是关中饮食系列里,怎么会凭空杀出这么个巨无霸来?这就有的说道了。秦地自古就是富庶之地,饮食的历史肯定也比较悠久。远的不说,就说发生在关中东府的"鸿门宴",其中有一段就是刘邦的卫士樊哙闯入帐中的情形。项羽先赐之以酒,樊哙一饮而尽,之后又"与一生彘肩。樊哙覆其盾于地,加彘肩上,拔剑切而啖之"。其中的"彘肩"就是猪腿。至于其中的"生",一般认为是"全"之误,也就是说,项羽赐的是一只整猪腿,而不是生猪腿,到了这个层面的宴会,不可能再茹毛饮血了。那么,这个"彘肩"是不是就是带把肘子的前身?有这个可能。

这个鸿门宴的地方在临潼,临潼现今属西安管辖,但几十年前一直归渭南所辖。渭南一带,历史上一直被称为关中东府。东府,是位于关中东部的同州府的俗称,同州府的府治就在大荔,同州府的辖地与后来的渭南差不多,这里是关中平原的东部,历史上文化、经济都比较发达,体现在饮食上也非常丰富而领先,即使在今天也名副其实。从这个概念拓展开去,这个带把肘子的历史与由来也变得更有兴味。

现如今比较有名的几道"肘子菜",如川菜中的东坡肘子、江浙菜中的红烧蹄髈,都有各自的特色。其中,东坡肘子是先煮后炸再煨的,红烧蹄髈是红烧的,不过万变不离其宗,都遵循了东坡先生《猪肉颂》的说法:"净洗铛,少著水,柴头罨烟焰不起。待他自熟莫催他,火候足时他自美。黄州好猪肉,价贱如泥土。贵者不肯吃,贫者不解煮。早晨起来打两碗,饱得自家君莫管。"也就是都遵循了火候之论,慢工出细活,并且遵循了食材的规律,成就了经久不衰的美味。

而陕西的带把肘子,说起来是道"蒸菜",但不是简单的蒸,

工序也较繁复，仅仅蒸之前就有几道工序：清洗、泡肉、刮肉、豁开、敲骨、炖煮等，每一道工序又都极为考究。整个做的过程中，不能着急，也不能偷懒。比如说敲骨的时候，要用刀顺着骨头起开，将骨头截断，不能伤外皮；蒸煮的时候，要在放好调料的热水中，用纱布包着肘子煮一段时间，然后拌好料装入土老碗中，装碗要根据肘子的形状将肘把贴住碗边装入碗内，使之成为圆形。之后再浇作料放入蒸锅内，旺火蒸约4个小时，微火焖约1个小时。

带把肘子的品相首先还是"豪迈"，一整只猪前蹄，有几斤重，气势磅礴，浑然一体，颇有英雄之相，但没有粗疏之感。在蒸煮之中，之前细致而均匀地涂抹的面酱为主的料汁，此时已经把肉皮洇染得枣红。而历经几个时辰的热炙，原本生硬的肉质已然软糯，硕大的小丘般的肉肘，已是颤颤巍巍、松软可人。至于滋味，那"肥而不腻,瘦而不柴"当是统称，个中的万千滋味，只有品尝者方知。

可能是为了适应现代人的口味，如今的带把肘子在食用时，会贴心地配上面酱和大葱，这是国人食肉时解腻的中和之道。当然，在"碳水王国"陕西，这样的肘子肉被馒头夹了吃，那就更是互相成就了。

《黄帝内经》中有"阴静阳燥"的理论，认为慵懒的猪，性质温良，多吃不容上火。现代科学认为，猪肉纤维细软，肌肉中含有较多的肌间脂肪，加工后口味鲜美，同时能够为人类提供优质蛋白和必需的脂肪酸，是补虚的强手。如此说来，也是给吃猪肉平个反，不像有些人说的那样，要多吃牛肉、鸡肉、鱼肉等等。一方水土养一方人，这个地方的人就应该多吃这个地方多产的猪肉，不会有错的。

大荔的带把肘子很兴盛，不仅筵席必有，而且早已被做成产业，各种保鲜技术的运用，让带把肘子"迈开腿"，可以跨州过县地送到你身边来，如此，大家不出门便都有口福了。

"精神抖擞"的金线油塔

陕西小吃里有一道"金线油塔",成品堆码在盘中,看那大小、形状都类似于松树上的松塔,仔细瞧瞧,又见那"塔"是以丝丝缕缕的"面丝"盘绕而成的,而那"面丝"色泽油亮、微微泛黄,恰似金线,于是,这个小吃便被命名为"金线油塔"。

这是一道有些年头的名贵小吃了。说它有年头,盖因据非遗传承人所言,有记载显示它始创于清末,距今已经150多年。说它名贵,可能源于三点:一是食材,其中加入了大量的精选猪板油,这在今日可能平常,但在以往,如此大量地使用油脂,价值不菲,当归于"费物"之列;二是制作工序繁复,此物制作,要历经擀制、涂油、卷条、切段、压展、切丝、拉拽、盘制以及蒸制多个环节,很是费时费工,且需要耐心细心,当归于"费人"之列;三是其看似用材简单,但搭配适宜、营养得当,很是用意用情制作,当归于"费心"之列。如此费物、费人、费心,焉能不列属"名贵"之列?

这道小吃在陕菜中一直很受推崇,从过去到现在应该也是无断代传承,无论是大的酒楼还是小的店铺,都拿它当作宝物,但现如今的知名度以及市场推广销售的程度却一般,这是为何呢?

原因之一,可能出在制作技艺的参差不齐上。前面说过,它的制作技艺很繁复,且每一道工序都有较高的技术含量,虽然看似简单,但要做好很不容易。就如前面说的"面丝",成品要能够筷子夹起抖一抖便四散开来,丝丝缕缕似断似连,但又互不黏结,清清爽爽。单这一点,技术稍微逊色的制作者便达不到,稍有差池,就会成为抖不开的面疙瘩。如果是这样,食客兴冲冲慕名而来,尝试一次便败兴而归,于是口碑受损。

原因之二,可能出在对其食材的误解曲解上。这金线油塔,用到的食材很简单,面粉、猪板油、五香粉、咸盐,如此而已。这在一般人看来,似乎不是太绿色、健康、营养的组合,尤其里面大量的猪油,可能更令许多人忌惮。其实,就猪油而言,这是中国人吃了千百年的油脂,它有着丰富的营养和特殊的香味,曾几何时,能吃到大油,对一般人来说都是莫大的享受。但不知道从什么时候开始,有人说吃大油不健康,这个那个地列举出一堆医学名词和数据来,经由这么一说,许多人都对大油避之唯恐不及。其实,食用大油利大于弊,食用大油对人体有补虚、润燥、解毒等益处。就"油脂"而言,详解开来,油是油,脂是脂,而大油就属于"脂",适当摄取一些,对人体是非常有益的。所以,在食物中加入"大油",除了滋味的荤香,原本也有营养、保健、食疗的考量。一段时间以来,许多关于健康营养的说辞有失公允,一些人又断章取义,人云亦云,莫名地误解了猪油这个好东西,也波及了加入了猪油的许多好吃的。

原因之三,可能是觉得这个金线油塔就是一堆油面团,有人忌惮营养过剩,一味求取清淡,故敬而远之。其实,这哪里是一堆油面团哦,它堆在那里,确实像一个块垒般,但实际上是"一窝丝",巧手天成的制作,让它在被抖散开来之后,分明是极细、致精致的面丝。而这面丝,既有饼丝的筋韧,又有面条的软糯。它既非油炸油煎,也不是火烙炙烤,而是用蒸制的方法制成。如此温婉的制作过程,成就的是内里有乾坤的好物,一定要认识清楚。

误解曲解的总会有,而喜爱的也不少。这款小吃,原本在西安就是酒席上的点心,食客们浅尝辄止,印象不会很深,但也有许多赞赏者,可惜只是点心,难以大快朵颐。而在它的原生地陕西三原县,金线油塔早已是大众日常的美味。该县是辛亥革命先驱、著名书法家于右任先生的故里,美食荟萃,其中金线油塔是其重要成员。

在三原,不仅许多酒楼、饭店必有金线油塔,而且还有一些做得很地道的专卖类型的店铺。当地人有口福,已经把它当作一个美味的早点甚或正餐。但见在这样的店中,食客们面前摆着的是成盘的金线油塔,佐餐的是一盘莲花白泡菜,多数还会有一碗现磨的豆浆。

食客们守着这一盘金黄油亮、丝丝缕缕的"油塔",只需灵巧地用筷子夹起一角,稍一用力抖开,那原本盘垒着的金线便四散开来。这丝丝缕缕的金线直接入口，绵软筋韧皆适度，不干结也不粘连，滋味油香盈唇适口，荤香清香完美结合，有吃饼丝的感觉，甚或有一点吃面条的感觉，兼具几重美好的体验。如果稍觉油腻，那佐餐的泡菜可以清爽齿唇，那清香的豆浆可以润泽口腔，真正是巧手妙成。一盘油塔下肚，足可以果腹，又享足了油润，一举几得。

　　近年来，金线油塔单买的形式也被引入古城西安，许多本地人、外地人都在店家的热情介绍下进行一番尝试，喜爱者居多。于是，店家在一旁的介绍也有了水音——这金线油塔要先用筷子夹起来抖三抖，一抖佛开金口，二抖喜事常有，三抖精神抖擞啊！

"指鹿为马"的鸭片汤

陕菜里有一道名吃,谓之"鸭片汤"。因为最早是潼关人创制的,且多与潼关肉夹馍搭配售卖,所以也称为"潼关鸭片汤"。

这道菜的外观、口味都是一流的,容当后叙。先说一下它的称谓,也就是先正正名,名正才能言顺。鸭片汤,说得很直白了,如果就此简单地理解,那应该是用鸭片做的汤。但实际上,这道菜与鸭子一点关系都没有,纯粹是"指鹿为马"。为什么呢?其实,在中国浩瀚的美食里,许多食物的称谓可能都是借指、代指。比如,北京的炒肝,实际上是烩大肠,里面倒是有猪肝,但量很少。比如,川菜里的鱼香肉丝,跟鱼一点牵连都没有,就是用了平素做鱼的作料来炒肉丝。比如,淮扬菜里的狮子头,那就更不可能像字面意思表达的那样了。

为什么有的美食不直接用食材的名称命名?为什么有的美食一定要用别的食材的名称代指?想来可能有几个方面的原因:一是为了更雅致。比如北京的"炒肝",肝少肠多,但如果直白地呼之为"烩大肠",可能会让一些人未吃先惧,影响食欲,索性用一个相对平和的名讳称之。二是为了增强诱惑力,比如"鱼香肉丝",让人觉得是不是能够在一道菜中吃出两种感觉?三是谐谑喜感，比如"狮子头"，一下子让人感觉吃得豪迈起来，尽管大家心知肚明，但是不是就比"蒸大肉丸"更吸引人？

　　所以说，用"指鹿为马"的办法，代指一种美食，既能更好地吸引食客，更雅致地命名食物，也能让人"望文生义"，更高兴地品尝食物。具体到鸭片汤上，可能就是如此，如果直白地称之为"烩里脊片"，那么给人的感觉就是猪肉的简单加工，甚至可能还会让人忌惮猪肉的油腻，进而影响食欲。而称之为"鸭片汤"，一来看似是用禽类制作的菜肴，似乎稍微清淡一些，滋味也更诱人一些；二来用高汤做汤，似乎更符合菜肴的制作规律。于是乎，看到汤里颜色发白的肉片，确乎像鸭片，干脆名之"鸭片汤"，这样更雅致、更诱人，何乐而不为呢？

至于有人说这道菜因为进贡给慈禧太后，是她为这道菜定了名称，实在是牵强附会。由此说开去，许多食物都要跟她扯上点关系：一来缘于她的穷奢极欲，二来她又好吃，所以一股脑儿地往她身上靠。实际上可能还有一点，在把许多食物和她扯上关系的时候，是不是还有一丝对皇权的膜拜？似乎皇家认可的就会受追捧。所以，这种牵强附会的说法可以休矣。

鸭片汤，一道以猪里脊为主料的清汤菜，借用了鸭子的名讳，实际上跟鸭子没关系。叙述了鸭片汤的得名，再来看看鸭片汤之实。

猪里脊肉，切成薄片，芡粉挂浆，下适温之油锅过油，待肉片在油中舒展开来，即快速捞出。这是这道菜的关键，其中里脊肉切片的薄厚、挂浆的浓稠、油温的适度、过油的时间，都是环环相扣，不可稍有差池。这里面主要考验的就是对火候的掌控，当然，还有其他依赖于经验与智慧的厨艺。

过油之后的里脊片，再入高汤烩制。这高汤之前已精心准备，有淡淡的"白汤"的意味，更多的是要清汤的感觉。烩煮里脊片时间也很短，本来就是过油之后的肉片，稍微过火就会干柴、梆硬。烩制的同时，再加入木耳、青菜、蛋皮、葱丝等，快速调味，几分钟即可出锅。

成品的鸭片汤，汤色清亮，肉片淡白，木耳黑褐，蛋皮金黄，青菜翠绿，既五颜六色，又清爽可口。喝口汤，咸淡适中、鲜香润唇。吃口肉，入口即化、鲜嫩可口。虽吃的是猪肉，但又几乎没有了油腻，分明是家禽的鲜嫩，足足可以以假乱真。这道汤，又是与潼关肉夹馍搭配的绝佳伴侣，一口酥脆的热馍凉肉的肉夹馍，一口鲜活滚烫的鸭片汤，一个充盈口腔，一个溜缝润泽，似乎是一张一弛、一文一武、一干一稀，恰到好处。

后来，这道菜因其原料易得、经济实惠，肉质细嫩、汤味清鲜，亦汤亦菜、老幼皆宜，在食肆广受欢迎，于是，它就堂而皇之地占据了陕菜食单的一角，成为一道广为流传的秦中美味。当然，它发源于潼关，也逐渐"内卷"，在关中道的他处，也慢慢有了它的身影。于是乎，很多人都有了品尝鸭片汤的口福。于是乎，我们也有义务为这道"指鹿为马"的美味佳肴正名、扬名。

糊饽

糊饽,现今在陕西韩城、合阳一带很盛行。大体做法是:把事先煮好的羊肉切片或切条,再下锅稍炒,之后加入肉汤煮沸。冉之后,把提前烙制好的烫面饼切成细丝,下锅烩煮即成。准确一点讲,这种小吃谓之"羊肉糊饽"。

其实,从做法上就能够看出来,这种小吃其实就是通称的"烩饼",虽然用料、做法有区别,但在大的概念上是一致的,那就是在汤里面烩煮馍饼。"烩饼"的吃法很普遍,很多地方都有,但陕西人就称之为"糊饽",这是为什么呢?

还是从字面意思上详解。所谓"糊",意思很多,可作动词、名词、形容词等,"糊饽"中的"糊",应该是其中的名词释义,那就是"样子像粥的食物"。"日用面一斗为糊,以供缄封。"唐代冯贽《云仙杂记》所引《宣武盛事》一篇中如此描述。这种"像粥的食物",比如面糊、芝麻糊等,都是流质食物,都属于"闲时吃稀,忙时吃干"的体积大而内涵小的食物。在产米多的地方,米少水多为粥。在产麦多的地方,面少水多为糊,起到的作用等同于粥。当然,米磨碎了熬出的粥,也称为"糊",比如米糊等。

由此可见,"糊饽"里的"糊",应该取意于"像粥的食物",

当然,在这里意思被引申得更广泛,比如前面说到的肉汤,也可以归为"肉粥"一类。当然,也可能本身的意思更近于面糊,这一点容后再论。

再来看"饽"。所谓"饽",指"馒头或其他块状的面食",一般的用法是叠字——"饽饽",这种叫法过去比较普遍,尤以东北及华北一带为多。西北一带如今仍称馒头为"馍馍",臆想一下,"饽饽""馍馍"是不是发音的轻重不同,但实际上可能就是源出一处,类似于几乎全世界称呼母亲的发音都为"māma"一样,只不过稍有不同而已。从这个意义上讲,"糊饽"中的"饽"应该就是馒头、饼子的意思。考究了两个字义,再来看看词义,如此这"糊饽",是否可以理解为"把饽饽放进去熬糊糊""在熬好的糊糊里放进饽饽"?

权且按下不表,另从侧面考究。在我的家乡蒲城一带,过去和现在都有一道家常饭,名曰"糊饽馍"或者"沫糊煮馍"。做法很简单,就是把馒头切块,在面糊锅里稍煮,再调以简单的菜蔬,即成一碗家常饭食。现在可能比较少见了,搁到过去,家家户户都要三五天蒸一次馍,在蒸馍存量不多的情况下,就要筹划再蒸新馍。这时候剩下不多的之前蒸好的馒头已经稍微干结,如果不想办法处理了,那有了新馍就没人愿意吃陈馍了。于是,家里的主妇就会做一次"糊饽馍",以处理陈馍的名义,烹制一锅沫糊煮馍,不承想却在不经意间成就了一道美味:不太稠的面糊糊锅里,放进已经稍微干结的蒸馍切成的馍块,再调入炒好的素臊子,即豆腐、胡萝卜、葱花之类,那就是一锅有滋有味的"素煮馍"了,一家人汤

汤水水、热热乎乎地吃一顿,也算是打个牙祭呢。

这里的"糊饽馍",简称"糊饽",其实看起来更符合"糊"与"饽"的本义,那就是面糊糊与馒头。从这一点来看,是不是可以认为"糊饽"这种食物原本如此,也就是把已经干结的、单独食用有点寡淡的馒头,用"糊"烩制了,本是为了让"饽"更易下咽,不承想无意插柳,成就了新的精彩。所以由此推测,"糊饽"这种食物,原本就是把干的馒头与汤的"糊糊"结合的产物。

关于这种面糊糊里煮馍的吃法,原本以为是家乡一带的小众吃法，但不久前在一个视频里看到，现在在晋南一带，有一个地方竟然售卖一种小吃，名字就叫作"面汤煮馍"。它的做法和上述的"沫糊煮馍"如出一辙，就是在煮开的面糊糊里再下入馍块，然后煮透即可。从视频里得知，这家店售卖这种简单的食物已经有十年之久，而且很受欢迎。看到这个，一是想到了之前吃过的"沫糊煮馍"；二是往深里想了想，可能这样的吃法原本是一种临时起意的做法，但也可能蕴含着深意，那就是在发酵的面制品上，再包裹上未发酵的黏稠的面液，可能会提升馒头的口感，并且更加养胃润肺。想来此言不虚，有那么多地方的人都喜欢它，一定有它的道理。

转了一圈回过头来再看看糊饽本身，或者说看看如今盛行的羊肉糊饽这种小吃，也许就是在糊饽馍或者沫糊煮馍的基础上发展起来的，或者说是最初的糊饽的高配版。

由此想开去，这糊饽也是陕西泡馍的一种。在陕西历来就有肉泡馍和素泡馍一说，只是现在素泡馍相对少见了。那么，反过来讲，如今的泡馍其实也是糊饽的一种。往大了说，所谓糊饽、泡馍，都是把馒头、饼子一类的干粮，与面汤、肉汤乃至肉互相融合的产物。从这一点上来讲，陕西的泡馍也罢，糊饽也罢，实际上都是开创了人类饮食的新品种，那就是干稀结合。于是，关于糊饽的考究，就更显得有意义了。

如今在陕西，羊肉糊饽在食肆大行其道，而作为糊饽的基本款，沫糊煮馍在一些家庭的厨房里还有踪迹。于是，我们可以在自家厨房里舒服地吃点家常饭，再到热闹的食肆里变个花样吃得丰盛，如此，生活的恬淡随意与丰富多彩便体现得淋漓尽致。

腊汁肉揪面片

此"腊汁肉"就是肉夹馍的肉,但当此时,此种脂肪与碳水的结合变换了一种形式,肉质所伴随的不再是用发酵面团烙就的馍,而成了用未发酵面团擀就的面。腊汁肉用于夹馍时是将其夹入馍中,而腊汁肉揪面片则是腊汁肉拌和揪面片,简称为"腊汁肉揪面片"。

腊汁肉是什么?为什么叫腊汁肉?说白了,它就是用一锅特制的"汁水"煮出来的猪肉。至于为什么称之为"腊汁",有种说法:是它多在腊月制作,故称为"腊汁肉",借用了"腊肉"的指称。但总觉有存疑之处,原因就在于那一个"汁"字。这"汁"应该指煮肉的调料水,但一个"汁"字,又形象地表明"水"的浓稠或油亮,如此说来,用"腊"来做前缀似乎不搭界,难不成是说"腊月的汁水"?显然不对。

于是乎,是不是可以这样分析一下?这一锅调料水因由各种调料综合而成,故而呈暗红色或淡褐色,加之煮肉时必然溶解其中的油脂,于是从颜色和黏稠度上都有了"蜡"的外相,故称为"蜡汁肉"。

与几乎所有农耕区的饮食习惯一样,陕西人更多的时候是把肉类加工制品与谷类一起进食的,这样一来可以减少肉类的油腻直接与唇齿接触产生的不适,二来可以借此让寡淡的谷类滋味丰富。特别是腊汁肉这种加工肉类,更适合与面食互相搭配进食。于是,肉夹馍这种经典的复合食物就被创制出来,并成为久盛不衰的经典。

众所周知,陕西人的主食之一是"馍",包括馒头、烧饼等,都是面粉发酵后的产物。而另一大主食则是面条,这是未经发酵的面团成就的面食。陕西人把面条吃出了无数花样,无论是面条本身的形状还是拌和面条的各类臊子,品类繁盛,不一而足,堪称"面条王国"。其中的种类太多了,近些年经由影视及网络传播,比较出名的有油泼面、臊子面等。而前面较长篇幅介绍的腊汁肉,一样可以作为陕西人拌和面条的臊子,并且独树一帜,极其美味。

也许是在长期的实践中摸索出的规律,也许是久经尝试后大浪淘沙般地流传下来,腊汁肉拌面条慢慢就固化为腊汁肉拌揪面片。

所谓"揪面片",就是从较长的扯面条上揪下来的短面片。之所以要进行这样的二次操作,可能还是出于口感的考量。人们吃饭总是要不断地变换花样,长的短的、宽的窄的、粗的细的,尤其是陕西人,在吃面条这件事上,真可谓不厌其烦、花样翻新。也许是长的面条吃腻了想吃短的,也许是觉得此刻吃短的面片更便于调和吧,于是就有了面片这种吃法。

腊汁肉本身可以拌和各种各样的面条,最起码从道理上是讲得通的,无论是什么样的面条,腊汁肉做臊子拌和后应该都不错。

但实践告诉人们,这时候用揪面片最合适,原因是揪面片更便于拌和,可以充分地入味。另外,与长面条不同,这样的寸把长的面片,可以几乎每一口都吃到腊汁肉的油香。于是乎,陕西人在用腊汁肉拌面条的时候,最终确定的面条形态就是"揪面片"。

当然,腊汁肉拌和的揪面片,很称职地完成了香蠼盈唇的使命,稍微厚实的面片在浸染了腊汁肉的油脂之后,不仅有嚼头,而且较多的碳水让口感不是太油腻。另外,较为短小的面条,进食的时候不至于一口吸溜进去,一片片地"蚕食",可以让人不会一口

气吸入大量油脂，在细嚼慢咽中，充分感受腊汁肉的香馥。这碗面的进食过程基本上是这样的：一口揪面片，把腊汁肉的汁水蘸均匀，让腊汁油的油香充分包裹面片，之后送入口中细细品味。吃几口面片，再夹一筷子腊汁肉，让唇齿来一次味觉高潮。几口面一口肉，既不寡淡，也不油腻，这实践中摸索出的智慧也真是让人佩服。

　　用精心烹煮的腊汁肉拌面条，基本上就不用再加别的调料了，因为这滋味已经蕴含在那腊汁肉的十几种调料之中。但为了更丰富，也是为了颜色的多彩，这一碗"腊汁肉揪面片"一般会再搭上一小撮炒韭菜，对，就是纯粹的炒韭菜。这种被归为"小五荤"的蔬菜，简单地油炒之后，再辅以腊汁肉，共同成就这碗揪面片，显得很是和谐。当然，如果再加上油泼辣子，再来上几瓣大蒜，那这一碗腊汁肉揪面片就全乎得没有遗憾了。

　　这一碗腊汁肉揪面片是大多数喜食面条的人士的至爱，这也是在肉夹馍之外，腊汁肉又一绝妙吃法。依着陕西人吃饭的特性，早晚喜吃馍，午餐好吃面，于是乎，把腊汁肉这种几乎陕西独有的对猪肉的匠心加工物，不仅夹入馍中，还拌入面条中，让老陕的味蕾时刻都能欢腾。

　　腊汁肉拌面是食肆出售的一道好物,也是许多家庭的至爱。在陕西的肉夹馍店里,几乎都可以看到在出售肉夹馍之外,也单独出售腊汁肉甚至腊汁油,许多人买回去之后,大部分是用来拌面条的。多少年前有一位老朋友,经常到肉夹馍店里单买腊汁肉或腊汁油回家,就是给家里人做面条时用,并津津乐道,说咱自己怎么也煮不出人家这肉的味,没有工夫,也没有配方,那就买现成的,买回去放冰箱里,吃面的时候挖一勺,那一碗面的滋味就别提有多香啦!老朋友后来年事高了行动不便,孝顺的女儿时不时会去陕西的肉夹馍店里买些带回家,让老父亲在家里继续享受人间美味,真是大美孝道。

　　这种陕西味十足的面条,因为其中的腊汁肉的独特滋味,不但勾住了一众老陕的馋虫,还吸引着一些外地饕客的味蕾。在西安就有一家"腊汁肉揪面片"店,直接挂出招牌"某某明星曾来品尝",当然,这明星也是由陕西籍的明星引领着来的。

　　把腊汁肉揪面片这样展示一番,是不是勾起了你的馋虫?心动不如行动,有时间有机会去尝试一下,进一步感受碳水之都、面食王国的魅力。尝试之后,也许你会赞誉,这里是把脂肪与碳水融合得更加和谐的美食集中地。

　　记住这个肉夹馍的姊妹篇——陕西腊汁肉揪面片。

充溢着大爱的富平太后饼

清末的那个窃取朝权、丧权辱国而又穷奢极欲的皇太后十分好吃,据说最后去世的因由之一就是贪吃。可后来不知道怎么搞的,许多传统特色食物在宣传时,都愿意说是她爱吃并定为贡品的,真真假假虚虚实实,似乎她爱吃或者定为贡品就抬高了某个食物的身价,此类宣传还是算了吧。

今天要说的这个太后饼,可是跟她一点关系都没有,这个传统食物有据可考、有料可查的历史已经有两千多年了。这里的"太后",是汉文帝刘恒的母亲薄太后。薄太后仁善,本为刘邦嫔妃,后随其子刘恒到代地就国,是为代王太后。刘恒称帝后为皇太后,孙子刘启即位后尊为太皇太后,去世后追尊为高皇后,这是一个在朝野都颇受尊敬的太后。

史载刘恒幼时体弱,作为母亲的薄太后,为了让儿子加强营养并利于消化,便研制出了以面粉和大油混合烙制的一种烧饼,不仅滋味香,而且利于消化吸收,十分受欢迎。后来,薄太后的母亲居住在古频阳(今陕西富平),爱幼且敬老的薄太后便在省亲时带来御厨,为老母亲制作此饼。更为难能可贵的是,薄太后在离宫别墅居住时,与周边老百姓相处和睦,将此饼的制作技术广为传播，深受百姓敬仰。太后虽已作古千年，但这种搭配科学、营养全面、滋味醇香、滋阴润肺又暖胃养生的烧饼流传了下来，至今依然深受欢迎。也许不会有正式命名，但百姓的口碑与怀念就是最切实的名讳，这种由太后研制并推广的烧饼，就被称为"太后饼"。

这款太后饼，用到的原料、制作的技术等，都不是十分复杂的。上等的白面粉、上等的猪板油，再就是花椒、大料等一应调味品，以及上色、增香、提味的蜂蜜等。这些食材应该说不是太难弄

到,这就为它从宫廷走向民间打开了通道。至于制作技术,大体上就是和面、揉面,生面与酵面各一定比例,再趁热洒入提前熬制的调料水,基本上是半死面半烫面,并且提前为面团注入味道;之后,选择上好的、去膜的、没有血丝杂质的猪板油,刀刃剁碎、刀背砸蓉;接下来将面团摊开并包裹猪油,再充分揉制,使之完美融合;再接下来的工序就是揪剂子、揉成形、刷蜂蜜;最后的工序是放入鏊子,下烤上烙即成。

就这么简单地叙述太后饼的制作过程无疑太草率了些,似乎对这种研制千年的食物不够恭敬。当然,不会这么浮皮潦草,先这么说一下的考量是先有个大体印象,之后再慢慢道来。

先说一说太后饼研制之初的考量:慈爱的母亲为了让体弱的儿子加强营养,首先想到了大油(猪油)。大油中含有多种脂肪酸,饱和脂肪酸和不饱和脂肪酸的含量相当,具有一定的营养,并且能提供极高的热量。大油在人体的消化吸收率较高,可达95%以上,维生素A和维生素D的含量也很高,较适于缺乏维生素A的人群。这是教科书上的话,此理论应该早被勤劳且有智慧的国人掌握,于是,在要加强营养时考虑到大油,就成了一种必然。另外,除了营养的因素,厨者们还注意到,大油与一般植物油相比有不可替代的特殊香味,可以增进人们的食欲。对于食欲不振的体弱者,在食物中添加大油,当能刺激食欲,有了更香的味道,孩子自然爱吃。

有营养、味道香、易消化、好吸收,这几点基本上就是一款好的食物的全部要素了,所以说,太后饼在食材选取上是非常科学合理的。加之又在和面时加入了用花椒、大料等许多天然植物香料熬制的调料水，滋味更是馥香异常，这就进一步地提升了这个烧饼的品位。至于再在饼坯上刷上蜂蜜，则更是增添了淡淡的花香与甜蜜，并且让原本简单的饼变得色泽金黄，于是，太后饼的外形又更加亮丽诱人了。

　　还必须说的是太后饼的烙制方法。前面说过，它采取的是在鏊子里下烙上烤的方法。所谓鏊子，就是平底的、锅底稍厚的铁锅，这是从远古传来的炊具，原为石鏊，后为铁鏊。这种炊具导热慢，散热亦慢，可以让饼坯均匀地受热，十分适合烙制面饼。太后饼就是在鏊子里烙制的，但必须强调的是，在鏊子的上方，还有另外一层鏊子。下面的鏊子在炭火的烤炙下与饼坯紧密接触，是为烙；而上面的鏊子好似盖子一般，它的上面也堆放着炭火，被炭火烤炙的上面的鏊子不与饼坯接触，将热能"隔空"传导到饼坯上，是为烤。这上烤下烙，使得饼坯在短时间内均匀受热，缩短烧制时间，更能保持食材的味道与营养。这是上烤下烙的科学智慧。

　　经过了这样的加工过程，饼坯里的水分被充分蒸发，熟了的面饼更加干脆，既保持了食材的风味，又让食物更加利于消化。所以说，烙烤的作用在这里充分体现，就如陕西面食里许多饼类食物，特别是石子饼之类，能够帮助消化且易吸收，就是这样的道理。

　　出锅的太后饼外表金黄，内里暄软。拿到热腾腾的饼子，在两侧稍一揉捏，随着轻微的咔嚓声，饼子的外表随之膨胀，里面的饼瓤也松散开来，层次毕现，丝丝缕缕，不消用嘴咬，单是用手就可以撕扯出一条一根，好似"一窝丝"般热闹。

这样的太后饼，传到民间几千年，这里的人们恪守古法，在选材、制作上"修合无人见，存心有天知"，严格地因循古训，以良知和敬仰对待这块饼子，从而让这块看似普通的饼子成为流传千年的美味。

这块太后饼，在当地更多的是作为人们的早点。有荤油打底的饼子，能够补充体内一夜的养分流失，为新的一天增加能量与营养。如果觉得些许油腻，可以再来杯热茶中和，荤素搭配、干稀调和，就是一顿营养美味的早餐。

这个太后饼，在古频阳，今富平，不但是一道美味，还是传承孝道的载体。许多人买了是要拿回去孝敬高堂的，这样有营养且易消化的好东西，让老人家品尝，那才是最应该的。这既是优秀传统文化的传承，又是对古之先贤倡导的孝道的崇敬。在陕西这个面食王国里，还有很多种类相近的好东西。单就与太后饼相类似的饼类食物，从北到南，就有榆林的干炉、扶风的鹿糕馍、陕南的炕炕馍等等。这些因散乱的面粉相"并"而成的饼子，凝聚着多少代陕西人民的智慧与爱意！有机会去富平，千万不要错过这个充溢大爱的太后饼。

"石烹"之法在陕菜中的传承与坚持

刀耕火种，烧烤石烹，是遥远的生产方式和生活方式。自打有了人类之后，它们就缺一不可。前者用于生产，借以获取生活资料；后者用于生活，把生活资料变作食物，进而维系生存。烧烤、石烹，这两种最古老、最原始的烹饪方式，是古人生存的依仗。

历经发展变迁，人们的生产、生活方式都发生了天翻地覆的变化。尤其是生产方式，各种耕作技术、工具的创制和使用，使得生产力日新月异，而正是生产力的发展，才使人类得以繁衍生息和不断壮大。当然，人们的生活方式也在生产力发展的基础上不断变化发展。就如烹饪方式，到如今，早已经丰富多彩、不一而足。但有意思的是，虽然生活方式发生了巨大变化，但有一种方式顽强地传承下来，那就是烹饪中的烧烤与石烹。

烧烤如今风行东西南北，这里按下不表。单说"石烹"之法，范围却要小一些，能够坚持采用这一方式烹饪的地方不是很多，比较兴盛，或者说坚持这一传统比较久的地方是陕西。一定意义上，坚持使用、科学使用、巧妙使用"石烹"之法，是陕菜的一大特色，比如用"石烹"之法制作的石子饼。石子饼是陕西关中地区的一种别具风味的食品，因为制作时是把饼坯放在烧热了的石子上面烙制的,故而得名。石子饼又称"石子馍""干渣馍"等。由于它历史悠久,几乎与人类学会用火烹制熟食同步,所以应算作食品中的"活化石"。

石子饼的制作并不复杂:面粉中加入适量清水,加入精盐、食用碱、菜籽油、蛋液、鲜花椒叶等和成面团,醒面发酵之后,反复揉匀揉透,揪成小剂子,用擀面杖擀成约铜钱厚的圆形薄饼坯。炉内燃火,铁鏊子置其上,在鏊子里均匀地铺上鹅卵石子。待石头烧热后,取出一部分,将饼坯摊放在石子上,再把取出的部分石子盖在上面,上焙下烙数分钟,至饼色金黄即熟。

从制作方法上看,石子饼具有明显的古代石烹遗风。《古史考》云,神农教时民食谷,释米加烧石上而食之。亦即将石块烧热,谷物直接放在石块上制熟。这是巧妙地利用了石块导热慢,散热也慢,且布热比较均匀的特点。在烙制的过程中,石子导热较慢的特性使得面饼可以充分受热,其中的水分在上焙下烙的过程中得以充分蒸发,所以,石子饼极耐储存。更特别的是,由于石子饼是用发面制作的,又炕干了水分,所以,在咀嚼石子饼的过程中能充分刺激唾液、胃液分泌,十分有利于消化,甚至有养胃的作用。其口感酥脆,易于咀嚼,老少咸宜。因其用的是上等白面,里面又放了菜籽油、鸡蛋液、咸盐以及嫩香的花椒叶,故而味道油酥咸香,营养丰富,搭配科学。陕西关中人都擅长此道,几乎家家都有专用石子。关中东府富平一带的石川河的石子为好,此地烙制的石子饼也最为出名。

这个烙制石子饼的技艺一直无断代地传承,石子饼也成为陕菜之中"饼"类食物的一大特色,一致受到家家户户的欢迎。

近年来,随着陕菜文化的发掘和推广,在这些喜欢烙制石子饼的地方,鏊子里的鹅卵石也派上了别的用场,那就是用来加工"石烹菜"。比如有一道菜,被戏谑地称为"鸡蛋碰石头",就是把烧热的鹅卵石放置在砂锅之类的容器内,再将打散调和后的蛋液倒进去,鹅卵石的高温瞬间将蛋液"烹"熟,既像煎又像炒,且不与铁锅粘连,较快成熟,于是乎,这成熟的鸡蛋就有了新鲜的"馍"味以及清香,"鸡蛋碰石

头"在这里出了彩、成了菜。

如果说"鸡蛋碰石头"之类的菜还是"石烹"菜的小试牛刀,那么有一道陕菜名菜"白火石氽汤",则更是"石烹"菜中的翘楚:"白火石氽汤"技艺已经是陕西省非物质文化遗产,并已获得发明专利。这道名菜的创制人和传承人在陕西南部的汉阴县,相传最早始于清代,发明创制之后一直流传至今,于今已经是当地的招牌菜肴,也是陕菜中的名菜。制作"白火石氽汤",大致做法是,先将鲜猪肉去皮、去筋膜、剔骨,加适量加以青菜叶、葱花、姜末、五香调料、精盐、芡粉,手剁或机打成肉泥,做成薄饼,贴入盆底及周圈待用。之后用温水将干香菇、木耳、红枣洗净泡发好。食材齐备之后,往盛肉饼的盆中放入香菇、木耳、红枣,中间倒入开水,以淹没肉饼为宜。再将稍大的湿纱布敷于肉饼之上,防止烧红了的鹅卵石遇水炸裂,碎石进入肉饼。关键的一步是,把四五个鹅卵石(视盆的大小、肉饼的多少决定鹅卵石的多少)置炉火中烧至通红,用火钳夹起,投入盆中纱布之上,随即压盖,至烧红的白河石在水中沸腾炸裂,产生的高温便将肉饼氽熟。然后揭盖,将盆或锅中的纱布提起,于高汤中加适量葱花、精盐等调料,用汤匙将盆中肉饼搅起,弄成小块,将汤调匀,即可食用。

这道菜的核心,当然是用烧热了的鹅卵石加热菜肴这一环节。之所以有这样的做法,当源自生产生活中的偶然机缘或长期实践,也许是不经意间发现了这样的做法,也许是主观上对这种加热方法的科学认知:鹅卵石在清静流淌的河水中经过长时间不间断的冲洗淘涮,洁净异常,这就为它作为食物的加热介质奠定了坚实的基础。而鹅卵石传热慢,散热也慢,布热比较均匀,以之作为加热媒介,可以较好而稳定地达到控制火候的目的。掌握火候是烹饪中极其重要的环节,也是对厨者功力的终极考验。虽然现今加热食物有许多的先进方法,但火候的掌握还是离不开人的掌控。那么这种相对柔和的、稳定的加热方法,也是厨者所渴求的,再升华一步,也是大自然对事物发展变化规律把控的更加准确的体现吧。除了以上所说,用鹅卵石加热,还有让食物充分吸纳其中蕴含的各种有益元素的考量。这些鹅卵石的内部成分,已经为人们所熟知,在其加热—冷却这样一个急促的变化中,能够把自身所蕴含的有益的微量元素释放出来,从而让一道食物升华为"药膳",这就更上升到健康养生的范畴了。

上述这些石烹之法，其实很早就出现了。人类走向文明，是与火的使用分不开的，很早就掌握了熟食技术的先民，从对肉类食物的直接烧烤到对谷类食物的石烹，一定程度上是锅、镬发明之前的先进的烹饪技术。尤其是"石烹"，更是解决了谷类食物的加热问题，让人们更多地进食熟食，这对增强体质、保护身体健康乃至提升食物的美感等的贡献，无疑是巨大的。当然，在锅创制使用之后，单纯的石烹开始让位，人们更多地实现了用锅进行煎、炒、烹、炸、蒸、煮。但石烹之法所蕴含的科学道理，远不是一种新工具可以替代的。即便有了更多的食物加工器具，石烹之法依然在烹饪中有着无可替代的作用。

陕菜的历史悠久，石烹之法肯定曾经大行其道。即便在社会高度发达的今天，这种原始意味强烈的烹饪技术，依然在陕菜技艺里占有一席之地。通过这一点，更可以坚定地认为：陕菜历史悠久、坚守传统，陕菜历久弥新、守正创新。唯愿石烹之法继续留存延展，让人们吃得更丰富、更健康。

关中东府的刺荆面

陕西的面条品种多、质量高，这是不争的事实。陕西的面条是有颜色之分的，在面条的颜色、种类选择上，当地人会简化为"白面还是绿面"。"白面"就是纯粹地用面粉做的面，而"绿面"则是以菜汁和面而做成的面，一般为菠菜面，但也有韭菜片片、刺荆面等绿面。只不过菠菜面似乎更大众一些，进入食肆也比较早、比较多，而韭菜片片、刺荆面则相对小众一些。也可能是韭菜、刺荆等食材更贵，或者更不易得；也可能是推广宣传的力度还不够，还没有被众多的饕餮者纳入味蕾渴望范畴。其实，这两类"绿面"的味道较之菠菜面有过之而无不及，相信假以时日，一定也会占据陕西面食榜的一个重要席位。

韭菜片片还好些，许多陕西人都在吃，也都爱吃。到目前为止，刺荆面似乎只局限在关中东府，也就是渭南一带。许多陕西人都没有吃过，也没有听过，而且不光城里人，就连东府以外的、熟悉野菜的农村人也都没吃过没听过，当然也没做过。

这个出了东府几乎没人知道的刺荆面，实在是大有说头，所以忍不住细细念叨一下，分享交流，也是宣传推广。首先说说刺荆，学名叫作刺蓟，泛称大蓟、小蓟，另有其他许多称谓，关中一带统称刺荆,方言读作"cìjīng"时居多,不管咋样,说的都是同一样东西。它的分布十分广泛,生命力也非常旺盛,田间、地头、埝坎、路边,甚至于农家房前屋后,但凡能长植物的地方几乎都有它的影子。当然,于麦田之中分享了水肥之后更加旺盛,而且几乎是伴随着麦子生长的,麦苗返青它衍生,麦苗长它也长,一直长到麦收的时候。刺荆生长在田间,与庄稼争水肥,其实本是铲除的对象,但这个"野草"不但能当药用,还能吃,所以待遇就比较特别,无论是铲除还是拔出,都会被留存下来,并不像别的野草只能作饲料或沤作肥料。

刺荆的药用价值很高,但过去只知道它可以外用,在田间劳作时不慎划破了手指,就地拔一棵刺荆挤出汁液,连同挤碎的刺荆一起敷在伤口处,很快就可以止血消炎。后来知道《中华人民共和国药典》中记叙其还可内服,可活血化瘀等,那是念了书长了见识之后的事情了。关中东府的人,如今年龄在三十岁往上的,谁没有过专门提着草笼去地里挑刺荆的经历?"去挑刺荆,再不去就老了",老了的刺荆叶子边缘的细刺会越来越坚硬、锋利,别说人吃了,就是挑的时候不小心都会被扎破手。趁着刺荆还没老,几乎见天去挑一大笼回来。细嫩的刺荆直接用开水焯烫,之后和面擀面条。稍微有点硬刺的,做饭的母亲、姐姐们就得用剪刀剪掉叶刺,不然吃到嘴里扎舌头,囫囵吞下扎嗓子,勉强咽到肚子里也不舒服。当刺荆的叶刺已经坚硬,叶子也就随之老硬,这时候的刺荆就只能喂牲口了,占据了食物链顶端的人真是懂得食物的分配。

为什么会拿刺荆做面条?是缺少粮食吗?怎么知道刺荆可以

吃的？什么时候开始吃刺荆面的？刺荆面好吃吗？你知道吗？反正我不知道。好想考证出个究竟，但费了半天劲还是没有找到答案。据我长辈中健在的八旬以上的老人回忆，这刺荆面他们从小就吃，一直吃到现在。由此看来，关中东府食用刺荆面的历史应该不会很短。至于是怎么知道这东西能吃的，那无法考证，反正就这么吃，而且几乎都爱吃。至于说缺少粮食，那也得说清楚，关中东府原本就是粮仓，大多数时候应该不缺粮食，最起码平原的粮食比山区里的多。但问过许多山区的朋友，他们都不吃这个东西，也

都不知道这个东西能吃,那就足以说明关中东府人吃刺荆不是因为缺乏粮食。

刺荆面好吃?对,确实好吃!这可能才是这地方的人热衷于此的根本原因。爱吃面的朋友都知道,用蔬菜汁拌和的面擀制出来的面条别有风味,既有醇厚的面香,又有青菜的清香,面粉和菜汁的融合,诞生出了一种新的美味。不独口味好,从营养的角度讲也更全乎,几种因素叠加在一起,绿颜色的面条广受欢迎,是再自然不过的事情。而区别于菠菜面,甚至韭菜片片的刺荆面,所用的刺荆严格来讲还不是菜,它就是一种草,一种野草,所以在味道上更独特,有一股清爽的青草味——类似于你爽的夏夜里独步草坪时嗅到的一股沁人心脾、提神醒脑的味道,接近于田野里纯粹天然、无污染的凉丝丝、甜津津的空气的味道,甚至是一种承接着地气的无限亲切的感觉……刺荆面的滋味就是那么独特、那么亲切、那么勾人魂魄……

所以,关中东府几代人一直在吃刺荆面。这地方的人还把刺荆面作为清明祭祀祖先的必备的贡品,不信你清明前几天去看,在这些地方的田野里,但见有子孙去上坟的,那提挎着的竹篮里,一定会有一碗绿莹莹的拌了熟油的刺荆面。燃香焚纸之后,上坟的掌家的男子一定会端出这碗刺荆面,供奉在祖先坟前,末了,一定会用筷子挑出几根面条放在坟前,再盖上薄薄的一层黄土……

刺荆面好吃,然刺荆不常有,不但不常有,老了就吃不成了。为了尽可能地拉长吃刺荆面的时间,这个地方的人趁着刺荆鲜嫩,就多挑一些,回家制作刺荆挂面。人们用这种方法保存鲜嫩的

刺荆，好在没有刺荆的时候还能吃到刺荆面。如今有了保鲜技术，也许还有大棚栽植等，可以吃到鲜嫩刺荆的时段拉长了，这地方的人又多了一份口福。现在亿万人都在玩的"抖音"短视频 App 上有一个"网红"级的人物，昵称就叫作"刺荆挂面姐姐"，这是一个经营乡土饮食的女店主，生意很是不错呢，其招牌美食就有刺荆面。

说起来刺荆不仅美味，而且还有许多保健功效，药书上说，食之可以清热解毒、润肺止咳等等，那这刺荆面可就是实实在在的药膳了。说到这里，大胆假设一下，药王孙思邈就是关中东府人（耀县，今耀州区），是不是老神仙过去指教乡邻的？秦地无闲草，此物可食用，食之可疗病！只是野草怎么吃？不能热炒，不能凉拌，也不能入馅，那就跟面粉一起拌和了擀面吃！于是乎，这个地方的人得了真传，祖祖辈辈世世代代都吃起了刺荆面。但古时候传播方式有限，信息的传播半径可能就局限在东府了，所以，这么好的东西一直为这里的人独享,没有告诉东府以外的人,白白地浪费了别处也旺盛地生长着的刺荆。

信息是需要传播的,美食也是需要交流的,东府人独享的刺荆面近年也慢慢传到了东府以外的地方,比如西安。有东府的人定居西安了,于是在开春的时候去挑刺荆,西安的朋友问:"这是啥?这能吃?""当然能吃,我做好了你来吃或者我给你端一碗!"西安人于将信将疑间尝试了之后,马上不淡定了,这么好吃,以前我咋不知道?走,明天我跟你一块去挑刺荆!挑了刺荆,这些西安朋友也回家做,然后求援:"我做的刺荆面咋不绿?咋不小心就煮过了?""哦,忘了告诉你了,和面的时候放点碱,面的颜色就绿了。另外,里面是青草,这面要少煮一会儿。""哦,知道咧,看,这回擀的刺荆面绿了,吃着也筋道咧。""记得不要倒了焯刺荆的水,面捞出后在里面过一下,刺荆味更浓,面也更滑爽。""哦,还有这窍道。"都知道西安城里好吃的多,但也有许多好吃的西安城原本没有,如今人流、物流乃至市场贸易发达了,东府、西府乃至陕南、陕北的小众的美食也进军西安,真正的三秦美食大融合,好东西共同分享,真好。

开春了,憋了一大阵子的人们踊跃着去郊游、踏青、挖野菜,好得很。念叨一下刺荆面,让大家挖野菜的时候多点内容,好好地挑点刺荆,回家去擀刺荆面喽!

陕西"老鸹颡"简单扛硬

先解题:老鸹——枯藤老树之昏鸦,乌鸦矣。"颡"指的是头部,这个字本念作"sǎng",不过语音流变,在陕西方言里后来念作"sɑ"。故此,"老鸹颡"者,乌鸦头是也!

这里说的是一种大众小吃,看到这个题目,可别以为是用乌鸦的头做原料哦,那还了得!它只是一种状似乌鸦头的面食,实际上就是面疙瘩。其他地方的人把这种有面有汤的食物简称为"疙瘩汤",明了倒是明了,可哪里有"老鸹颡"这样诙谐、有趣?陕西人一般被认为"生蹭愣倔",言语生硬,这实在是一种误解,单从对这种食物的命名上,就不难看出老陕是多么幽默风趣。

这几乎是一种制作方法简单到不能再简单的面食。只要把适量的面粉撒在水盆中,用筷子使劲搅拌,直到稀稠适宜、面水充分相融、没有干面疙瘩且能用筷子挑起的时候,再烧一锅滚烫的开水,把这准备好的面团用筷子夹成"老鸹颡"的样子后下锅。同时下进菜蔬,辅以作料煮熟,一锅有汤有菜有面疙瘩的饭就做好了。

起初,这应该是一种懒人食物,不用像蒸馒头一样发面,不用像做面条一样和面、揉面、擀面,就这么简单地搅个面糊,筷子夹夹,便是丰盛的一锅,其中五色杂陈、五味俱全,就可以享受了。

后来，人们发现这种简单意味的食物不但省时省事省力，而且面团筋道，汤味浓郁，美味可口且营养丰富，实在是一种不错的饭食，于是进一步发扬光大。

再后来，生活水平提高，人们把这道饭食进一步升级换代，下面团的汤大大改良，用甲鱼汤、乌鸡汤、菌菇汤等等，更使这种本难登大雅之堂的食物华彩亮相，成了一道广受白领欢迎的美食。究其原因，一是面团筋道，一般下锅煮的面食无非面条、饺子、馄饨，都没有面疙瘩这样实在，这种没有任何馅料的面疙瘩煮熟后，十分筋韧耐嚼，口感扎实，是蒸熟的馒头、烙熟的烧饼都没有的感觉，符合喜食面食的北方人的口味；二是汤味浓郁，面团下锅之后，面汤渐浓，面汤煮面团，原汁原味，相得益彰。再佐以萝卜、土豆、豆腐、粉条、葱花等等，更是香气四溢。如果再配以荤腥，更是美味营养。所以，非但那些大老粗的男人喜欢，就连口味挑剔的妇孺也喜欢这疙瘩、这菜蔬、这面汤，于是，渐渐成为人们的至爱。

在过去，这应该是一种急就章的农家饭。辛苦劳作之后，疲累的人们

既不想花大气力精工细作,又饥肠辘辘急于进食,于是,这种制作简单、营养全面、口感上乘的饭食就成了首选。一刻工夫,一碗疙瘩汤就做好了,用粗瓷大碗盛了,呼噜呼噜连吃带喝,吃完嘴一抹,嗨!再去扛个几百斤的粮包也行啊!

　　从另一个有趣的层面讲,这也是一道男人饭——男人爱做的饭。北方农村,起码是陕西农村,男人是不做饭的。男主外女主内,男耕田女做饭,似乎天经地义。但也有女人不做饭的时候,比如生病了、不在家,或者是因为和丈夫生气罢工了,那男人自己不上锅灶就得把嘴缝起来。好在有这道饭,任谁都会,于是,稀里糊涂整他一大锅,也能吃饱吃好嘛。所以,过去夫妻吵架的时候,有的男人会梗着脖子喊:有啥了不起?你不做饭我做"老鸹颡"!真是有趣,也算是男人们维护自身权益的最后一根救命稻草吧!

  曾经有一部广受欢迎的电视剧《激情燃烧的岁月》,那里面的男主人公石光荣,和生死与共的战友重逢后,两人从丰盛的宴席桌上溜开,回到石家,做了一大锅疙瘩汤,蹲在地上捧着大碗吃喝了个痛快,似乎找到了战争年代的感觉。

  陕西人做事干脆,不喜欢拐弯抹角、拖泥带水,更不喜欢花拳绣腿扎虚势。在饮食上,大多数时候喜欢简单、喜欢"综合",同时,又需要这简单的饭食既美味,也能提供足够的卡路里,让人们能吃足屯、扛起重活,故有"简单扛硬"一说。曾经有一位级别不低的领导,厌烦接待的虚套,总令下属传话:吃饭简单扛硬,不要浪费时间!

  简单而又能扛硬,这是辩证法,是一项精神层面的创举。只是别把简单变成简陋,简单的任务,同样需要认真对待。

  简单生活,现今是一种时尚,其实在陕西小吃中,早已经体现得淋漓尽致呢。

甑糕、镜糕、凉糕

甑糕,是用一种叫作"甑"的器皿,用糯米和红枣作食材,蒸煮而成的一种"糕"。甑,是一种非常古老的蒸器,底部有许多透蒸气的孔格,类似于如今的"箅子",将其置于鬲(古代炊器,用于烧煮或烹炒的锅,特指鼎状的炊具)上蒸煮,如同现代的蒸锅。甑原为陶制,后有铜制、铁制、铝制等。

甑的发明,是中国人对食物加工的革命性贡献。人类起初茹毛饮血,学会利用火熟制食物后,饮食历史翻开新的篇章。之后,从烧烤开始,慢慢有了煎、炒、烹、炸等等,这些烹饪手段让人类享用食物的幸福度不断增加。但其中一个重要的烹饪手段——蒸,却是在甑发明之后开始的。正是有了甑这样的可以隔水而蒸的炊具,人类熟制食物的手段才有了更加温润祥和的变化,从而制作出更多美味又容易消化吸收的食物。无可置疑的是,蒸这种手段,最早是中国人发明的,并一直广泛、深入、持久地应用在饮食烹制上,这一点也是东方饮食的巨大优势。

蒸甑糕,食材以糯米、红枣为主。制作时,将甑放在一个大口锅上,锅中添水,再将浸泡好的糯米、红枣铺在甑底。具体地说,要先铺一层红枣,再铺一层糯米,如此一层一层铺排整齐。铺完后盖上湿布和锅盖,用旺火烧开,上气后取湿布洒上清水,反复洒水三次,最后用文火焖蒸,五六小时后即可蒸成。

做甑糕要诀在四关:一泡米,米是糯米,水是清水,浸一晌,米心泡开,淘洗数遍,去浮沫,沥水分。二装甑,先枣子,后米,一层一层铺,一层比一层多,最后以枣收顶。三火功,大火煮半晌,慢火煮一晌。四加水,一为甑内的枣米加温水,使枣米交融;二从放气口给大口锅加凉水,使锅内产生热气冲入甑内。

这是一道制作费时费力的小吃,一般家庭加工得少,多为专业作坊加工经营。这也是一道选料十分考究的小吃,米要上等糯米,枣要上好红枣。祖地秦岭南北皆产上等糯米,陕北无中遍植枣树,为这道小吃奠定了基础、增加了底气。这还是一道原料搭配非常科学的小吃,糯米黏软,红枣香甜,隔水而蒸,相互融合。米中浸枣甜,枣中蕴米香,枣香浓郁、米香清润,口感软糯、绵而不粘,米能果腹,大枣有益气补血、养肾安神之功效,实是一种饱腹耐饥又滋补养身的好物。

近年有店家在制作甑糕时,加入了芸豆,为甑糕在传统的米香枣甜中又加入了豆香,继承发展,挺好。

镜糕,实际上是与甑糕完全不同的食物。之所以要在甑糕之后说镜糕,其实缘于在方言里读音的巧合与可能的误会。

要说镜糕,先要说与甑糕的读音易于混淆的问题。"甑糕",普通话读音为"zèng gāo",但陕西方言读作"jìng gāo",这就极易听成"镜糕"。实际上,甑糕与镜糕区别很大,一定要弄清楚。

镜糕,食材选用品质上乘的糯米粉,加水搅拌黏结,经过配制之后，装入一个小小的木制蒸笼之内，再撒上一些红豆或绿豆，最后放在炉火上蒸熟。其色泽雪白，小巧玲珑，状为圆饼，神似一面玲珑的小镜子，故而得名"镜糕"。

镜糕一定是现蒸现卖的。最常见的是，一个老者守一个小摊，把拌制好的米粉装入笼屉内，之后开火蒸。摊位上的炉子上，一定有一摞摞的小小笼屉，随着蒸气氤氲，用不了多久，镜糕便熟。随后摊主会调小火苗，保持镜糕的温热，静待食客光顾。看见这一摞摞小巧的笼屉上氤氲的热气，嗅见飘逸的香甜，食客们自会聚拢。当然，主流是年轻的女客和上学的娃娃，间或有一两个汉子来怀怀旧。

来个镜糕！食客们站在摊位前了，摊主随之从小凳上站立起来，满面笑意、手脚麻利地从一旁拿起两个竹签，用竹签从侧面扎

入小蒸笼里的镜糕，然后再半撬半抬地轻轻取出。此时但凡是常客，会根据自己的口味，要求摊主为其蘸红糖、白糖或者橘粉等，进一步丰富、完善这道点心的口感。如是初次尝试，摊主一定会提前询问，待蘸满辅料，便笑意盈盈地将竹签递给食客们。食客们就站立而食，或举在手中，好似拿着冰棍一般边走边吃。

此物入口绵软，香香甜甜，最适宜儿童当作零嘴点心。西安曾有一个老奶奶，推车售卖镜糕几十载，镜糕好，人更好，人们称其"镜糕奶奶"。老人家仙逝后，许多吃过她镜糕的人发起怀念，很是感人。

凉糕，主要集中在西安的回民街，大一点的概念是"凉糕"，其中也有分支叫作"蜂蜜凉粽子"。这种凉糕的做法大致可以概括为：用上好的糯米（江米），泡七八个小时，之后上锅蒸透蒸熟。稍放凉后即快速揉搓，揉搓的目的是让米粒成泥，也让成品的粘连度更高。揉搓后的米泥塑形成扁平的长条，食用或售卖时再切成小块或小片。这样的凉糕是最基础版，如果要进一步升级，可以再裹上豆粉、夹入豆沙，制成带馅的凉糕。

还可以为凉糕再着上亮丽外衣和赋予美妙滋味，即加上其他辅料——黄桂酱、玫瑰酱、蜂蜜、白糖等。这样的凉糕，口感筋韧又软糯，滋味清香又丰富，花香氤氲。此物一年四季皆有，夏季最受

欢迎。可以现场调制开吃，也可以打包带回享用。哦，还有一点比较有意思的是现场切制凉糕的景象：那摊主几乎是不用刀的，而是无比细致地用丝线切割，极为干净，最是引人——

被切割成薄片的凉糕，被盛放在盘中或盒中后，店家将精心调制：一勺枣花蜜淋上去，徐徐地覆盖在粽子身上，再缓缓渗入粽子里层，恰似包裹上半透亮的外衣，粽子的裸白的身段立即有了被亲密呵护的感觉。再浇上漂浮着黄桂花的糖酱，又好似罩上淡黄色的马甲。再等那淡紫红色的玫瑰酱淋上，则有如笼罩了轻柔的纱巾一般。如此这般，这原本温润如玉的白色的粽子，此刻便有了让人怜惜的亮丽的外衣。

接过这经过精心装扮的凉糕，一股沁人心脾的淡淡的混合着温馨的香气扑鼻而来，这香气里有糯米的清香，还有金桂、玫瑰的花香。这几样香气此刻已经和谐地交织在一起，已经让你鼻翼翕动、不能自已。那就慢慢地夹取一小片，轻轻地沾润唇齿，倏忽便有了被温柔润泽的感觉，那是一种美妙的令人陶醉的滋味哟，甜蜜的生活大抵如此吧！待你从迷醉中缓过神来，慢慢地开始咀嚼时，口腔瞬间感觉到软糯鲜香、甜蜜温润，那清香淡雅，那甜味适口，恰到好处。

陕西这个在人们印象中产米吃米较少的地方，却能用大米制作这样的美味——甑糕、镜糕、凉糕，着实让人惊叹。其实，陕西南北皆有好米出产，另外，这里的巧厨也有把"舶来"的食材加工得有滋有味的本领。这些陕西糕点，能让你甜甜蜜蜜，祝你步步登高。